KB116324

파리의 우울

이 도서의 국립중앙도서관 출판예정도서목록(CIP)은
서지정보유통지원시스템 홈페이지(http://seoji.nl.go.kr)와
국가자료종합목록 구축시스템(http://kolis-net.nl.go.kr)에서 이용하실 수 있습니다.
(CIP제어번호: CIP2015015414)

파리의 우울

샤를 피에르 보들레르 산문시집

황현산 옮김

Le Spleen de Paris

문학동네

일러두기

1. 이 번역은 다음의 두 판본을 저본으로 삼았다.

 - Charles Baudelaire. *Petits poèmes en prose*. Édition critique par Robert Kopp. Librairie José Corti. 1969.

 - Charles Baudelaire. *Le Spleen de Paris* (*Petits poèmes en prose*). *Œuvres Complètes I*. 《Bibliotèque de la Pléiade》. Gallimard. 1975.

2. 원문에서 이탤릭체로 된 낱말이나 어구는 본문 중 이탤릭체로, 두문자를 대문자로 쓴 낱말은 고딕체로 표기하였다.

Le Spleen de Paris

파리의 우울

아르센 우세에게

친애하는 형, 형에게 이 소략한 작품을 보내오. 이것을 보고 머리도 꼬리도 없다고 말한다면 부당할 수밖에 없는 것이 여기서는 오히려 모두가 동시에, 번갈아서 서로서로, 머리가 되고 꼬리가 되기 때문이지요. 이런 구성이 우리 모두에게, 형에게, 저에게 그리고 독자에게 얼마나 놀라운 편의를 가져올지 생각해보시길 바라오. 우리는 원하는 곳 어디에서나 저는 제 몽상을, 형은 원고를, 독자는 자기 독서를 중단할 수 있지요. 저는 어기대는 독자의 의지를 쓸데없이 장황한 줄거리의 끝날 줄 모르는 줄 끝에 매어놓는 것이 아니니까요. 만일 척추뼈 하나를 들어내신다 해도, 이 꿈틀거리는 환상은 두 토막이 났다가도 어렵지 않게 다시 결합할 것이오. 여러 토막으로 도막을 치시더라도, 그 토막 하나하나가 따로따로 생존하는 것을 보게 될 것이오. 그 가운데 몇 도막이 형을 기쁘게 하고 즐겁게 하리만큼 충분히 생생하리라 기대하며, 감히 이 뱀을 통째로 형에게 드리는 바요.

형에게 잠시 고백해야 할 것이 있소. 알로이지우스 베르트랑의 저 유명한 『밤의 가스파르』를(형이 알고, 제가 알고, 우리의 몇몇 친구들이 알고 있는 책이라면, *유명하다*고 호명될 모든 권리를 지닌 것이 아니겠소?) 적어도 스무 번은 뒤적이던 끝에, 그와 비슷한 어떤 것을 시도해보려는, 그가 옛 생활의 묘사에 적용했던, 그토록 비상하리만큼 회화적인 방법을 현대 생활의 기술(記述)에, 아니 차라리 현대적이면서 한결 더 추상적인 한 생활의 기술에 적용해보려는 생각이 제게 떠올랐던 것입니다.

우리들 가운데 누가, 그 야심만만한 시절에, 리듬도 각운도 없이 음악적이며, 혼의 서정적 약동에, 몽상의 파동에, 의식의 소스라침에 적응할 수 있을 만큼 충분히 유연하고 충분히 거친, 어떤 시적인 산문의 기적을 꿈꾸어보지 않았겠소?

특히 거대한 도시를 빈번하게 왕래하고, 그 수많은 관계와 교섭하는 가운데 이 끈질긴 이상(理想)이 태어나는 것이지요. 친애하는 형, 형도 *유리 장수*의 날카로운 외침을 한 편의 노래로 번역하려고, 더 나아가서 이 외침이 거리의 더할 수 없이 높이 쌓인 안개를 뚫고 다락방까지 올려보내는 그 모든 한심한 암시를 일종의 서정적인 산문으로 표현하려고 시도하시지 않았소?

그러나 사실을 말한다면, 제가 부러워했다고 해서 그것이 행운을 가져다주는 것은 아닐 수도 있었을 터이니 그게 두렵소. 일을 시작하자마자, 저는 제가 그 신비롭고 빛나는 모범과 동떨어져 있을 뿐만 아니라, 기묘하게도 전혀 다른 어떤 것을(그것을 *어떤 것*이라고 부를 수 있다면 말이오) 만들어내고 있음을 깨달았소. 저아닌 다른 누구라면 필경 자랑스럽게 여겨질지도 모를 이 예기치 못한 결과는 자기가 만들어내려 기도했던 것을 *정확하게* 완성하는 것이 시인의 가장 큰 명예라고 여기는 정신을 오직 심각하게 모욕할 따름이오.

형의 다정한 벗
C. B.

1. 이방인

"자네는 누구를 가장 사랑하는가, 수수께끼 같은 사람아, 말해 보게. 아버지, 어머니, 누이, 형제?"

"내겐 아버지도, 어머니도, 누이도, 형제도 없어요."

"친구들은?"

"당신은 이날까지도 나에게 그 의미조차 미지로 남아 있는 말을 쓰시는군요."

"조국은?"

"그게 어느 위도 아래 자리잡고 있는지도 알지 못합니다."

"미인은?"

"그야 기꺼이 사랑하겠지요, 불멸의 여신이라면."

"황금은?"

"당신이 신을 증오하듯 나는 황금을 증오합니다."

"그래! 그럼 자네는 대관절 무엇을 사랑하는가, 이 별난 이방인 아?"

"구름을 사랑하지요... 흘러가는 구름을... 저기... 저... 신기한 구름을!"

2. 늙은 할멈의 절망

조그맣게 쭈그러든 할멈은 아기를 보자 아주 기뻤다. 누구나 예
뻐하고 모든 사람이 즐겁게 받들어주려는 그 귀여운 아기는 작은
할멈처럼 가냘프고 또 할멈처럼 이가 없고 머리털도 없었다.

그래서 할멈은 아기에게 다가가 웃음을 띠며 보기 좋은 얼굴을
해 보이려 했다.

그러나 아기는 이 착한 늙다리 여자의 손길에 겁이 나서 발버둥
을 치며, 온 집안에 가득차게 날카로운 소리를 질러댔다.

그 서슬에 착한 할멈은 제 몫의 영원한 고독 속으로 밀려나, 한
쪽 구석에서 울며 중얼거렸다—"아! 불쌍한 우리 늙은 여편네들
은 누굴 즐겁게 해줄 나이가 지났구나, 아무것도 모르는 애들이라
고 할지라도. 우리는 어린애들을 사랑해주고 싶어도 두렵게 할 뿐
이구나!"

3. 예술가의 *고해기도*

가을날 하루의 끝은 얼마나 폐부를 찌르는가! 아! 괴롭도록 찌르는구나! 몽롱하다고 해서 통렬함이 사라져버린 것은 아닌 어떤 감미로운 감각이 존재하려니와 무한의 첨단보다 더 날카로운 첨단은 없는 법이기에.

하늘과 바다의 광막함 속에 눈길을 담근다는 그 크나큰 환희! 고독, 정적, 창공의 비할 데 없는 순결함! 그 약소함과 고립으로 내 치유할 수 없는 삶을 닮아, 수평선에서 떨고 있는 조그만 돛, 물결의 단조로운 멜로디, 이 모든 것들이 나를 통하여 생각한다, 아니 그것들을 통하여 내가 생각한다(몽상의 강대함 속에서, *자아*는 이내 소멸해버리고 말지 않는가!). 그것들이 생각한다, 나는 말하는데, 그러나 궤변도, 삼단 논법도, 연역법도 없이, 음악적으로 회화적으로 생각한다.

이 생각들은 나에게서 나왔건 사물에서 솟아올랐건 간에, 금세 너무나 강렬해진다. 관능에 싸인 힘은 불편과 실제적인 고통을 빚어낸다. 너무나 팽팽한 내 신경은 소란하고 고통스러운 떨림만을 내보낼 뿐이다.

그리하여 이제 하늘의 그윽함이 나를 아연실색하게 하고, 그 청명함이 나를 못 견디게 다그친다. 바다의 무심함, 자연경관의 요지부동함에 나는 분노한다... 아! 영원히 괴로워해야 할 것인가, 아니면 영원히 아름다움을 피해 달아나야 할 것인가? 자연이여, 무자비한 마녀여, 언제나 승리하는 적수여, 나를 놓아달라! 내 욕망과 내 오만을 더이상 시험하지 말라! 미의 연찬은 하나의 결투, 그

싸움에서 예술가는 패배하기도 전에 공포의 비명을 지른다.

4. 장난꾸러기

그것은 새해의 폭발이었다. 무수한 사륜마차가 가로지르고, 장난감과 봉봉과자가 번쩍거리고, 탐욕과 절망이 들끓는 진흙과 눈의 혼돈, 가장 완강한 고독자의 뇌수마저 어지럽히려고 마련된 대도시의 공인된 착란.

이 소동과 난장판 한가운데서, 나귀 한 마리가 채찍으로 무장한 어느 무뢰한에게 시달리며 굳세게 종종걸음을 치고 있었다.

나귀가 보도의 모퉁이를 막 돌려 할 때, 장갑이 끼워지고 에나멜 칠로 번들거리고, 넥타이로 끔찍하게 목이 조여, 완전 신품 양복 속에 감금당한 멋쟁이 신사 하나가 이 누추한 짐승 앞에 정중하게 절을 하고는, 모자를 벗어들고 말했다. "아름답고 복된 새해를 기원합니다!" 그러고는 내 알 바 없는 떨거지들 쪽으로 득의만만하게 고개를 돌렸다. 제 만족감에 그들이 칭찬이라도 얹어주기를 앙망하는 듯이.

나귀는 이 멋쟁이 장난꾸러기가 눈에 들어오지 않았으며, 그래서 제 의무가 부르는 곳으로 계속해서 열심히 달려갔다.

나로 말하자면, 프랑스의 모든 재기를 고스란히 한몸에 끌어모은 것만 같았던 이 으리으리한 바보를 보며 측량할 수 없는 분노에 돌연 사로잡혔다.

5. 이중의 방

몽상을 닮은 방. 거기 고여 있는 공기가 장밋빛과 푸른빛으로 살포시 물들어 있는, 진정으로 *정신적인* 방.

혼은 거기에서 회한과 욕망의 향기에 젖어, 게으름의 목욕을 한다—그것은 황혼의 박명처럼 어슴푸레한, 푸르스름한가 하면 장밋빛인 어떤 것, 일식중에 꾸는 한 자락 관능의 꿈.

가구들은 기름하고, 허탈하고, 나른한 형태를 지녔다. 가구들은 꿈꾸고 있는 모습이다. 식물이나 광물처럼, 마치 몽유(夢遊)의 생명이라도 얻은 것 같다. 직물들은 소리 없는 말을 한다, 꽃처럼, 하늘처럼, 저무는 해처럼.

벽에 예술에 대한 오욕은 아무것도 없다. 순수한 꿈, 분석을 마다하는 인상에 비하면, 규정된 예술, 명징한 예술은 모독이다. 여기서는 모든 것이 조화로움의 바탕인 충분한 빛과 그윽한 어둠을 지녔다.

지극히 섬세하게 골라낸 미세한 향기가 아주 가벼운 습기를 머금고 이 공기 속에 떠돌고, 그 안에서 졸고 있는 정신은 온실의 감각에 실려 흔들거린다.

모슬린이 창 앞과 침대 앞에 풍성하게 빗줄기를 이루고, 백설의 폭포인 양 쏟아져내린다. 이 침대 위에 꿈의 여왕, 우상이 누워 있다. 그런데 어떻게 그녀가 여기에 있는가? 누가 그녀를 데려왔는가? 어떤 마법의 힘이 이 몽상과 관능의 옥좌에 그녀를 올려놓았는가? 아무럼 어떠냐? 그녀가 바로 거기 있다! 내가 그녀를 알아본다.

저것이 바로 불꽃으로 어스름 빛을 꿰뚫는 그 두 눈, 그 소름끼치는 악의 때문에 내가 알아보는 그 예리하고 무서운 *거울눈*이 아닌가! 그것들은 섣불리 자기들을 응시하는 경솔한 인간의 시선을 유혹하고 지배하고 삼켜버린다. 나는 그것들을 시나브로 연구해왔다, 호기심과 찬탄을 어김없이 불러일으키는 그 두 개의 검은 별을.

어느 친절한 수호령의 덕택으로 내가 이렇게 신비와 고요와 평화와 향기에 둘러싸여 있는 것인가? 오 그지없는 행복이여! 우리가 일반적으로 삶이라고 부르는 것은, 그것이 가장 복되게 확장된 상태에서라 하더라도, 내가 지금 체득하는 삶, 내가 일 분 일 분, 일 초 일 초 맛보고 있는 이 지고한 삶과는 아무런 공통점도 없다!

아니다! 이제 분은 없다, 이제 초는 없다! 시간은 사라졌다. 군림하는 것은 영원, 열락(悅樂)의 영원이다!

그러나 한 차례 무섭고 무거운 타격이 문을 울렸다. 지옥의 악몽에서처럼, 나는 곡괭이로 위장을 한 대 얻어맞은 것만 같았다.

그러고는 유령이 하나 들어왔다. 그것은 법의 이름으로 나를 문책하러 온 집달리, 또는 가난을 하소연하며 내 생활의 고통에 자기 생활의 비속함을 덧붙이러 온 염치없는 정부(情婦), 또는 후속 원고를 재촉하러 보낸 신문사 편집장의 사환 아이다.

천국의 방도, 우상, 그 꿈의 여왕, 저 위대한 르네가 말했다시피 *실피드*도, 그 모든 마법이 난폭하게 휘두른 유령의 일격에 사라져버렸다.

무서워라! 생각난다! 생각난다! 그렇지! 이 누추한 방, 이 영원한 권태의 거처, 이것이 바로 내 방이지. 보라, 먼지 끼고 귀 떨어진 멍텅구리 가구들, 불꽃도 잉걸도 없이 가래침에 더럽혀진 벽난로, 빗줄기가 먼지 속에 고랑을 내놓은 쓸쓸한 창, 쓰다가 지웠거나 쓰다 만 원고, 불길한 날짜들을 연필로 표시해놓은 달력!

그리고 완벽하게 세련된 감수성으로 내가 도취하였던 또다른 세계의 그 향기는, 슬프다! 이제 무언지 모를 구역질나는 곰팡내와 뒤섞인, 역겨운 담배 냄새로 바뀌었다. 이제 여기에서는 비탄의 쉰내를 맡는다.

이 좁은, 그러나 혐오감 가득한 세계에서, 단 한 가지 낯익은 물건이 내게 미소를 짓는다. 아편팅크 유리병 하나, 오래되고도 무서운 여자친구, 여느 여자친구나 마찬가지로, 슬프다! 애무도 풍요롭고 배신도 풍요로운.

오! 그렇구나! 시간이 다시 나타났구나. 시간은 이제 절대군주로 군림한다. 그리고 이 흉측한 늙은이와 더불어, 그를 수행하는 추억, 회한, 경련, 공포, 고뇌, 악몽, 분노 그리고 신경증, 그 악귀 같은 행렬이 고스란히 되돌아왔다.

당신에게 확실히 말해두거니와 일 초 일 초는 이제 힘차고 엄숙하게 강조되고, 매초마다 추시계에서 솟아오르면서 말한다—"내가 바로 삶이다, 그 견딜 수 없는, 그 달랠 길 없는 삶!"

인간의 삶에서 복음을 알리는 사명을 지닌 것으로는 오직 하나의 초가 있을 뿐이다. 어느 누구에게나 설명할 수 없는 공포심을 불러일으키는 그 복음.

그렇다! 시간이 군림한다. 놈이 그 포학한 전제권력을 다시 탈환했다. 그러고는 두 개의 바늘로, 내가 마치 황소라도 되는 양, 나를 몰아댄다—"이랴 낄낄! 이 짐승아! 땀 흘려라 그래, 이 노예야! 살아라 그래, 영벌받은 놈아!"

6. 저마다 제 시메르를

막막한 잿빛 하늘 아래, 길도, 잔디도, 엉겅퀴 한 포기도, 쐐기 풀 한 포기도 없이, 먼지로 뒤덮인 막막한 벌판에서, 나는 몸을 구부리고 걸어가는 사람들을 숱하게 만났다.

그들은 저마다 커다란 시메르를 한 마리씩 등에 짊어지고 있었으니, 무겁기가 밀가루나 석탄 부대, 또는 로마제국 보병의 군장 못지않았다.

그런데 이 괴물 짐승은 생명 없는 하중이 아니라, 오히려 그 탄탄하고 억센 근육으로 사람을 덮어 누르고 있었다. 괴수는 그 거창한 갈퀴 발톱 두 개로 저를 태우고 가는 생명의 가슴팍을 움켜쥐고 있었으며, 그 전설적인 머리는 사람의 이마 위로 솟아올라, 그 모양새가 마치 고대의 전사들이 적군의 공포감을 더욱 부추겨주길 바라면서 썼던 그 무시무시한 투구 가운데 하나처럼 보였다.

나는 그 가운데 한 사람에게 질문을 하였던바, 어디를 이렇게 가고 있느냐고 물었다. 그는 전혀 알지 못한다고, 자기도 다른 사람들도 그에 관해 아는 것이 없다고, 그러나 걸어가려는 거역할 수 없는 욕구에 쫓기고 있는 것으로 보아, 분명히 어디론가 가고 있다고 대답했다.

기록해두어야 할 특이한 사실 : 이 나그네들 가운데 어느 누구도 제 목에 매달리고 제 등에 엉겨붙어 있는 이 흉포한 짐승에 대해 분노하는 모습이 아니었으니, 이 짐승이 자기 자신의 일부를 이루고 있다고 여기는 것이 아닌가 싶었다. 그 피곤하고 진지한 얼굴 하나하나에는 아무런 절망의 낌새도 비치지 않았거니와, 하늘의 우울한 궁륭 아래, 그 하늘처럼 황량한 땅의 먼지 속에 발을 파묻으며, 그들은 끝없이 희망을 품도록 벌받은 자들이 지어 마땅한 그런 체념 어린 표정을 지으며 나아가고 있었다.

그리하여 행렬은 내 옆을 지나 지평선의 대기 속으로, 이 행성의 둥근 표면이 인간 시선의 호기심으로부터 벗어나는 그곳으로, 잠겨들었다.

그래서 잠시 동안 나는 이 신비로운 현상을 이해하려고 애써보았으나, 이내 억제할 수 없는 무관심이 나를 덮쳤으며, 그 바람에 나는 바로 그 사람들이 막강한 시메르에 짓눌리는 것보다 더 무겁게 짓눌리었다.

7. 어릿광대와 비너스

참으로 쾌청한 날이로구나! 널따란 공원은, 사랑의 신의 지배를 받는 청춘처럼, 태양의 타오르는 눈길 아래 자지러진다.

만상의 한결같은 황홀경은 무슨 소리를 빌려 표현되는 것이 아니다. 흐르는 물까지도 잠든 듯하다. 인간의 축제와는 딴판으로, 여기에서는 침묵의 향연이다.

사뭇 밝기를 더하는 빛이 사물들 하나하나를 더욱더 휘황하게 한다고, 자극받은 꽃들이 그 빛깔의 힘을 모아 하늘의 푸른빛과 다투려는 욕망으로 불타오른다고, 뜨거운 기운이 향기를 눈에 보이게 하여 태양을 향해 연기처럼 띄워올린다고 말해야 하리라.

그렇건만, 이 만유의 기쁨 가운데, 비탄에 젖어 있는 한 인간을 나는 목격했다.

우람한 비너스 상의 발치에서, 저 거짓 미치광이들 가운데 하나, 왕들이 회한이나 권태에 시달릴 때 웃기는 임무를 자진해서 떠맡은 저 어릿광대들 가운데 하나가 휘황하고 우스꽝스러운 옷을 두르고, 고깔을 쓰고 방울을 달고, 그 받침대에 기대어 잔뜩 움츠린 몸으로, 불멸의 여신을 향해 눈물 가득한 눈을 들어올린다.

그리고 그의 두 눈은 말한다—"나는 인간 중에서 가장 못나고, 가장 외로운 놈, 사랑도 받지 못하고 우정도 얻지 못한 놈이며, 그 점에선 가장 불완전한 동물보다도 훨씬 열등한 놈입니다. 그러나 이 사람 역시 불멸의 미를 이해하고 느끼기 위해 만들어졌지요! 아! 여신이여! 제 슬픔과 착란을 가엾게 여기소서!"

그러나 냉엄한 비너스는 그 대리석 눈으로, 저멀리 내 알지 못하는 것을 바라본다.

8. 개와 향수병

"내 아름다우신 개, 내 착하신 개, 내 사랑스러우신 멍멍이님, 이리 가까이 오셔서 이 훌륭한 향수 냄새를 맡아보시오. 시내에서도 제일가는 향수가게에서 사온 것입니다."

이 말에 개는 꼬리를 치면서, 아마도 그게 이 가련한 짐승들에게는 웃음과 미소에 해당하는 표시인가 싶은데, 곁으로 다가와 마개 열린 병에 신기한 듯이 그 축축한 코를 댔다. 그러더니 공포에 질려 와락 물러서며, 나한테 비난하는 투로 짖어댄다.

"아! 한심하신 개, 내가 배설물 꾸러미라도 드렸더라면, 그대는 얼씨구나 냄새를 맡으시고 아마도 삼키셨겠지요. 이러니, 내 슬픈 인생의 어쭙잖은 길동무, 그대마저도 저 대중들과 다를 바 없구려, 미묘한 향수는 화나 돋우게 마련일 터이니 오물이나 정성스럽게 골라 바쳐야 할 저 대중들 말이외다."

9. 형편없는 유리 장수

순전히 관조적이어서 행동에는 전혀 어울리지 않는 천성인데도, 때로는 불가사의하고 알 수 없는 충동에 눌려, 자기 자신도 불가능하다고 생각할 정도로 신속하게 행동하는 그런 사람들이 있다.

자기 집 수위한테서 무슨 슬픈 소식이나 듣게 되지 않을까 두려워서 차마 들어가지도 못하고 문 앞에서 한 시간이나 비겁하게 서성거리는 사람, 봉투도 뜯지 않은 채 편지를 보름 동안이나 붙들고 있거나, 일 년 전에 반드시 밟았어야 할 수속을, 다시 반년이 지나서야 어쩔 수 없이 이행하기로 결심하는 사람, 이런 사람들이 때로는 어떤 억제할 수 없는 힘에 밀려 마치 시위를 떠난 화살같이 자기 자신이 돌연 행동을 향해 내달리고 있음을 느낀다. 모든 것을 다 알고 있다고 자부하는 모랄리스트와 의사도 이런 게으르고 일락에 젖은 넋들에게 어디서 그런 광포한 힘이 별안간 밀어닥치는지, 지극히 간단하고 필요 불가결한 일조차도 처리하지 못하는 그들이 여차한 순간에는 부조리하기 이를 데 없을뿐더러 종종 위험하기 짝이 없기도 한 행위를 실행하는 데는 어떻게 그런 과람한 용기를 얻어내게 되는지 설명하지 못한다.

내 친구 하나는 이제까지 존재하였기로 가장 무해한 몽상가인 터수에 한번은 숲에 불을 질렀던바, 사람들이 한결같이 단언하듯이 그렇게 쉽게 불이 붙는지 어떤지 보기 위해서였다는 것이다. 계속해서 열 번, 실험은 실패했다. 그러나 열한번째에, 그게 너무 지나치게 성공했다.

또 한 친구는 화약통 옆에서 시가에 불을 붙이게 된다, *보기 위*

24

해, 알기 위해, 운명을 시험하기 위해, 스스로를 강제하여 정력을 증명하려고, 한번 도박꾼이 되어보려고, 불안이 주는 쾌락을 맛보려고, 괜히, 변덕으로, 심심해서.

그것은 권태와 몽상에서 솟아나는 정력의 일종이며, 그런 정력이 그토록 끈덕지게 나타나는 자들은 대개, 내가 앞에서 말한 것처럼, 인간들 가운데서 가장 무기력하고 가장 몽상적인 사람들이다.

또 어떤 친구는, 소심하기가 남자들의 시선 앞에서도 눈을 들지 못할 정도고, 카페에 들어가거나 극장의 개찰구 앞을 지나가려면, 그곳의 문지기들이 미노스와 아이아코스와 라다만토스의 위엄을 두른 것만 같아서, 그 가엾은 의지력을 모조리 끌어모아야 할 정도인데도, 자기 옆을 지나가는 노인의 목에 느닷없이 덤벼들어, 깜짝 놀란 군중 앞에서 열렬하게 입을 맞추게 된다.

왜? 왜냐면... 왜냐면 그 노인의 얼굴이 그에게 억제할 수 없는 공감을 불러일으키기 때문에? 어쩌면 그럴 수도. 그러나 그 자신도 왜 그랬는지 알지 못한다고 보는 편이 더 타당하다.

나도 몇 번이나 이런 발작과 이런 충동의 희생이 되었으니, 이런 충동이나 발작이야말로 어떤 심술궂은 마귀들이 슬그머니 우리들 안에 기어들어와 우리도 모르는 사이에 저들의 가장 부조리한 의지를 수행하도록 우리를 조종하는 것이라고 믿을 권리를 우리에게 허락해준다.

어느 날 아침 나는 잠자리에서 일어나고 보니, 울적하고 서글프고, 무료함에 지쳐서, 무슨 대단한 일, 어떤 혁혁한 행동을 하도록 내몰렸던 것 같다. 그래서, 나는 창문을 열었다, 아뿔싸!

(부디 통찰해주시길 바라는바, 어떤 사람들한테서는 공작이나 술책의 결과가 아니라 우발적인 영감의 결과인 공갈치기의 정신이라는 것도, 저항할 수 없이 우리를 밀어붙여 위험하거나 무례한

행동을 숱하게 저지르게 하는 기질, 의사들에 따르면 히스테리성
이고, 의사들보다는 좀더 잘 생각하는 사람들에 따르면 악마적이
라는 이 기질과, 그 욕망이 강렬하다는 점만으로도, 크게 같은 성
격을 지닌다.)

거리에서 맨 먼저 내 눈에 띈 사람은 유리 장수였으며, 그 날카
롭고 귀에 거슬리는 고함소리가 파리의 무겁고 더러운 공기를 뚫
고 나에게까지 올라왔다. 그런데 이 가련한 사나이에 대해 내가 왜
그토록 갑작스럽고도 횡포한 증오심에 사로잡혔는지 나로서도 말
하기가 불가능할 것 같다.

"어이! 어이!" 하고 나는 그에게 올라오라고 소리쳤다. 그런데
내 방이 칠층에 있고 계단이 매우 좁아서, 유리 장수가 그 등짐을
수행하느라 제법 고난을 겪을 것이며, 그 부서지기 쉬운 상품의 모
서리가 여기저기 걸려 부딪치리라 생각하면서, 자못 유쾌한 마음
이 없지 않았다.

마침내 그가 나타났다. 나는 신기한 듯이 그의 유리를 모조리
살펴보고는 그에게 말했다. "뭐야? 색유리는 없어요? 장밋빛 유
리, 붉은 유리, 푸른 유리, 마법의 유리, 천국의 유리 말이오. 이런
뻔뻔한 사람이 다 있나! 가난한 동네를 버젓이 돌아다니면서, 삶
을 아름답게 보이게 할 유리 한 장 없다니!" 그러고는 그를 층계
쪽으로 냅다 떠밀었더니, 그는 투덜대며 비틀거렸다.

나는 발코니에 다가가 조그만 화분을 집어들고는, 사나이가 현
관 어귀에 다시 나타났을 때, 그 유리 지게 뒷전을 노려 내 병기를
수직으로 떨어뜨렸다. 이 충격에 그는 나둥그러지며, 그 빈약한 행
상 자산 전체를 자기 등 밑에 깔아 산산조각 내는 일을 완수하였으
니, 수정궁 하나가 벼락을 맞아 파열하기라도 하는 듯 찬란한 소리
가 났다.

그리고 나는 내 미친 기운에 도취하여 그에게 맹렬하게 외쳐대었다. "삶을 아름답게! 삶을 아름답게!"

이러한 신경질적인 장난에는 위험이 없지 않으며, 종종 비싼 대가를 치를 수도 있다. 그러나 일순간 속에서 향락의 무한을 보아버린 자에게 지옥 징벌의 영원함이라 한들 무슨 대수인가?

10. 새벽 한시에

드디어! 혼자다! 들리는 소리라곤 이따금 뒤늦게 지쳐빠져 돌아가는 승합마차의 바퀴 소리뿐이다. 몇 시간 동안, 우리는 휴식은 아닐지언정 고요를 소유하게 되리라. 드디어! 인간의 얼굴이 가하는 포학은 사라졌으니, 이제 나는 내 자신에 의해서만 고통을 당할 것이다.

드디어! 이제 나는 어둠으로 목욕을 하며 피로를 풀도록 허락을 받았다! 먼저 두 번 돌려 자물쇠를 잠그자. 이 열쇠 돌리기가 내 고독을 더욱 깊게 하고 지금 나와 세상을 갈라놓는 바리케이드를 더욱 굳건하게 할 것만 같다.

끔찍한 삶! 끔찍한 도시! 오늘 하루를 돌이켜 요약해보자. 문인들을 여러 사람 만났고, 그중 한 사람은 나한테 러시아를 육로로 갈 수 있느냐고 물었다(그자는 아마도 러시아를 섬으로 알고 있었나보다). 어느 잡지의 주간을 상대로 푸짐하게 말다툼을 했는데, 따져 묻는 말마다 그의 대답이라는 것이 "여기는 정직한 인사들의 진영입니다" 이런 식이었으니, 다른 신문 잡지는 모두 악당들이 편집하고 있다고 말하는 셈이다. 스무 명이나 되는 사람들에게 인사를 했는데, 그중 열다섯은 모르는 사람이었다. 같은 비율로 악수를 나눠주었는데, 그것도 미리 장갑을 사두는 대비책도 세우지 않은 채였다. 소낙비를 피해 시간을 죽이려고 어느 곡예사 여자의 방에 올라갔더니, *베뉘스트르*의 의상을 디자인해달라고 부탁했다. 어느 극장 지배인에게 인사치레를 하러 갔더니, 그가 나를 내보내며 하는 말인즉 "아마도 Z...를 만나보시는 게 좋을 것 같네요. 내가 데리고 있는 극작가들 중에서 가장 둔하고 가장 어리석고 가장 유명한 인물이라서. 그 사람과 함께라면 필시 상당한 결과가 있을 겁니다. 그를 만나보시고, 그러고 나서 다시 봅시다." 내가 저지른 적이 없는 여러 비열한 행동을 저지른 양 자랑하고(왜?), 기꺼이 수행한 다른 몇 가지 악행은 비겁하게 부인하였으니, 허장성세의 허물이오, 세상의 이목을 두려워한 죄로다. 친구에게는 어렵지 않은 도움을 거절하고, 순전한 건달한테는 추천장을 써주었다. 어이구! 이제 끝났는가?

모든 인간이 한심하고 내 자신이 한심해서, 나는 이 밤의 정적과 고독 속에서 나를 회복하고 조금이라도 긍지를 누리고 싶다. 내가 사랑했던 사람들의 영혼이여, 내가 노래했던 사람들의 영혼이여, 내게 힘을 주시라, 나를 붙들어주시라, 세상의 거짓과 부패한 증기를 나에게서 멀게 하시라. 그리고 그대, 주 나의 신이여! 아름다운 시를 몇 구절이라도 지어내어 내가 인간들 가운데 가장 하등한 자가 아니며, 내가 경멸하는 치들보다 더 못난 놈이 아니라는 것을 내 자신에게 증명할 수 있도록 은총을 베풀어주시라.

11. 야수 여자와 공주님

정말이지, 사랑하는 임이여, 당신은 끝도 없이 사정도 없이 나를 피곤하게 하는구려. 누가 당신의 한숨 소리를 들으면, 이삭 줍는 육순 노파보다도, 술집 문전에서 빵 껍질을 줍는 거지 할멈보다도 당신이 더 괴로워한다고 말하겠소.

당신의 한숨이 하다못해 회한이라도 나타내는 것이라면, 그게 제법 당신의 명예가 되겠지만, 허나 그 한숨은 행복에 물리고 휴식에 짓눌렸음을 말해주는 것일 뿐이지요. 게다가 당신은 아무짝에도 쓸데없는 말들을 끊임없이 쏟아내는구려. "나를 듬뿍 사랑해줘요! 나는 그리도 사랑이 필요해요! 여기를 달래주세요, 거기를 어루만져주세요!" 자, 그럼 당신의 병을 고쳐볼까요. 아마도 방법을 찾을 수 있을 거요. 돈 몇 푼만 내놓으면, 축제일의 장터에서, 별로 멀리 갈 것도 없지요.

아무쪼록, 저 견고한 철창을 잘 살펴보자고요. 그 안에서 요동치며, 지옥에 떨어진 망령처럼 울부짖고, 귀양살이에 화가 난 오랑우탄처럼 쇠창살을 잡아 흔들고, 때로는 제자리를 맴도는 호랑이의 도약을, 때로는 흰곰의 어리석은 건들거림을 완벽하게 흉내내는 저 털북숭이 괴물, 그 모양은 아주 희미하게만 당신의 모양을 닮았지요!

저 괴물은 일반적으로 "내 천사!"라고 불리는 야수의 하나, 다시 말해서 아내라는 여자지요. 몽둥이를 손에 들고, 고래고래 소리 지르는 또하나의 괴물은 남편이지요. 녀석은 제 합법적인 아내를 짐승처럼 사슬에 묶어, 장날 문밖 거리에 구경거리로 내놓지요. 관리들의 허가를 득한 것은 말할 필요도 없고.

아무쪼록 주의하시오! 사육사가 던져주는 산토끼며 삐악거리는 닭들을 저 괴물이 얼마나 게걸스럽게 (설마 시늉만 하는 건 아닐 테고!) 찢어대는지 보시구려! 사육사가 하는 말이 "이런, 자기 전 재산을 하루에 먹어치우진 말아야지!" 이 슬기로운 말끝에, 그가 사정없이 먹이를 낚아채는데 그 찢어진 창자가 일순 맹수의 이빨에, 그러니까 여인의 이빨에 걸려 있구려.

아니! 몽둥이로 한 대 오지게 갈겨 여자를 진정시켜야지! 낚아채인 음식을 탐내어 무서운 눈으로 노려보잖소. 저런! 몽둥이는 코미디에서 쓰는 몽둥이가 아니구려. 가발도 소용없이, 살이 울리는 소리 들었지요? 그래서 지금 여자는 머리에서 눈알이 튀어나오고, *한결 자연스럽게* 짖어대는구려. 미친듯 화가 끓어올라, 여자는 온몸으로 불꽃을 튀기는구려, 달궈 치는 쇠가 저럴까.

이거야말로, 오 하느님! 당신 손으로 지으신 작품, 아담과 이브의 두 자손이 엮어내는 부부생활의 습속이지요. 이 여자가 불행하리라는 건 이론의 여지가 없으니, 설사 막판에 가서, 그 여자가 저 영광의 간질간질한 재미를 맛보고야 만다고 하더라도 그렇지요. 이보다 더 돌이킬 길 없는, 게다가 보상도 없는, 불행이 없는 것은 아니지요. 그러나 여자는 자신이 내던져진 이 세상에서, 여성이 또 다른 운명을 가질 누릴 자격이 있다고는 생각도 못했지요.

이제, 소중한 내 임이여, 우리 두 사람의 차례이구려! 이 세상에 들끓는 지옥을 보고, 당신의 우아한 지옥에 대해 내가 무슨 생각을 해야 할까요. 당신의 피부처럼 보드라운 피류 위에서가 아니면 쉬지 않는 당신, 구운 고기가 아니면, 그것도 솜씨 좋은 하인이 정성스럽게 썰어다 바치지 않으면 먹지 않는 당신.

그리고 향수를 뿌린 당신의 가슴에 가득차 있는, 이 모든 자잘한 한숨이 나에게 무엇을 뜻할 수 있을까요, 굽힐 줄 모르는 이 요염한 아가씨여. 그리고 또 책에서 배운 이 모든 교태며, 관객에게 연민과는 전혀 다른 감정을 불러일으키는 이 지칠 줄 모르는 우수는? 사실, 어쩔 때 나는 참다운 불행이란 것이 무엇인지 당신에게 가르쳐주고 싶은 생각에 문득 사로잡힌다오.

"이렇듯, 아리땁고 까다로운 그대여, 발은 진흙 속에 담그고, 하늘을 향해 왕이라도 내려주길 바라는 듯 몽롱하게 눈길을 돌리고 있는 그 모습을 보노라면, 당신은 필경 이상을 기원하는 한 마리 어린 개구리라고나 해야 할까! 당신이 만일 들보를(당신도 잘 알다시피, 그게 바로 지금 나인데) 업신여긴다면, 두루미를 조심하시구려, *그대를 와작와작 씹어 꿀꺽 삼키고 제멋대로 죽이고 말 테니!*

내 비록 시인이건만, 당신이 생각하는 만큼 어수룩한 봉이 아니니, 당신이 만일 그 *꾸미고 꾸민* 눈물로 너무 자주 나를 피곤하게 한다면, 나는 당신을 *야수 여자*로 대접하거나, 빈병을 던지듯 창밖으로 던져버릴 것이오."

12. 군중

다중으로 목욕을 한다는 것은 아무에게나 허락되는 일이 아니다. 군중을 즐긴다는 것은 하나의 예술이거니와, 인류의 신세를 지며 생명력의 잔치를 질펀하게 벌일 수 있는 자가 있다면, 그것은 오직 요정이 그의 요람에 찾아와 가장과 가면의 취미, 붙박이 삶에 대한 증오와 여행의 정열을 불어넣어준 사람이다.

다중, 고독, 이는 동일한 말이며 활기차고 풍요로운 시인이라면 바꾸어 쓸 수도 있는 말이다. 자신의 고독을 사람으로 가득 채울 줄 모르는 자는 또한 분주한 군중 속에서 홀로 있을 줄도 모른다.

시인은 자기 멋대로 자기 자신이 되기도 하고 남이 되기도 하는 이 비할 데 없는 특권을 즐긴다. 저 육체를 찾아 헤매는 혼들처럼, 그는 마음 내킬 때마다, 어느 사람이건 그 사람 안에 들어간다. 오직 그에게만은 모든 것이 비어 있으며, 만일 어떤 자리가 그에게 닫힌 것처럼 비친다면 그것은 그가 보기에 찾아들 가치가 없는 자리이기 때문이다.

고독하고 사색에 잠긴 산책자는 이 보편적인 합일에서 독특한 도취를 끌어낸다. 군중과 쉽사리 결합하는 사람은, 돈 궤짝처럼 닫혀 있는 에고이스트나 연체동물처럼 갇혀 있는 게으름뱅이들이 끝내 얻지 못할, 열렬한 즐거움을 알고 있다. 시인은 시시로 자기 앞에 나타나는 온갖 직업과 온갖 기쁨, 온갖 비참함을 자기 것으로 동화한다.

사람들이 사랑이라고 일컫는 것은 이 형언할 수 없는 잔치판, 눈앞의 엉뚱한 인간에게, 지나가는 생면부지의 행인에게 자기를 송두리째 바치는, 시이며 자비인, 이 영혼의 거룩한 매음에 비하면, 매우 작고, 매우 제한되고, 매우 빈약한 것이다.

　이 세상의 행복한 사람들에게, 비록 저들의 어리석은 오만에 잠시 부끄러움을 안길 뿐이라 할지라도, 저들의 행복보다 더 우월하고 더 방대하고 더 세련된 행복이 있다는 것을 때때로 가르쳐주는 것이 좋다. 식민지의 창설자들, 민중의 목자, 세계의 끝에 파견된 전도 신부들은 필경 이 신비로운 도취 가운데 어떤 것을 경험하고 있다. 그리고 자신들의 재능이 만들어놓은 광대한 가족의 품속에서, 그토록 파란 많은 자신들의 운명과 그토록 순결한 자신들의 삶을 가엾게 여기는 자들을 그들은 때때로 비웃을 것이 틀림없다.

13. 과부들

　보브나르그의 말인즉, 공원에는 주로 좌절된 야심이, 불행한 발명가들이, 유산된 영광이, 상처 입은 마음이, 그 모든 소란스럽고도 닫힌 혼들이 출몰하는 오솔길이 몇 개 있다 하니, 폭풍우의 마지막 탄식이 아직도 그 내부에서 울부짖고 있는 저들이, 희희낙락하는 자들과 한가로운 자들의 무례한 시선으로부터 멀리 물러나는 자리다. 이들 그늘진 은신처야말로 인생 전선 부상자들의 집회소다.

　시인과 철학자가 그 허기진 추측들을 이끌고 가기 좋은 데가 특히 이런 곳이다. 거기에는 어김없이 먹이가 있다. 그들이 무시하고 찾아가지 않는 장소가 있다면, 그것은 무엇보다도, 방금 내가 암시했듯이, 부자들의 환락이 아니겠는가. 공허 속에서 벌어지는 그런 소란에는 그들을 끌어들일 만한 것이 아무것도 없다. 반대로, 그들은 자기들이 저 허약한, 몰락한, 슬픔에 절어든, 의지가지없는 것이라면 어느 것에나 저항할 수 없이 끌려들어가고 있음을 느낀다.

　경험 많은 눈은 결코 잘못 보는 법이 없다. 저 굳어 있거나 풀죽은 얼굴에서, 저 꺼져내려 흐릿하거나 싸움의 마지막 불꽃으로 번쩍거리는 눈에서, 저 깊고 많은 주름에서, 저렇듯 느리거나 저렇듯 고르지 못한 걸음걸이에서, 배신당한 사랑의, 무시된 헌신의, 보답받지 못한 노력의, 다소곳하게 말없이 견디어내는 굶주림과 추위의 무수한 전설을, 그 눈은 이내 읽어낸다.

　당신은 때때로 저 쓸쓸한 벤치 위에 앉아 있는 과부들을, 가난한 과부들을 본 적이 있는가? 상복을 입었건 아니건 간에, 그네들을 알아보기는 어렵지 않다.

게다가 가난한 사람의 상복에는 으레 무언가 부족한 것, 그 모습을 더욱 처량하게 만드는 조화의 결여 같은 것이 있다. 가난한 사람은 자신의 고통을 대할 때도 인색할 수밖에 없다. 부자는 자신의 고통 한 벌을 고스란히 입는다.

어느 쪽이 더 슬프고 더 슬프게 하는 과부일까. 어린애를 손에 잡고 가면서도 자신의 몽상을 함께 나눌 수는 없는 과부일까. 그도 저도 없이 홀로인 과부일까? 알 수 없다... 언젠가 나는 이런 종류의 슬픔에 시달린 한 노파를 몇 시간 동안이나 뒤따라간 일이 있다. 낡아빠진 작은 숄 아래, 빳빳하고 꼿꼿한 여인은 그 존재의 어느 구석 빈틈없이 극기주의자의 긍지를 누리고 있었다.

그 여자는 분명히 절대적인 고독 속에 살다보니 늙은 독신자의 생활습관을 따르지 않을 수 없었으며, 그 행태에 나타나는 남성적 성질이 그 엄격함에다 신비롭게도 짜릿한 맛을 덧붙여주었다. 나는 이 노파가 어느 초라한 카페에서 어떤 식으로 점심을 때웠는지 알지 못한다. 나는 그녀를 따라 도서실로 갔다. 나는 오랫동안 그 여자를 엿보았고, 그동안 여자는 신문을 뒤적이며, 그 옛날 눈물로 불탔던 그 활기찬 눈으로, 강렬하고도 개인적인 흥미를 좇아 뉴스를 찾고 있었다.

마침내, 오후가 되어, 아름다운 가을 하늘 아래, 회한과 추억이 무리지어 내려오는 그런 하늘 가운데 하나 아래, 여자는 공원 한편에 외따로 앉았다. 군악대가 파리 시민들에게 베풀어주는 그런 관현악 가운데 하나를 군중들에게서 멀리 떨어져서 들으려고.

이는 아마도 이 순진한 노파의(또는 순결해진 노파의) 아담한 방탕이며, 신이 한 해에도 삼백예순다섯 번씩, 그것도 필경 여러 해 전부터! 그 여자 위에 떨어뜨렸을, 동무도 없고, 한가로운 대화도 없고, 기쁨도 없고, 속마음을 털어놓을 상대도 없는 그 무거운 나날 가운데 하나의 대가로 받아 마땅한 위안이었다.

또하나의 여인 :

나는 음악공연장의 울타리를 둘러싸고 몰려 있는 하층민 군중에게, 두루두루 호의적인 시선은 아니라도 적어도 호기심 어린 시선을 던지지 않고는 견디지 못한다. 관현악은 밤의 어둠을 가로질러 축제의, 승리의, 혹은 쾌락의 노래를 내던진다. 야회복은 번들거리면서 땅에 끌리고, 눈길이 서로 마주치고, 한가로운 사람들, 아무것도 한 일이 없기에 피곤한 그들은 몸을 흔들거리며 느슨하게 음악을 음미하는 척한다. 여기에는 풍요로운 것, 행복한 것밖에는 아무것도 없다. 거리낄 것 없이 살아간다는 저 무사안일과 쾌락을 내뿜고 들이마시지 않는 것은 아무것도 없다. 아무것도 없다. 오직 저쪽 바깥 울짱에 기대서서, 바람결 따라 음악의 한 조각을 공짜로 붙잡으며, 내부의 번득이는 도가니를 들여다보는 저 빈민들의 모습을 제외하고는.

부자의 기쁨이 가난한 사람의 눈동자 깊은 곳에 비치는 반영, 그것은 언제나 흥미로운 주제다. 그러나 이날, 작업복과 날염 무명옷을 입은 민중들 틈으로, 나는 그 고귀함이 주위의 온갖 비속함과 뚜렷하게 대조를 이루는 한 사람을 보았다.

키가 크고 위엄이 서린 부인이었는데, 그 자태 하나하나가 하도 고결해서, 나는 옛날 아름다운 귀부인들을 그린 초상화 소장품에서도 이와 견줄 만한 여인을 본 기억이 나지 않았다. 높은 미덕의 향기가 그 전신에서 풍겨났다. 그 얼굴은 슬프고 여위어서 여인이 갖추어 입은 상복과 완전하게 조화를 이루었다. 그 부인 역시, 스스로 그 속에 섞여 있으면서도 안중에 두지 않는 주위의 하층민들과 마찬가지로, 그윽한 눈으로 그 휘황한 세계를 바라다보고, 귀를 기울이며 가만가만 고개를 끄덕였다.

이상한 광경이다! "확실히, 나는 생각했다. 저와 같은 가난은, 가난이 있다면 말이다. 비루한 절약 따위를 용납할 리가 없다. 저렇게도 고상한 얼굴이 나에게 보증해주는 바가 아닌가. 그런데도 저 부인은 왜 자기 모습이 선명한 반점처럼 두드러지는 자리에 스스럼없이 머물러 있는 것일까?"

그러나 호기심에 끌려 그 여자 곁을 지나가다 보니, 나는 그 까닭을 알 것 같았다. 그 키 큰 과부는 자기처럼 검은 옷을 입은 어린애의 손을 잡고 있었다. 입장료가 아무리 하찮더라도, 그 비용이면 아마도 그 어린것에게 필요한 물건 하나를, 더 나아가서는 없어도 그만인 것 하나를, 장난감 하나를 사주기에 충분했던 것이다.

그리고 그 여자는 걸어서 집에 돌아갔으리라. 깊은 생각에 잠겨 꿈을 꾸며, 홀로, 언제나 홀로. 어린애가 있다고 해야, 수선스럽고, 이기적이고, 상냥하지도 진득하지도 못하니까. 그뿐 아니라 어린애는 그저 순전히 동물과 같아서, 개나 고양이와 같아서, 외로운 고뇌의 속내 이야기를 들어줄 말동무 노릇조차도 못하니까.

14. 늙은 곡예사

어디에나 널려 있고, 퍼져 있고, 흥청거리는 것은 휴일을 맞은 민중들이었다. 그것은 곡예사들, 재인들, 동물 흥행사들과 행상들이 일 년 중에 경기가 나빴던 기간을 벌충하려고 오랫동안 벼르는 그런 축제의 하나였다.

그런 날에 민중들은 모든 것을, 고통과 노동을 잊어버리는 모양으로, 아이들과 같아진다. 어린애들에게 이날은 공으로 먹는 하루이자, 학교의 공포가 스물네 시간 뒤로 미루어짐이다. 어른들에게 이날은 인생이라는 악질적인 권력과 체결한 휴전이요, 어디에서나 벌어지는 다툼과 투쟁의 일시적 정지이다.

사교계의 인사도, 정신노동에 종사하는 사람도 이런 대중적인 축제의 영향에서 벗어나기 어렵다. 그들은 자신이 원하지 않더라도 이 근심 걱정 없는 분위기에서 자신의 몫을 흡수한다. 나만 하더라도, 진짜 파리 사람답게, 이런 성대한 시기에 으스대고 서 있는 모든 바라크의 시찰을 결코 소홀히 하지 않는다.

그들 바라크, 정말이지, 서로서로 무시무시한 경쟁을 벌이는 중이었다. 삐악거리고 아우성치고 으르렁대고들 있었다. 그것은 고함소리와 금관악기의 찢어지는 소리와 불꽃놀이 폭발음의 혼합이었다. 붉은 댕기 어릿광대와 바보 역 도화사들이 바람과 비와 햇볕에 구릿빛으로 그을리고 굳어진 얼굴의 근육에 경련을 일으켰다. 그들은, 제 연기의 효과를 자신하는 배우들처럼 침착하게, 몰리에르의 희극 같은 그런 건실하고 묵직한 희극류에서나 들을 수 있을 재담과 우스갯소리를 던지고 있었다. 차력사들은, 오랑우탄처럼 이마도 없고 두개골도 없이, 제 우람한 사지를 뽐내면서, 이 자리를 위해 지난밤에 빨아두었던 팬티를 입고 위풍당당하게 거드름을 피웠다. 요정처럼 공주처럼 아름다운 무희들은 그 치맛자락을 온통 불꽃으로 가득 채우는 등불 아래서 팔딱거리고 솟구쳐 올랐다.

모두가 빛이고 먼지이고 고함이고 기쁨이고 법석일 뿐이었다. 이쪽은 돈을 쓰고 저쪽은 돈을 벌고, 이쪽과 저쪽이 똑같이 즐거웠다. 아이들은 막대사탕을 얻기 위해 어머니의 치맛자락에 매달리거나, 신처럼 눈부신 요술쟁이를 더 잘 구경하려고 아버지의 어깨에 올라타고 있었다. 그리고 다른 모든 향기를 지배하며, 어디에나 떠돌고 있는 튀김 냄새는 이 축제의 훈향과도 같았다.

그 끄트머리에, 바라크의 대열 맨 끝에, 마치 부끄러워서 이 모든 찬란함으로부터 자신을 추방해버리기라도 한 것처럼, 가련한 곡예사 하나가, 허리가 굽고 시들고 늙어빠진 인간의 폐허 하나가, 자기 오두막의 말뚝 기둥 하나에 등을 기대고 있는 것을 나는 보았다. 가장 몽매한 야만인의 오두막보다도 더 비참한 오두막 하나, 그 궁핍을 두 도막의 촛불이, 촛농을 흘리고 연기를 피우면서, 너무나도 환히 밝히고 있었다.

어디에나 기쁨과 돈벌이와 낭비, 어디에나 내일을 위한 빵의 보장, 어디에나 생명력의 열광적인 폭발. 여기에는 절대적인 빈곤, 끔찍함을 한 꺼풀 덧씌우기 위해, 희극적인 누더기를 괴상하게 걸친 빈곤, 그 결핍이 예술적 기교보다도 훨씬 더 효과적으로 대조를 도입하고 있었다. 그는 웃지 않았다, 이 불쌍한 사내는! 울지 않았다, 춤추지 않았다, 몸짓을 하지 않았다, 소리를 지르지 않았다, 즐거운 노래도 슬픈 노래도, 아무런 노래도 부르지 않았다, 애걸하지 않았다. 그는 침묵하고 움직이지 않았다. 그는 단념했다, 포기했다. 그의 운명은 끝났다.

　그러나 얼마나 깊고 잊지 못할 시선을 그는 군중과 불빛 위에 던지고 있었던가! 그 움직이는 파도가 그의 메스꺼운 빈곤의 몇 걸음 앞에서 멈춰버리곤 했다. 나는 히스테리의 무서운 손아귀에 목이 졸리는 느낌이었고, 떨어지기를 원치 않는 저 성가신 눈물로 눈앞이 흐려지는 것만 같았다.

　어떻게 해야 하나? 그 불우한 사나이에게, 어떤 신기한 것을, 어떤 기적을, 그 악취 풍기는 어둠 속에서, 그 찢어진 커튼 뒤에서 보여줄 것인지 물어본들 무슨 소용인가? 사실을 말한다면, 나는 그럴 엄두를 내지 못했으며, 내가 그렇게 소심했던 이유를 듣고 여러분은 웃을지도 모르나, 내 질문이 그를 모욕하게 될까봐 두려웠다고 고백해야겠다. 결국 나는 그가 내 뜻을 알아주길 기대하면서, 지나는 길에 얼마큼의 돈을 그의 널빤지 가운데 하나 위에 놓아두려고 마음먹던 차에, 무언지 모를 혼란으로 야기된 인파의 거대한 썰물이 그로부터 멀리 떨어진 곳으로 나를 휩쓸어가버렸다.

　그래서 집에 돌아가면서도, 그 광경이 머리를 떠나지 않아, 내가 느낀 그 갑작스러운 고통을 분석해보려고 애를 쓰다가 이내 나는 생각했다. 내가 방금 본 것은 일찍이 자신이 찬연한 인기를 누리며 즐거움을 안겨주었던 세대보다 더 오래 살아남은 늙은 문인의 영상, 친구도 없고, 가족도 없고, 자식도 없는, 자신의 빈곤과 대중의 배은망덕으로 퇴락하여, 잊기 잘하는 세상 사람들이 이제 그 바라크에도 들어가려 하지 않는 늙은 시인의 영상이었구나!

15. 케이크

　나는 여행을 하는 중이었다. 내가 그 한가운데 들어서 있는 풍경에는 거역할 수 없는 웅장함과 숭고함이 있었다. 그 가운데 어떤 것이 그때 분명 내 혼 속으로 들어왔다. 내 사념이 공기의 가벼움에 못잖게 가벼이 팔랑팔랑 날아올랐다. 미움이라든지 세속적인 사랑 따위 그런 비속한 정념은 이제 내 발 아래 저 심학(深壑)의 밑바닥에 열 지어가는 구름만큼이나 멀어져 보였다. 내 혼은 나를 에워싸고 있는 하늘의 궁륭만큼이나 드넓고 순결한 것 같았다. 지상의 이런저런 일들에 대한 생각은 저쪽 산허리 먼 곳, 아주 먼 곳에서 풀을 뜯는, 눈에 보이지도 않는 가축들의 워낭 소리처럼 가냘파지고 희미해져서만 내 가슴에 닿았다. 미동도 없는, 한없이 깊어서 검은, 작은 호수 위로, 하늘을 가르고 날아가는 무슨 공중 거인의 망토 자락이 비치기나 하는 듯, 이따금씩 구름의 그림자가 지나가곤 하였다. 그리고 완전히 고요한 어떤 거대 운동으로 야기된 이 엄숙하고도 희귀한 감각이, 공포 섞인 그런 기쁨으로 나를 가득 채우고 있었던 것을 기억한다. 간단히 말해서, 나를 둘러싸고 있는 감동적인 아름다움 덕분에, 나는 내가 내 자신과도 우주와도 완전히 화평한 상태에 들었다고 느꼈던 것이며, 완전한 지복 속에서, 지상의 온갖 악을 전적으로 망각한 가운데, 인간이 선하게 태어났다고 주장하는 신문들도 이제는 그렇게 우스꽝스러운 것만은 아니라고 여기게끔 되었다고 생각하기까지 했다―이때, 저 구제불능인 물질이 그 요구를 다시 소생시키는지라, 나는 그 기나긴 등정으로 말미암은 피로를 회복하고 배고픔을 가라앉힐 생각을 했다.

나는 주머니에서 큼직한 빵 한 덩어리와 가죽 컵을, 그리고 당시 약제사들이 필요할 때면 눈 녹은 물에 섞어 마시도록 여행자들에게 팔았던 일종의 시럽이 든 병을 꺼냈다.

조용히 빵을 자르고 있을 때, 아주 희미한 소리가 들려 나는 눈을 들어올렸다. 내 앞에 작은 생명 하나가, 새카만 얼굴에 헝클어진 머리에, 누더기를 걸치고 서서, 사나우면서도 애원하는 것만 같은 그 퀭한 눈으로 빵 덩어리를 삼키듯 노려보고 있었다. 이어서 나는 녀석이 낮고 쉰 목소리로, 한숨짓듯 내쉬는 낱말을 들었다. *케이크!* 맨빵이나 다름없는 내 빵에 자못 경의를 표하려고 그가 지어 부르는 이 이름을 들으며 나는 웃음을 참을 수가 없었다. 그래서 나는 빵 한 조각을 크게 잘라 그에게 건넸다. 녀석이 천천히, 제 갈망의 대상에서 눈을 떼지 않은 채 다가오더니, 이윽고 한 손으로 빵조각을 낚아채며, 잽싸게 물러났다, 내 제안이 미덥지 못한 것은 아닐까, 혹은 내가 벌써 후회하고 있는 것은 아닐까 겁이라도 나는 듯이.

그러나 바로 그 순간, 아이는 어딘지 알 수 없는 곳에서 튀어나온 또하나의 작은 야만인과 부딪쳐 곤두박질을 쳤다. 첫번째 녀석의 쌍둥이 형제로 여겨도 좋을 만큼 그리도 완전하게 닮은 녀석. 두 녀석이 함께 땅바닥을 뒹굴면서 그 귀중한 먹이를 놓고 서로 다투는 꼴로, 어느 쪽도 필경 제 형제를 위해 그 절반을 희생하려 하지 않았다. 첫번째 녀석이 화가 복받쳐 두번째 녀석의 머리칼을 움켜잡고, 이 녀석은 저 녀석의 귀를 이빨로 물어뜯어, 피투성이 작은 살점을 한마디 장엄한 사투리 욕설과 함께 내뱉었다. 케이크의 정당한 소유자가 그 작은 손톱을 찬탈자의 눈에 박으려고 용을 썼고, 그러자 다른 쪽이 한 손으로는 안간힘을 다 쏟아 원수의 목을 조르면서, 다른 손으로는 전리품을 제 주머니 속에 기를 쓰고 밀어넣었다. 그러나 패배자는 절망의 힘으로 다시 기운을 차리고 일어나더니 복부에 박치기 일격을 가해 승리자를 땅바닥에 내동댕이쳤다. 사실 그들의 어린 힘으로는 가당치도 않다고 생각될 정도로 길어진 그따위 끔찍한 싸움을 이렇듯 기술해서 무슨 소용이 있겠는가? 케이크는 손에서 손으로 여행하고, 그때마다 주머니가 달라졌다. 그러나, 애석해라! 케이크는 그 부피 또한 달라졌다. 그래서 마침내 기진맥진하고 숨이 차고 피투성이가 되는 바람에, 속전(續戰)이 불가능해서 그들이 싸움을 그쳤을 때는, 더이상 전투의 동기랄 것은, 정말이지, 아무것도 없었다. 빵조각은 사라지고, 모래알과 똑같은 부스러기로 흩어져 모래 속에 섞여버렸다.

이 광경이 내 눈앞의 풍경을 암울한 안개로 덮어버려, 이 작은 인간들을 보기 전까지 내 혼이 즐기던 고요한 즐거움은 송두리째 사라졌다. 나는 아주 오랫동안 슬픔에 잠겨 줄곧 이렇게 되뇌고 있었다. "그러니까 빵이 케이크라고 불리는, 말뜻 그대로 형제 살해의 전쟁을 일으키기에 충분할 정도로 얻기 어려운 당과(糖菓)가 되는, 그런 으리으리한 나라가 있구나!"

16. 시계

중국 사람들은 고양이의 눈에서 시간을 본다.

어느 날 한 선교사가 난징의 교외를 산책하다가, 시계를 두고 나온 것을 깨닫고, 한 소년에게 몇시나 됐느냐고 물어보았다.

그 천자(天子) 나라의 아이는 처음엔 망설이더니, 이내 생각을 고쳐 대답하였다. "곧 알려드릴게요." 잠시 후에 그는 아주 살찐 고양이 한 마리를 팔에 안고 다시 나타나, 과연 사람들이 말하는 바와 같이, 고양이의 눈을 똑바로 들여다보면서, 서슴지 않고 단언했다. "아직 완전히 정오는 아닙니다." 그것은 정말이었다.

나로 말하자면, 몸을 굽혀 아리따운 펠린, 이름도 그리 잘 지어진 그녀를, 저와 동성(同性)의 명예인 동시에 내 마음의 자랑이며 내 정신의 향기인 그녀를 들여다보면, 밤이건 낮이건, 가득한 빛 속에서건, 어둠침침한 그늘 속에서건, 사랑스러운 그 눈 깊은 곳에서, 나는 언제나 또렷하게 시간을, 언제나 똑같은 시간을, 분과 초의 구분이 없이, 허공처럼 드넓고 장엄하고 거대한 시간 하나를—시계 위에 표시되지 않는, 그러나 한숨처럼 가볍고, 눈 한 번 깜빡이듯 재빠른 부동의 시간을 본다.

그런데 내 시선이 이 감미로운 시계판 위에 머물러 있을 때, 어떤 귀찮은 녀석이 찾아와 나를 어지럽히면, 어떤 무례하고 너그럽지 못한 정령이, 어떤 연득없는 악마가 찾아와 "무얼 그렇게 유심히 보고 있느냐? 그 생령의 눈에서 무얼 찾고 있느냐? 너는 거기서 시간을 보고 있느냐, 이 낭비벽의 게으름뱅이 인간아?" 이렇게 말한다면, 나는 서슴지 않고 대답하리라, "그렇다, 시간을 보고 있다. 지금은 영원시(時)다!"

그렇지 않은가요, 부인, 이만하면 진정으로 칭찬을 받아 마땅한, 그대 자신만큼이나 과장된 마드리갈이 아닌가요? 사실, 나는 이 거창한 유혹의 말을 수놓는 재미가 하도 진진하였기에, 그대에게 아무런 대가도 요구할 생각이 없다오.

17. 머리타래 속의 지구 반쪽

네 머리칼의 냄새를 오래오래 맡게 하여다오. 목마른 사람이 샘물을 마시듯, 그 속에 내 얼굴을 고이 담그고, 향기로운 손수건처럼 그 머리칼을 이 손으로 흔들어, 가지가지 추억을 공기 속에 털어내게 하여다오.

네 머리칼 속에서 내가 보는 모든 것을 네가 알 수만 있다면! 내가 느끼는 모든 것을! 내가 듣는 모든 것을! 다른 사람들의 혼이 음악을 타고 여행하듯이, 내 혼은 향기를 타고 여행하지!

네 머리칼은 돛과 돛대 가득한 꿈 하나를 고이 품고 있어, 네 머리칼은 거대한 바다를 품고 있어, 그 계절풍이 아름다운 풍토로 나를 실어가지. 그 나라의 하늘은 한결 푸르고 한결 그윽하고, 그 나라의 대기는 과일과 나뭇잎으로, 사람들의 살갗으로 향기롭지.

네 머리칼의 난바다에서, 나는 어렴풋이 항구 하나를 내다보노니, 우수 어린 노래랑 만방의 씩씩한 사나이들이랑 한데 어울려, 모양도 가지가지 선박들이 북적거리며, 영원한 더위가 으스대는 저 끝없는 하늘에 그 섬세하고 복잡한 구조물들을 선명하게 들어올리는구나.

네 머리타래를 애무하며, 나는 어느 아름다운 배의 선실에서, 긴 의자 위에서 보낸 그 시간, 꽃병과 찬물 항아리 사이에서, 항구의 느낄 수도 없는 옆질에 흔들리던 그 기나긴 시간의 나른함을 다시 만난다.

네 머리타래의 뜨거운 화덕에서 나는 아편과 설탕이 섞인 담배 냄새를 맡고, 네 머리타래의 암야에서 열대 창공의 무한이 찬란하게 빛나는 것을 보고, 네 머리타래의 기슭, 그 솜털 난 해안에서 역청과 사향과 야자 기름이 혼합된 냄새에 취한다.

네 묵직하고 검은 머리채를 오래도록 깨물게 하여다오. 네 탄력 있고 질긴 머리칼을 자근자근 깨무노라면, 나는 추억을 먹는 것만 같구나.

18. 여행에의 초대

어떤 희한한 나라, 코카뉴의 나라가 있다고들 하는데, 거기는 내가 오랜 연인을 데리고 찾아가려고 꿈꾸는 나라지. 우리네 북국의 안개 속에 젖어 있는, 서양의 동양이라고, 유럽의 중국이라고 불러도 좋을, 기이한 나라. 거기에서는 뜨겁고 기발한 환상이 그만큼 거침없이 날개를 펴고, 그 공교롭고 섬세한 초목들로 그만큼 꾸준하고 고집스럽게 그 나라를 수놓는단다.

참다운 코카뉴의 나라, 거기에서는 모든 것이 아름답고, 풍요롭고, 고요하고, 신실하고, 거기에서는 사치가 저를 기꺼이 질서에 비추어보고, 거기에서는 삶이 기름지고 숨쉬기에 아늑하고, 거기에서는 무질서와 소란과 뜬금없는 것들이 숙정되었고, 거기에서는 행복이 고요와 결합하고, 거기에서는 요리마저 시적이고, 기름지면서도 동시에 자극적이고, 거기에서는 모든 것이, 내 사랑하는 천사, 그대를 닮았단다.

너는 알겠지, 싸늘한 가난 속에서 우리를 사로잡는 이 열병을, 알지 못하는 나라에 대한 이 향수를, 이 호기심의 고뇌를. 너를 닮은 나라가 하나 있어, 거기에서는 모든 것이 아름답고, 풍요롭고, 고요하고, 신실하고, 거기에서는 환상이 서양의 중국을 세워 장식하였고, 거기에서는 삶이 숨쉬기에 아늑하고, 거기에서는 행복이 고요와 결합하지. 살러 가야 할 곳은 거기, 죽으러 가야 할 곳은 거기!

그렇단다, 숨쉬고, 꿈꾸고, 감각의 무한으로 시간을 늘리러 가야 할 곳은 거기란다. 어느 음악가는 왈츠에의 초대를 작곡하였건

만, 사랑하는 여인에게, 선택된 누이에게 바쳐도 좋을 여행에의 초
대를 지을 자는 누구일까?

그렇단다, 사는 것이 좋은 것은 그 대기 속—거기에서는 한결
느린 시간이 한결 많은 상념을 품고 있고, 거기에서는 시계가 한결
그윽하고 한결 뜻깊은 울림으로 장엄하게 행복을 알리지.

윤기 흐르는 벽의 판자 위에, 혹은 금박을 물려 어둑하게 호화
로운 가죽 휘장 위에, 복되고 고요하고 그윽한 그림들이, 저들을
창조한 예술가의 혼처럼, 은밀하게 살고 있고. 식당이나 객실을 풍
요롭게 물들이는 석양은 고운 천을 거쳐, 혹은 저 높이 납 창살을
따라 무수한 칸으로 나누어진 세공 장식 창을 거쳐 걸러지고. 가구
는 크고, 신기하고, 야릇하며, 세련된 사람들의 혼이 그러하듯 비
밀과 자물쇠로 무장되었지. 거울이며 금속이며 피륙이며 금은세
공품이며 도자기들이 거기에서 소리 없고 신비로운 교향곡을 눈
으로 볼 수 있게 연주하는가 하면, 그 모든 물건에서, 그 모든 구석
에서, 서랍의 틈새며 피륙의 주름에서, 그 주거의 혼과도 같은 야
릇한 향기가, 수마트라의 *다시금-생각나네*가 새어나오지.

참다운 코카뉴의 나라, 내 너에게 말했지. 거기에서는 모든 것
이 풍요롭고, 깨끗하고, 윤기가 흐르니, 아리따운 양심과 같고, 으
리으리한 주방 세간과 같고, 찬란한 금은세공품과 같고, 색깔도 소
란스러운 패물과 같지! 세계의 보물이 모두 거기에 몰려드니, 부
지런한 노력으로 전 세계에 크게 공헌한 사람의 집과도 같지. 신기
한 나라, 예술이 자연보다 우월하듯이, 다른 나라보다 우월한 나라.
거기에서는 자연이 꿈에 의해 개조되고, 거기에서는 자연이 수정
되고, 아름다워지고, 다시 주조되지.

탐구하고 탐구할지어다. 저희들이 누리는 행복의 한계를 끊임
없이 넓힐지어다. 저 원예의 연금술사들은! 저들은 자기네 야심찬

문제를 해결해줄 사람을 찾아 육만 플로린, 십만 플로린의 상금을 내걸지어다! 나로 말하면, 내 *검은 튤립*과 내 *푸른 달리아*를 벌써 찾아내었다!

비할 데 없는 꽃이여, 다시 찾아낸 튤립이여, 우의적인 달리아여, 살기 위해, 꽃피우기 위해 가야 할 데는 바로 거기, 그리도 고요하고 그리도 꿈결 같은 저 아름다운 나라가 아니겠느냐! 너는 네 유비(類比)의 액틀 속에 들어서 있지 않겠으며, 신비주의자들의 말마따나, 네 자신의 *조응물*(照應物) 속에 네 모습을 비출 수 있지 않겠느냐?

꿈이로구나! 언제나 꿈이로구나! 그렇거니 혼이 야심차면 야심찰수록 까다로우면 까다로울수록, 꿈은 저 혼을 가능한 현실에서 더욱 멀리 떼어놓는구나. 사람마다 제 안에 끊임없이 분비되고 소생하는 천연의 아편을 몫몫으로 지니고 있거니와, 탄생에서 죽음까지 우리에게서 실제의 향락으로, 과감하고 결연한 행동으로 채워진 시간이 도대체 몇 시간이나 되겠는가? 내 정신이 그린 저 화폭 속에, 너를 닮은 저 화폭 속에, 언제라도 우리 살 수 있을까, 언제라도 우리 들어갈 수 있을까?

저 보물, 저 가구, 저 사치, 저 질서, 저 향기, 저 기적의 꽃들, 그것은 바로 너란다. 저 넓은 강과 저 고즈넉한 운하, 그것들 또한 너란다. 저마다 재부를 가득 싣고, 운항의 단조로운 노랫소리 올라오는데, 강하에 쓸리어가는 저 거대한 배들, 그것들은 네 젖가슴에서 잠들거나 뒤채는 내 상념들이란다. 너는 네 아름다운 혼의 맑음 속에 하늘의 그윽함을 비추며, 내 상념들을 무한이란 바다로 천천히 이끌지—그리고 저 배들, 파도에 지치고 동양의 산물로 포만하여, 모항(母港)으로 돌아올 때, 그것들 또한 풍요로워진 내 상념들이니, 무한에서 네게로 그렇게 돌아온단다.

19. 가난뱅이의 장난감

  천진난만한 놀이 하나를 알려드리고 싶다. 죄가 되지 않을 장난이란 여간 드문 것이 아닌가!

  당신이 아침에 교외의 대로들을 산보하겠다는 결연한 의도로 집을 나설 때, 한푼짜리 자잘한 발명품들로—이를테면 외줄로만 움직이는 납작한 폴리치넬라 인형이라든지, 모루를 두드리는 대장장이라든지, 호각으로 꼬리를 삼은 말과 기수 같은 것으로—호주머니를 가득 채우시고, 즐비한 술집을 따라 걸어가다가, 가로수 아래서, 당신이 만나는 생면부지 가난한 아이들에게 그것들을 헌정하시라. 당신은 그들의 눈이 엄청나게 커지는 것을 보게 되리라. 처음에, 그들은 감히 받으려 하지 않을 것이며, 자기들의 행운을 의심하리라. 이어서, 그들의 손은 잽싸게 선물을 낚아챌 것이고, 마치 사람을 믿어서는 안 된다는 것을 익히 알고, 던져주는 먹이를 물고 멀리 달아나서 먹는 고양이들처럼, 그들은 도망칠 것이다.

  한 도로변에, 널따란 정원의 철책 안쪽에, 정원의 저편 끝으로 햇볕 쟁쟁한 예쁜 성관의 흰색이 역연한데, 잘생기고 산뜻한 아이 하나가 그럴 수 없이 앙증맞은 전원복(田園服)을 입고 서 있었다.

  호사와 무사안일, 거기에다 몸에 밴 부의 과시로 이런 아이들은 그토록 예쁠 수밖에 없기에, 어쭙잖은 삶이나 빈한한 삶의 자식들과는 다른 반죽으로 빚어진 것만 같다

  그 아이의 옆, 풀밭에는 화려한 장난감 하나가 놓여 있었는데, 그 주인만큼이나 산뜻하고, 니스칠에, 도금에, 자줏빛 옷을 걸치고, 깃털과 유리 장식으로 덮여 있었다. 그러나 소년은 제가 아끼

는 장난감에서 마음이 떠나 있었으며, 그가 바라보고 있는 것인즉.

철책 바깥쪽, 도로 위, 엉겅퀴와 쐐기풀 속에 또하나의 아이가 있는데, 더럽고, 허약하고, 숯검정을 둘러쓴, 그런 천민 아이 가운 데 하나로, 만일 공평한 눈이 하나 있어서 그 빈곤의 역겨운 녹을 닦아내기만 한다면, 마치 감식가의 눈이 투박한 솜씨로 발라놓은 니스칠 아래 이상적인 그림이 묻혀 있음을 알아차리듯이, 그 아름 다움을 찾아낼 수도 있으리라.

두 개의 세계, 곧 대로와 성관을 가르는 그 상징적인 창살을 가 로질러, 가난한 아이는 부자 아이에게 제 장난감을 보여주었고, 상 대편 아이는 그것을 한 번도 보지 못한 진귀한 물건이기라도 되는 것처럼 탐을 내며 들여다보고 있었다. 그런데, 그 더러운 꼬마가 철망을 씌운 상자 속에 가두어놓고 들볶고 위협하고 흔들대는 장 난감, 그것은 바로 한 마리 살아 있는 쥐였다! 아이의 부모가, 필 경 절약을 하느라고 그랬겠지만, 삶 자체에서 장난감을 끌어낸 것 이다.

그리하여 두 아이는 평등한 흰색의 이를 드러내고 형제처럼 마 주보며 웃고 있었다.

20. 선녀의 선물

그것은 삶에 도착한 지 아직 스물네 시간이 되지 않은 모든 갓난아기들에게 선물을 분배하기 위한 선녀 대회였다.

저 오래되고 변덕스러운 운명의 자매들, 저 기쁨과 괴로움의 이상야릇한 어머니들, 저 모든 선녀들은 모습도 아주 가지가지여서, 어떤 패들은 침울하고 시무룩한 얼굴이고, 또 어떤 패들은 까불거리고 심술궂은 얼굴이고, 젊은 것들은 예나 지금이나 젊은 것들이고, 늙은 것들은 예나 지금이나 늙은 것들이었다.

선녀들을 믿는 모든 아버지들이 저마다 품에 갓난아이를 안고와 있었다.

천분, 능력, 행복한 우연, 무적의 상황, 이런 것들이 수상식 날 단상에 쌓인 상품처럼 심판석 옆에 쌓여 있었다. 여기에 특이한 점이 있으니, 그것은 이들 천분이 어떤 노력에 대한 보상이 아니라, 그와는 아주 반대로, 아직 살아본 적이 없는 자에게 주어지는 은혜, 그의 운명을 결정하고, 그의 행복에도 불행에도 똑같이 원천이 될 수 있는 은혜라는 점이었다.

가엾게도 선녀들은 매우 바빴다. 청원자들의 무리는 어마어마한데, 인간과 신 사이에 자리잡은 이 중간 세계도, 우리와 마찬가지로, 시간과 그 무한한 후예들인 일, 시, 분, 초 들의 그 끔찍한 법칙을 따르고 있기 때문이다.

사실 그녀들은 청문회 날의 장관들이나, 전당품을 무상으로 돌려받도록 허가된 국경일의 공설 전당포 직원들처럼 얼이 빠져 있었다. 나는 그들도, 인간계의 재판관들이 아침부터 판사석을 지키면서 저녁식사며 가족이며 그들의 사랑스런 실내화를 꿈꾸지 않을 수 없듯이, 그에 못지않게 초조한 마음으로 이따금 시곗바늘을 바라보고 있었다고까지 생각한다. 초자연계의 재판에도 약간의 속단과 우연이 있는 바에야, 가끔 인간계의 재판에서 똑같은 일이 일어난다고 해서 놀랄 일이 아니다! 그런 경우엔 우리라고 하더라도 불공정한 재판관이 될 것이다.

그리하여 그날도 몇 가지 중대한 실책이 저질러졌으니, 변덕보다는 신중함이 선녀들의 유별난 특징이고 한결같은 성질이라면, 이상하다고 여길 수도 있는 일이었다.

그리하여 자석처럼 재부를 끌어당길 수 있는 능력이 어느 거부 집안의 유일한 상속자에게 배정되면서도, 그에게 자선의 감각이라곤 아무것도 부여되지 않았고, 인생의 가장 명백한 선행에 이르기까지 선행에 대한 욕심 또한 마찬가지여서, 그는 훗날 자신의 수만 금 재산에 당황스러울 정도로 파묻혀 있는 저를 보게 될 판이었다.

그리하여 아름다움에 바치는 사랑과 시를 짓는 능력이 어느 음울한 극빈자의 아들에게 주어진 터라, 직업이 석수장이인 이 극빈자는 무슨 수를 쓴다 한들 가련한 제 자식의 능력을 도와줄 수도, 그 욕구를 달래줄 수도 없는 사람이었다.

잊지 않고 미리 해두었어야 할 말이지만, 이 엄숙한 자리에서는, 분배에 항고가 불가하고, 어떤 선물도 거절할 수 없다.

선녀들이 그들의 고역을 끝마쳤다고 생각하고 모두 일어서려는 참이었다. 이 모든 인간 나부랭이에게 던져줄 아무런 선물도, 아무런 시혜도 더이상 남아 있지 않았으니 그럴 만도 한데, 그때 가난한 구멍가게 주인인 듯싶은, 고지식한 사내 하나가 일어나, 제 손 옆 가장 가까이 있던 선녀의 영롱한 안개 옷을 움켜잡고 외치는 것이었다.

"어! 마님! 우리를 잊으셨군요! 아직 제 어린것이 남아 있는데요. 빈손으로 돌아가려고 오진 않았습니다."

선녀가 당황할 만도 했다. 더이상 *아무것도* 남아 있지 않았으니까. 그러나 그녀는, 선녀, 지령(地靈), 살라망드, 실피드, 실프, 닉스, 온댕, 옹딘 같은, 인간의 벗이며, 종종 인간의 정념에 어쩔 수 없이 순응해야 하는, 만져볼 수도 없는 저들 신명(神明)이 살고 있는 초자연계에서는 비록 드물게만 적용되지만, 익히 알려진 법칙 하나를 때마침 생각해내었으니—여기서 내가 말하려는 법칙이란, 이와 같은 경우에, 다시 말해서 나누어줄 몫이 바닥난 경우에, 또하나의 보완적이고 예외적인 선물을, 다만 그것을 즉석에서 창조해낼 만큼 충분한 상상력만 지녔다면, 수여할 수 있는 권한이 선녀들에게 허락된다는 법칙이다.

그래서 그 어진 선녀는 자기 지위에 어울리게 태연히 대답하였다. "나는 네 아들에게 주노라... 나는 그애에게 주노라... *사람들의 환심을 사는 천분을!*"

"그렇지만 환심을 사다니 어떻게요? 환심을 사다니...? 환심을 사다니 왜요?" 끈덕지게 묻는 그 구멍가게 주인은 필경 부조리의 논리에까지는 올라가지 못하는 저 흔해빠진 이론 벌레의 하나였던 것이다.

"그거야 뭐! 그거야 뭐!" 화가 난 선녀는 이렇게 대꾸하며 그에게 등을 돌렸다. 그리고 자기 동료들의 행렬로 돌아가, 그들에게 이렇게 말했다. "모든 것을 다 이해하려고 하는, 저 허영쟁이 프랑스인 소인배 말이오, 제 아들 앞으로 최상의 몫을 받아놓고도 여전히 이론의 여지가 없는 것을 감히 따지고 토론하려 드는 저 인간을 어떻게 생각하시오?"

21. 유혹
- 또는 에로스, 플루토스, 명예

으리으리한 두 사탄과 그에 못잖게 비상한 여마두(女魔頭) 하나가, 지난밤에, 잠든 인간의 약점을 공격하고 그와 은밀히 교통하기 위해 지옥이 이용하는 그 신비로운 계단을 타고 올라왔다. 그들은 곧 내 앞으로 와서 마치 연단에라도 오른 듯이 위풍당당하게 자세를 잡고 섰다. 유황 기운 서린 광휘가 이들 세 요물의 몸에서 발산하는 바람에 그 허우대가 흑암의 불투명한 배경 위로 그만큼 뚜렷이 드러났다. 그들의 태도가 어찌나 우쭐거리고 어찌나 기세 가득한지, 나는 처음에 그들 셋이 모두 진정한 신인 줄만 알았다.

첫째 사탄의 얼굴은 성별의 구분이 애매하였고, 그 몸의 선에도 고대의 바쿠스와 같은 유연함이 있었다. 그의 아름답고 나른한 눈은 어둡고 미묘한 빛을 띠어, 뇌우의 무거운 눈물에 여전히 젖어 있는 제비꽃 같았고, 반만 열린 그 입술은 뜨거운 향로와 같아서 향수가게의 좋은 냄새가 피어올랐다. 그래서 그가 숨을 내쉴 때마다, 사향 냄새 어린 곤충들이 그 입김의 열기를 받아 빛을 뿌리며 파닥거렸다.

자줏빛 옷감으로 지은 그의 윗저고리를 둘러, 허리띠를 맨 듯, 아롱거리는 뱀 한 마리가 감겨 있어, 대가리를 쳐들고, 그 잉걸 같은 두 눈으로 나른하게 그를 돌아다보고 있었다. 그 살아 있는 허리띠에는 불길한 약물이 가득 들어 있는 병들 사이사이로 번득이는 칼과, 외과(外科) 기구들이 매달려 있었다. 그는 오른손에 또하나의 병을 들었는데, 그 속에 담긴 것은 번쩍거리는 붉은빛이었고, "마셔라, 이것은 나의 피, 완벽한 강심제다" 이런 괴이한 말이 표찰로 붙어 있었으며, 왼손에는 바이올린을 들었는데, 필경 제 쾌락과 고통을 노래하고, 마술사와 마녀 들의 야연에서 제 광기의 전염병을 퍼뜨리기 위해 쓰일 터였다.

그의 가냘픈 발목에는 끊어진 황금 사슬의 고리 몇 개가 아직도 매달려 있었으며, 그 결과로 발걸음이 거북하여 어쩔 수 없이 땅으로 눈을 내려뜨려야 할 때면, 그는 잘 깎인 보석처럼 빛나고 매끈한 발가락을 헛치레로 들여다보곤 하였다.

그는 위로할 수 없이 비통한 눈, 어떤 위험한 도취가 흘러내리는 눈으로 나를 바라보고, 노래하는 것 같은 목소리로 나에게 말하였다. "만일 네가 원한다면, 만일 네가 원한다면, 나는 너를 혼들의 지배자가 되게 할 것이니, 조각가가 찰흙을 마음대로 다룰 수 있는 것 이상으로, 너는 살아 있는 질료를 네 마음대로 다루게 되리라. 그리하여 너는 네 자신에서 벗어나서 타인 속에 들어가 너를 잊어버리고, 다른 사람들의 혼을 끌어당겨 마침내 네 혼과 한 덩어리가 되게 하는 즐거움, 끊임없이 되살아나는 즐거움을 알게 되리라."

그 말에 나는 대답하였다. "말씀은 고맙다! 내 한심한 자아보다 필경 더 나을 것이 없는 그런 허접한 인간 무더기가 나에게 무슨 소용이 있겠는가. 내 자신을 돌아다보면 부끄러운 바가 없지 않으나, 아무것도 잊어버리고 싶지는 않다. 내 비록 너를 알지 못한다만, 늙은 괴물아, 네 해괴한 칼붙이며, 네 수상한 약병들이며, 네 발을 옭매는 그 사슬들은 너와 사귀어 이로울 리 없다는 것을 자못 명백하게 설명해주는 상징들이다! 네 선물은 가져가거라."

둘째 사탄은 그 비극적인 동시에 상냥한 표정도, 그 간드러지는 미태(美態)도, 그 섬세하고 향기로운 아름다움도 없었다. 그것은 거구의 사내로, 살찐 얼굴에는 눈이 없고, 육중한 배가 허벅다리 위로 불거져 있고, 그 피부에는 온통 금물이 칠해진데다, 문신을 새긴 듯, 한 무리 꿈틀대는 작은 인간 형체가 그려져 온 세상에 깔린 빈곤의 무수한 형상을 묘사하고 있었다. 피골이 상접한 작은 사내들이 자진해서 못에 매달려 있는가 하면, 애원하는 눈빛이 떨리는 손보다도 더 잘 적선을 간청하는, 비틀어지고 말라빠진 어린 난쟁이들이 있었고, 거기에다가 늙은 어미들이 늘어진 젖꼭지에 매달린 조산아를 안고 있었다. 그 밖에도 다른 많은 사람들이 있었다.

뚱뚱한 사탄이 주먹으로 그 거창한 배를 두드리자, 거기서 금속성의 팅팅거리는 소리가 기다랗게 울려나오더니 무수한 인간의 목소리로 이루어진 어렴풋한 신음 소리로 변하면서 끝났다. 그리고 녀석은 썩은 이빨을 뻔뻔스럽게 드러내며, 어느 나라를 막론하고 어떤 종류의 인간들이 진수성찬을 과식하고 나서 그러듯이, 바보 같은 홍소를 터뜨렸다.

그자가 나에게 말했다. "나는 너에게 모든 것을 얻어주는 것, 모든 것의 가치가 있는 것, 모든 것을 대신하는 것을 주겠노라!" 그러고는 그 기괴망측한 배때기를 두드리니, 그 덜렁거리는 메아리가 그 야비한 말의 해설이 되었다.

나는 역겨워 얼굴을 돌리고 대답했다. "나는 내 향락을 위해 어느 누구의 빈곤도 필요로 하지 않거니와, 네 피부에 벽지처럼 그려진 온갖 불행으로 처량해진 부귀 따위를 바라지 않는다."

여마두로 말하자면, 내가 첫눈에 그녀한테서 야릇한 매력을 발견했다는 것을 고백하지 않는다면 나는 거짓말을 하는 꼴이 되리라. 이 매력을 정의하려 들자면, 성시를 넘긴 매우 아름다운 여인들, 그러나 더이상 늙지는 않으며, 그 아름다움에 폐허의 통렬한 매력을 간직하고 있는 여인들의 매력이 아니고서야 그것을 달리 비교할 데가 없을 것 같다. 그녀의 태도는 강압적이면서도 동시에 어설펐으며, 그녀의 눈은, 비록 검은 그늘이 앉았으나, 고혹적인 힘을 지니고 있었다. 나에게 가장 인상 깊은 것은 그 음성의 신비였던바, 듣고 있으면 지극히 감미로운 콘트라알토가 생각나고, 어느 정도는 끊임없이 브랜디로 씻긴 성대 특유의 쉰 목소리도 느껴졌다.

"너는 내 권능을 알고 싶은가?" 가짜 여신이 그 매력적이고 역설적인 목소리로 말하였다. "들어보아라."

그러면서 그녀는 전 세계 온갖 신문의 표제로 갈대피리처럼 띠를 두른 거창한 나팔을 입에 물고, 그 나팔을 통하여 내 이름을 외치니, 수만 개 천둥소리를 울리며 내 이름이 공간을 가로질러 굴러갔다가, 더없이 먼 행성에서 메아리로 반사되어 내게로 다시 돌아왔다.

"맙소사!" 반쯤 넋을 잃고 나는 외쳤다. "이거야말로 귀중한 것이지!" 그러나 좀더 주의하여 이 매혹적인 여장부를 살피는 중에, 어렴풋이나마 그녀를 알 것 같다는 생각이 들었던 것은, 내가 아는 몇몇 건달들과 어울려 축배를 들고 있는 그녀를 본 적이 있기 때문이었다. 게다가 그 금관악기의 쉰 소리는 내 귀에 어떤 알지 못할 매음 나팔의 추억을 떠올렸다. 그래서 나는 내 온갖 멸시를 다 담아 대답하였다. "꺼져라! 나는 이름도 부르기 싫은 그런 작자들의 정부(情婦)와 결혼하려고 만들어진 것이 아니다."

분명코, 이토록 용감한 포기를 나는 자랑스럽게 여길 권리가 있었다. 그러나 불행하게도 나는 잠이 깨었으며, 나의 모든 힘이 나를 저버렸다. "정말." 나는 혼자 말했다. "내가 멍청하게도 깊은 잠에 빠지지 않고서야, 그렇게 이것저것 따지고 덤빌 수가 있었겠나. 아! 내가 깨어 있는 동안에 그들이 다시 찾아와줄 수만 있다면, 그렇게 까다롭게 굴지는 않을 텐데!"

그래서 나는 소리 높여 그들을 부르며, 나를 용서해달라고 애원하고, 그들의 은애를 입기 위해 필요하다면 몇 번이라도 파렴치한 놈이 되겠노라고 제의하였다. 허나 그들이 다시 오지 않은 것을 보면, 내가 그들을 심하게 모욕한 것이 분명하다.

22. 저녁의 박명

해가 진다. 하루의 노동에 지친 가엾은 정신들 속에 드넓은 화평이 깃든다. 그리하여 그들의 생각은 이제 황혼의 부드럽고 어렴풋한 색조를 띤다.

그사이에 산꼭대기에서 내 집 발코니로, 저녁의 투명한 구름을 뚫고, 한줄기 커다란 아우성이 닿는다. 조화롭지 못한 한 무더기 절규가 한데 뒤섞였다가 막막한 허공을 지나며, 차오르는 조수처럼 혹은 눈 뜨는 폭풍처럼 음산한 화음으로 바뀌는 저 아우성이.

저녁이 와도 진정되지 않으며, 부엉이처럼, 밤의 발걸음을 마연(魔宴)의 전조처럼 여기는 저 불행한 자들은 대체 어떤 사람들일까? 저 음산한 밤새〔夜鳥〕의 울부짖음은 산 위에 올라앉은 검은 요양소에서 우리에게 들려온다. 그래서 저녁이면, 나는 담배를 피우며, 비죽비죽 늘어선 집들의 창문이 저마다 "지금 여기에 평화가 있노라, 여기에 가정의 기쁨이 있노라!" 말하는 저 널따란 골짜기의 휴식을 바라보며, 높은 데서 바람이 불어내릴 때, 지옥의 화음을 모방한 그 아우성에 놀란 내 상념을 흔들어 재울 수 있다.

황혼은 미치광이를 흥분시킨다―황혼이 되면 숫제 병자가 되어버리던 두 친구가 생각난다. 하나는 그즈음 우정이라든지 예의라든지 일체의 사회관계를 망각하고, 야만인처럼, 아무나 닥치는 대로 못살게 굴었다. 그가 빼어난 영계 요리를 호텔 급사장의 얼굴에 집어던지는 것을 본 적이 있다. 그 요리에서 나로서는 알 수 없는 무슨 모욕적인 상형문자를 보았다고 생각했던 것이다. 그윽한 일락의 전령사인 저녁이 그에게서는 더없이 맛좋은 것까지 망쳐놓곤 했다.

일종의 상처 입은 야심가인 다른 친구는 해가 저물어감에 따라 점점 더 신랄해지고, 점점 더 침울해지고, 점점 더 심사가 뒤틀렸다. 낮에는 그래도 너그럽고 사교적이던 사람이 저녁에는 몰인정했다. 게다가 그의 이런 황혼 착란증이 광기를 부리는 것은 타인에 대해서만이 아니라 자기 자신에 대해서도 마찬가지였다.

처음 사나이는 제 처자식도 알아보지 못하고 미쳐 죽었다. 둘째 사나이는 끝없는 불만에서 오는 불안감을 끌어안고 있는 처지여서, 비록 이 세상의 공화정부와 왕들이 수여할 수 있는 모든 명예가 그에게 베풀어진다 할지라도, 황혼은 여전히 그의 내부에 상상의 특전을 향해 타오르는 갈망을 불지를 것이라고 나는 믿는다. 그들의 정신에 어둠을 부어넣던 밤이 내 정신에는 빛을 밝힌다. 그래서 동일한 원인이 상반되는 두 가지 결과를 낳는 것은 희귀한 일이 아닌데도, 나는 그 일로 여전히 곤혹스럽고 무슨 경고를 받는 것만 같다.

오 밤이여! 오 상쾌한 어둠이여! 그대는 나에게 내심의 축제를 알리는 신호, 고뇌에서 풀려나는 해방이다! 광야의 고독 속에서, 수도(首都)의 석조 미궁 속에서, 별들의 반짝임이여, 등불들의 쏟아짐이여, 그대는 자유의 여신이 올리는 꽃불이다!

황혼이여, 그대는 얼마나 부드럽고 아늑한가! 밤의 기세등등한 압박에 눌린 낮의 단말마처럼 아직도 지평선에 남아 있는 장밋빛 미광들이, 석양의 마지막 영광 위에 불투명한 붉은 얼룩을 찍고 있는 칸델라 가로등의 불빛들이, 동양의 오지에서 보이지 않는 손이 끌어내 펼치는 무거운 휘장들이, 인생의 엄숙한 시간에 인간의 마음속에서 갈등하는 그 착잡한 감정들을 남김없이 흉내낸다.

무희들의 저 이상한 옷 하나가 널렸다고 또한 말해야 하리라,

캄캄한 현재 밑에서 감미로운 과거가 스미어나오는 듯, 투명하고도 어두운 망사가 찬란한 치마의 가라앉은 광채를 아련히 내비치고, 옷자락에 흩뿌려진 금빛 은빛 반짝이는 별들은 밤의 그윽한 상복 아래에서만 켜지는 저 판타지아의 불빛을 나타낸다 하리라.

23. 고독

어느 박애주의자 신문기자가 나에게 고독은 인간에 해롭다고 말하며, 자신의 주장을 뒷받침하기 위해, 모든 불신자들이 그렇듯이, 교부들의 말을 인용한다.

악령이 황량한 장소를 기꺼이 찾아 출몰하고, 살인과 간음의 정신이 적막한 자리에서 멋지게 타오른다는 것쯤은 나도 안다. 그러나 이 고독이 위험한 것은 하는 일 없고 방종한 나머지 그 고독을 정념과 망상으로 가득 채우는 혼에게나 오직 해당하리라고 말할 수도 있겠다.

연단이나 강단의 높은 자리에서 이야기하는 것을 다시없는 즐거움으로 삼는 수다쟁이가 로빈슨의 섬에 갇히면 광포한 미치광이가 될 위험이 크다는 것은 확실하다. 나는 이 신문기자에게 크루소의 용감한 미덕을 촉구하지는 않으나, 그가 고독과 신비를 사랑하는 사람들을 탄핵하지는 말 것을 요망한다.

우리네 수다스러운 족속들 중에는, 단두대 높은 자리에서 장황한 연설을 늘어놓을 수만 있다면, 거기에다 상테르의 북소리에 의해 연득없이 말이 중단될 염려가 없다면, 극형(極刑)도 별로 싫어하지 않고 받아들일 그런 작자들이 있다.

나는 그들을 불쌍하게 여기지 않는데, 그 장광설의 토로가 그들에게는 다른 사람들이 침묵과 명상에서 끌어내는 것과 맞먹는 쾌락을 안겨주고 있음을 짐작하기 때문이다. 다만 나는 그들을 경멸한다.

나는 무엇보다도 이 망할 놈의 신문기자가 나를 내 멋대로 즐기도록 내버려두기를 바란다. "그럼 당신은—정말 사도(使徒)에게서나 들음직한 콧소리로 그가 나에게 말한다—자신의 즐거움을 남과 나누고 싶은 욕구를 전혀 느끼지 않는다는 말인가요?" 보시라, 이 약삭빠른 시셈쟁이를! 내가 제 즐거움을 멸시하는 걸 알고, 내 즐거움 속으로 슬며시 기어들어오는구나, 판을 깨뜨리는 이 가증한 녀석!

"혼자 있을 수 없는 이 커다란 불행!..."이라고 라브뤼예르는 어디선가 말했으니, 저 자신을 견디어내지 못할 것이 아마도 두려워 군중 속으로 달려가 자기를 잊으려는 모든 작자들에게 치욕을 안겨주려 했던 것이 아닌가 싶다.

"우리들의 불행은 거의 모두 자기 방에 머물러 있을 수 없었던 데서 생긴다"고 또하나의 현인 파스칼은 말하였으니, 확신하건대, 그가 명상의 독방에서 이런 말로 떠올렸던 것은 행복을 운동 속에서 찾는, 또한 우리 세기의 멋진 말을 빌리자면 *우애적*이라고 부를 수도 있을 마음 속에서 찾는 저 모든 미치광이들이었으리라.

24. 계획

그는 넓고 호젓한 공원을 거닐면서 혼자 말했다. "그 여자는 현란하고 화사한 궁정복에 싸여 얼마나 아름다울까, 아름다운 저녁의 대기를 가르고, 널따란 잔디밭과 연못을 마주보며, 궁전의 대리석 계단을 내려오겠지! 그 여자는 천생 공주 같은 자태이니까."

얼마 후 거리를 지나가다가 그는 판화방(版畵房) 앞에서 걸음을 멈추더니, 종이 상자 속에서, 열대의 풍경을 그린 목판화 한 장을 발견하고는 생각했다. '아니야! 내가 그녀의 사랑스러운 삶을 소유하고 싶은 자리는 궁전이 아니야. 거기선 *우리집*에 있는 것 같지 않을 거야. 게다가 황금으로 맥질해놓은 그 벽은 그녀의 초상화를 걸어둘 만한 자리 하나 남겨두지 않을 것이고, 그 장엄한 회랑에는 내밀한 시간을 보낼 만한 구석 하나 없을 거야. 아무래도 내 평생의 꿈을 가꾸기 위해 머물러 살아야 할 곳은 *저기*다.'

그리고 판화의 세부를 자세히 뜯어보면서 마음속으로 계속 말했다. '바닷가, 나무로 지은 아름다운 오두막, 이름은 잊었지만, 기이하고 반짝거리는 나무들로 온통 둘러싸이고… 대기 속에는 사람을 취하게 하는, 무어라고 딱히 말할 수 없는 냄새… 오두막에는 장미향과 사향의 강렬한 훈기… 더 멀리, 우리의 작은 영지 뒤로, 큰 파도에 흔들리는 돛대 꼭대기들… 우리를 둘러싸고, 주렴으로 누그러진 장밋빛 햇빛이 비치고, 산뜻한 돗자리와 향기 독한 꽃들로 장식되고, 무겁고 검은 나무로 만든 포르투갈식 로코코의 희소한 의자들이 놓인(거기서 그녀가 아편을 가볍게 섞은 담배를 피우며, 그리도 조용하게, 그리도 시원하게 바람을 쏘이며 쉬고 있으리!) 그 방 밖에서는, 베란다 밖에서는, 햇빛에 취한 새들의 소란과 흑인 소녀들의 재잘거림... 그리고 밤이면, 내 몽상에 반주를 넣으려고, 음악 나무와 우울한 필라오스의 탄식하는 노래! 그렇다, 바로 *저기*에 내가 찾는 배경이 있다. 내가 궁전을 어디에 쓰겠는가?'

그러고는 좀더 가서, 넓은 가로수길을 따라가다가 그는 말쑥한 여관 하나를 보았다. 울긋불긋한 사라사 커튼을 환하게 친 창으로 웃음 진 두 얼굴이 기웃이 내다보고 있었다. 그걸 보자 그는 금방 이렇게 말했다. "내 생각은 종잡을 수 없는 방랑가인 게 틀림없구나. 내 곁에 이렇게도 가까이 있는 것을 그렇게도 멀리 찾으러 가다니. 쾌락과 행복은 이렇게도 일락을 가득 품고 맨 처음 만난 여관에, 우연한 여관에 있는데. 활활 타오르는 난롯불, 눈길을 끄는 도자기, 웬만한 저녁밥, 텁텁한 포도주, 그리고 좀 깔깔하지만 산뜻한 시트가 깔린 아주 너른 침대, 이보다 무엇이 더 나을 것인가?"

그리고 지혜의 충고가 바깥 생활의 웅성거림 때문에 더이상 지워져버리지 않는 그런 시간에, 홀로 집에 돌아오면서 그는 생각했다. '나는 오늘 몽상 속에서 세 개의 주거를 가져봤고, 어느 집에서나 똑같은 즐거움을 발견했다. 내 혼이 이렇게 날렵하게 여행을 하는데, 무엇 때문에 내 몸을 다그쳐 장소를 바꾸게 하겠는가? 또한 계획 그 자체에 벌써 충분한 향락이 있는데, 계획을 꼭 실천해서 좋을 게 무언가?'

25. 아름다운 도로테

태양이 그 수직의 무서운 햇살로 거리를 짓누른다. 모래밭은 눈부시고, 바다는 번들거린다. 마비된 세계는 맥없이 쓰러져 낮잠이 들었다. 자는 사람이 반쯤 깬 상태에서 자기 소멸의 쾌락을 맛보는 감미로운 죽음과도 같은 그런 낮잠.

그 가운데 도로테는, 태양처럼 굳세고 자랑스럽게, 인적 없는 길을 나아가며, 이 시간 가없이 푸른 하늘 아래 살아 있는 것이라곤 저 하나뿐인데, 빛살 위에 번쩍이면서도 검은 반점을 만든다.

그녀는 나아간다. 그리도 가느다란 그 상체를 그 풍만한 엉덩이 위에 간들간들 흔들면서. 몸에 꼭 끼는 명주옷은, 밝은 장밋빛 색조로, 그녀 피부의 암흑과 선명하게 대비되고, 그 긴 상체와 홈 깊은 등과 뾰족한 젖가슴을 또렷이 빚어낸다.

그녀의 붉은 양산은, 빛을 걸러내어, 그녀의 어두운색 얼굴 위에 그 반사광의 핏빛 연지를 던진다.

거의 푸른빛이 나는 그 거대한 머리칼의 무게가 그 섬세한 얼굴을 뒤로 끌어당겨, 그녀에게 의기양양하고도 게으른 자태를 얻어준다. 무거운 귀고리가 그 어여쁜 귀에 은밀하게 재잘거린다.

이따금 바다의 산들바람이 그 살랑거리는 치마의 귀를 들어올려 그 윤기 어리고 실팍한 다리를 보여준다. 그리고 그녀의 발은, 유럽이 여기저기 미술관에 가둬놓은 대리석 여신들의 발과도 같아, 가는 모래 위에 제 모양을 꼬박꼬박 찍는다. 도로테는 노예에서 해방된 자랑보다도 칭찬받는 기쁨이 더 승할 정도로 당치도 않게 멋을 부려서, 비록 자유로운 몸일지라도 신을 신지 않고 걸어가는 것이다.

그녀는 그렇게 나아간다, 발걸음도 조화롭게, 사는 것이 행복해서 순백의 미소를 지으며, 마치 공간 저멀리 제 걸음걸이와 제 아름다움을 비춰주는 거울이라도 보는 듯이.

개들까지도 저들을 물어뜯는 햇볕 아래서 고통의 신음을 내지르는 이 시간에, 도대체 어떤 강력한 동기가 청동상처럼 아름답고 차가운, 저 게으른 도로테를 이렇게 걸어가게 하는가?

그녀는 웬일로 그리도 멋지게 꾸며놓은, 꽃과 돗자리가 아주 작은 비용으로 규방 하나를 오롯이 차려놓은, 그 작은 오두막을 떠났을까? 오두막에서 머리도 빗고, 담배도 피우고, 커다란 새털 부채를 들고 부채질을 하거나 거울 속의 제 모습을 들여다보기도 하면서 즐기노라면, 바다는 거기서 백 걸음쯤 떨어진 해안을 때리며 걷잡을 수 없는 그녀의 몽상에 단조롭고 힘찬 반주를 넣고, 쌀과 사프란을 곁들인 게 탕이 보글보글 끓어오르는 무쇠냄비가 마당 안쪽에서 그녀에게 구수한 냄새를 보낼 텐데.

아마도 그녀는, 먼 해변에서 동료들로부터 저 유명한 도로테의 소문을 들었던 어느 젊은 장교와 만날 약속이 있는가보다. 어김없이 그녀는, 이 순박한 물건은, 장교에게 오페라 좌(座)의 무도회를 낱낱이 이야기해달라고 조를 것이며, 카프리아의 늙은 여자들까지도 환희에 도취하여 열광하는 저 일요일의 춤판처럼, 그 무도회에도 맨발로 갈 수 있는지, 그리고 또 파리의 아름다운 부인들은 모두 자기보다도 더 아름다운지 물어볼 것이다.

도로테는 모든 사람이 찬미를 하고 사랑스러워하는 터라, 이제 자그마치 열한 살이 되어 벌써 성숙한, 그리도 아름다운 여동생의 몸값을 치르기 위해 한푼 한푼 돈을 모아야 하는 처지만 아니라면, 더할 나위 없이 행복하련만! 그녀는 필경 성공할 것이다, 씩씩한 도로테는. 동생의 주인이 하도 구두쇠여서, 너무나 구두쇠여서 금화의 아름다움밖에는 다른 아름다움을 이해하지 못하기에!

26. 가난뱅이의 눈

아! 당신은 왜 오늘 내가 당신을 미워하는지 알고 싶어하는군요. 당신이 그 까닭을 이해하기는 내가 당신에게 그걸 설명하는 것만큼 쉽지 않을 것이오. 그럴 수밖에 없는 것이 당신은 내가 만나볼 수 있는 한, 여성적 둔감함의 가장 훌륭한 예라고 생각되니까요.

우리는 함께 긴 하루를 보냈으나, 나에게는 짧은 것만 같은 하루였지요. 우리는 우리의 모든 생각이 서로 같아지기로, 우리 두 사람의 마음이 이날 이후로는 오직 한마음이 되기로 굳게 약속하였지요―누구나 꿈꾸었지만 아무도 실현한 적이 없다뿐이지, 따지고 보면 독창적인 것이 전혀 없는 꿈이지요.

저녁녘에, 당신은 좀 피로하여, 새로 뚫린 대로의 모퉁이를 차지하여 새로 개업한 카페 앞에 앉고 싶어했지요. 길은 아직 벽회의 부스러기들이 너저분했으나 벌써 그 미완성의 호화로움을 자랑스럽게 과시했지요. 카페는 휘황했지요. 가스등까지도 개업의 열정을 한껏 펼치며 있는 힘을 다하여 비춰주고 있었지요. 눈을 멀게 하는 새하얀 벽을, 눈부신 거울의 면을, 창틀과 굽도리 장식의 금박(金箔)을, 끈에 묶인 개한테 끌려가는 볼이 통통한 시동들을, 주먹 위에 올라앉은 매에게 웃음짓는 귀부인들을, 머리에 과실이며 파이며 사냥해온 짐승을 이고 있는 님프와 여신 들을, 팔을 내뻗어 과즙 차가 들어 있는 작은 항아리나 물들인 아이스크림이 담긴 두 색깔 첨탑을 대령하고 있는 헤베와 가니메데스 들을―하나같이 식욕을 위해 봉사하는 그 모든 역사와 그 모든 신화를.

우리의 바로 앞 차도에, 마흔 줄에 접어든, 피로한 얼굴에 수염

이 희끗희끗한, 선량한 사내 하나가 한 손으로는 어린 사내아이를 붙잡고, 다른 팔로는 걷기에는 너무 연약한 어린애를 안고 서 있었지요. 그는 하녀의 역할을 하면서 아이들에게 저녁 바람을 쐬어주고 있었던 것이지요. 하나같이 남루한 옷차림. 그 세 얼굴은 비상하게 진지했으며, 그 여섯 개의 눈은, 나이대에 따라 미묘한 차이는 있었지만, 한결같이 감탄하는 빛으로 새로 개업한 카페를 뚫어지게 바라보고 있었지요.

아버지의 눈은 말하고 있었지요. "이렇게 아름다울 수가! 이렇게 아름다울 수가! 가련한 세계의 황금이 모조리 저 벽에 와서 붙어 있는 것만 같구나."—소년의 눈은 말하고 있었지요. "이렇게 아름다울 수가! 이렇게 아름다울 수가! 그러나 여기는 우리 같은 사람들은 들어갈 수 없는 집이지." 제일 어린아이의 눈으로 말하자면, 너무나 매혹되어서 어리둥절하고도 깊은 기쁨밖에는 아무것도 나타낼 수 없었지요.

가요 작가들은 즐거움이 영혼을 착하게 하고 마음을 부드럽게 해준다고 말하지요. 이날 저녁, 내게 관한 한, 그 노랫말이 옳았어요. 나는 그 눈의 가족들에 감동했을 뿐만 아니라, 우리의 갈증을 풀기에는 너무 큰 우리의 컵과 사기 주전자가 조금 부끄럽다고 느꼈지요. 나는 내 눈길을 돌려, 사랑하는 사람, 당신의 눈에서 *내* 생각을 읽으려 했지요. 그토록 아름답고 그토록 기이하게도 상냥한, **변덕**이 깃들고 달로부터 영감을 받는 당신의 푸른 눈 속에 내가 막 잠겨들려는데, 그때 당신이 나에게 말했지요. "저 사람들, 마치 출입 대문처럼 눈을 열어젖히고 있는 꼴이, 정말 참을 수가 없네! 카페 주인에게 말해서 여기서 좀 물러가게 하라고 할 수 없을까요?"

서로 이해한다는 것이 이렇게도 어려운 일이지요, 내 사랑하는 천사여, 그리고 생각이란 이렇게도 단절되어 있지요. 서로 사랑하는 사람들끼리도!

27. 비장한 죽음

팡시울은 찬탄할 만한 광대이며, 거의 국왕의 친구 가운데 하나였다. 그러나 직업상 희극에 몸을 바치고 있는 사람들에게는 진지한 일이 숙명적인 매력을 갖는 법이어서, 국가라거나 자유라는 관념이 일개 익살광대의 뇌수를 폭압적으로 사로잡는다는 것이 이상하게 보일 수도 있겠지만, 어느 날 팡시울은 불만을 품은 몇몇 귀족들의 음모에 가담했다.

임금을 폐하고, 사회에 물어보지도 않고 사회의 이전(移轉)을 도모하고 싶어하는 이 우울증 기질의 분자들을 권력에 밀고하는 갸륵한 인간들은 어디를 가나 있게 마련이다. 문제의 귀족들은 팡시울과 더불어 체포되었으며, 꼼짝없이 사형에 처해질 판이었다.

총애하는 배우가 반역자들 사이에 끼어 있는 것을 보고 국왕이 거의 상심하였다고 나도 기꺼이 생각하고 싶다. 국왕은 어느 다른 왕보다 더 착하지도 더 악하지도 않았지만, 지나친 감수성이, 여러 경우에, 그를 동일한 지위에 있는 모든 사람들보다 더 잔인하고 더 횡포하게 만들었다. 그는 미술을 열렬히 사랑하는 사람이고, 게다가 뛰어난 감식가이기도 해서, 쾌락에는 정말 물릴 줄을 몰랐다. 인간과 도덕에 관해서는 상당히 무관심하고, 그 자신이 진정한 예술가이기도 한 그는 권태 이외의 다른 위험한 적을 알지 못했으며, 그래서 이 세계의 폭군을 피하기 위하여 또는 정복하기 위하여 그가 기울인 가지가지 기괴한 노력은, 만약에 그의 영토 내에서, 쾌락이나 쾌락의 가장 오묘한 형식 가운데 하나인 놀라움을 오로지 목표로 삼는 것이 아니라 하더라도 무엇이건 기록할 수 있도록 허가되었더라면, 틀림없이 어느 준엄한 역사가에게서 "괴물"이라는 칭호를 이끌어내고 말았으리라. 이 국왕의 큰 불행은 그의 재능에 걸맞은 넓은 무대를 한 번도 갖지 못했다는 것이다. 너무나 협소한 한계에 갇혀 질식하는, 그래서 미래의 세기가 그 이름과 선의를 끝내 알지 못하게 될 젊은 네로 황제들이 없지 않다. 선견지명이 없는 섭리가 이 사람에게 그의 국가보다도 더 큰 재능을 부여했던 것이다.

갑자기 군주가 모든 모반 음모자들에게 은사를 내린다는 소문이 나돌았다. 그 소문의 진원은 성대한 무대가 마련된다는 예고였던바, 팡시울이 가장 장기로 삼는 주역의 하나를 거기서 연희하게 될 것이며, 사형선고를 받은 귀족들도 참석할 것이라는데, 이는 모욕당한 국왕의 너그러운 성품을 말해주는 명백한 증거라고 피상적인 정신들은 덧붙였다.

이렇듯 천성에 의해서도 의지에 의해서도 상궤를 벗어난 사람의 편에서는, 무슨 일이든지, 특히 그 일로 뜻하지 않은 쾌락을 발견하게 되리라고 기대할 수만 있다면, 미덕까지도, 관대함까지도 모두 가능했던 것이다. 그러나 나처럼 이 병적이고 호기심 많은 영혼의 심층으로 더 깊이 뚫고 들어갈 수 있었던 사람들이 볼 때에는, 국왕이, 사형선고 받은 사나이의 연극적 기량을 평가해보려 했다고 보는 편이 이루 말할 수 없이 훨씬 더 그럴 법했다. 그는 이 기회를 이용해, *치명적* 흥미가 걸린 생리학 실험을 하여, 한 예술가의 평소 재능이, 이상한 상황에 처했을 경우, 그로 인해 어느 정도까지 변질되거나 변조될 수 있는지 확인하려 했던 것이다. 그 이상으로 그의 마음속에는 다소간에 확고한 관용의 의도가 존재했을까? 그것은 결코 밝혀질 수 없는 점이었다.

마침내 그 대망의 날이 도래하여, 이 작은 궁정이 갖은 호사를

다 펼치었으니, 한 소국의 특권 계급이, 한정된 재원으로, 이 진정한 대제전을 위해 뽐낼 수 있었던 일체의 찬란함은, 눈으로 직접 보지 않는 한 상상하기 어려우리라. 그것은 이중으로, 첫째는 펼쳐진 호사의 마술에 의해, 다음엔 거기에 따른 도덕적이고 신비로운 흥미에 의해 진정한 대제전이었다.

팡시울 영감님은 특히 무언의 역이나 대사가 거의 없는 역에 뛰어났던바, 이런 역은 인생의 신비를 상징적으로 표상하는 것이 목적인 몽환극에서 흔히 주요 역이 된다. 그는 경쾌하고 여유만만하게 무대에 등장하였는데, 그 점이 귀족 관중에게 온정과 관용의 감정을 강화시키는 데 이바지하였다.

어떤 배우를 보고 "훌륭한 배우다"라고 말한다면, 그것은 등장인물 뒤에 배우가, 다시 말해서 기예가, 노력이, 의지가 여전히 드러난다는 것을 뜻하는 관례적인 어구를 사용하는 것이다. 그런데 한 배우가 자신의 배역으로 표현하는 인물과 관련하여, 저 고대의 가장 훌륭한 조각상이 기적적으로 생명을 얻어, 살아 움직이고, 걷고, 눈으로 보면서, 미(美)의 일반적이고 모호한 관념과 관련하여 구현하는 것과 동일한 것이 되기에 이른다면, 그것은 필경 신기하고 완전히 예상을 뛰어넘는 경우가 될 것이다. 팡시울은 그날 저녁, 완벽한 이상의 구현이어서, 그 이상화가 살아 있다고, 가능하다고, 현실이라고 생각하지 않는 것이 불가능했다. 이 어릿광대가 오고, 가고, 웃고, 울고, 경련을 일으킬 때, 그의 머리에는 깨뜨릴 수 없는 후광이, 아무에게도 보이지 않으나 나에게는 보이는, 예술의 광채와 순교의 영광이 기묘한 아말감을 이루고 어우러진 후광이 감돌았다. 팡시울은, 무엇인지 알 수 없는 특별한 은총으로, 가장 기괴한 광대놀음에까지 신령한 것과 초자연적인 것을 끌어들였다. 나는 잊을 수 없는 이날 저녁의 일을 여러분에게 묘사하려고 애쓰고 있는 동안에도, 펜이 떨리고, 가실 줄 모르는 감동의 눈물이 두 눈에 솟아오른다. 팡시울은 나에게 단호하게, 논박할 수 없게, 예술의 도취는 다른 어느 도취보다도 더 심연의 공포를 가리기에 알맞다는 것을, 그리고 천재는 무덤가에서도, 무덤을 보지 못하게 막는 환희에 싸여, 그가 그렇듯이 무덤과 파멸의 관념을 말끔히 지워버리는 어떤 천국에 빠져, 희극을 연희할 수 있다는 것을 증명하였던 것이다.

이날의 모든 관객들은, 둔감하고 경박하기가 그럴 수 없었다 할지라도, 이내 예술가의 전능한 지배를 받아들였다. 아무도 더이상 죽음을, 초상을, 처형을 생각하지 않았다. 저마다, 불안한 마음도 없이, 살아 있는 걸작 조각 작품을 관람하면서 얻는 증가일로의 쾌락 속에 빠져들었다. 환희와 감탄의 폭발은 연속해서 울리는 천둥의 에너지로 여러 차례 되풀이하여 건물의 둥근 천장을 흔들어대었다. 국왕마저 도취하여 조신(朝臣)들의 박수에 자신의 박수를 섞어넣었다.

그러나 명철한 눈으로 보면, 그 도취에, 바로 그의 도취에는, 불순함이 없지 않았다. 그는 자신이 전제군주로서의 권력에서 패배했다고, 사람들의 마음을 두렵게 하고 정신을 마비시키는 그 기술에서 자신이 모욕을 당했다고, 자신의 희망이 좌절되고, 자신의 예상이 우롱당했다고 생각하고 있었을까? 그 정당성이 정확하게 입증된 것은 아니지만 절대로 입증할 수 없는 것도 아닌 이런 추측이, 국왕의 얼굴을 바라보는 동안 내 정신을 가로질렀는데, 평소의 그 창백한 안색에 새로운 창백함이 끊임없이 더해지는 품이 마치 눈 위에 눈이 쌓이는 것 같았다. 그의 입술은 점점 더 굳게 다물어지고, 그 이상한 어릿광대, 그리도 훌륭하게 죽음을 웃음거리로 돌리고 있는 자기 옛친구의 재능에 보란듯이 갈채를 보내는 동안에도, 그의 눈은 질투나 원한의 불길과 다름없는 내면의 불길로 빛을 뿜고 있었다. 그러는 사이에, 나는 폐하가 뒷자리에 있는 어린 시동 쪽으로 몸을 기울이고 귀엣말을 하는 것을 보았다. 그 귀여운 소년의 장난기 서린 표정이 미소로 환해지더니, 이내 아이가 무슨 다급한 임무라도 수행하러 가는 듯이 재빨리 왕의 복스를 떠났다.

몇 분이 지난 뒤에 날카롭고 길게 끌리는 휘파람 소리가 팡시울을 그의 가장 훌륭한 순간의 하나에서 중단시키고, 관중의 귀와 마음을 동시에 찢었다. 그리고 이 생각지도 못한 비난이 터져나온 그 객석 자리에서, 한 소년이 웃음을 억누르며 복도로 뛰어나갔다.

팡시울은, 충격을 받고, 제 꿈에서 깨어나, 처음에는 눈을 감더니, 거의 그 순간 눈을 다시 뜨고, 엄청나게 크게 뜨고, 이어서 입을 열어 발작하듯 숨을 쉬려는 것 같더니, 약간 앞으로, 약간 뒤로 비틀거리다가, 이내 굳은 몸으로 마룻바닥에 쓰러져 죽었다.

휘파람이 정말로 한 자루 칼처럼 날쌔게 망나니의 일거리를 빼앗았던 것인가? 국왕은 제 술책의 살인적 효과를 완전히 가늠하였을까? 그 점은 의심할 여지가 있다. 그는 자신이 사랑했으며 누구도 흉내낼 수 없었던 팡시울의 죽음을 애석하게 여겼을까? 그렇게 믿는 것이 기껍고 정당하다.

죄를 진 귀족들이 희극의 관람을 즐긴 것은 이것이 마지막이었다. 같은 날 밤 그들은 삶에서 지워졌다.

그날 이래로, 이 나라 저 나라에서 정당하게 명성을 떨친 숱한 무언극 배우들이 이 *** 궁정에 와서 어전 연희를 하였지만, 그들 가운데 어느 누구도 팡시울의 신기한 재능을 떠올리게 할 수 없고, 동일한 은총의 자리에 오를 수도 없었다.

28. 위조화폐

우리들이 담뱃가게에서 멀어지고 있을 때 내 친구는 가지고 있던 화폐를 조심스럽게 추려 나누었다. 조끼 왼쪽 주머니에는 작은 금화들을, 오른쪽 주머니에는 작은 은화들을, 바지 왼쪽 주머니에는 한 움큼 큰 동전들을 집어넣고, 마지막으로 오른쪽 주머니에는 2프랑짜리 은전 한 닢을 특별히 살펴본 뒤에 넣었다.

'이상하고 꼼꼼한 분류로군!' 나는 속으로 생각하였다.

우리는 가난뱅이를 하나 만났는데, 그는 떨면서 우리에게 벙거지를 내밀었다—그 애원하는 눈의 말없는 웅변보다 더 불안한 것을 나는 알지 못하거니와, 그 눈은 그만한 비굴과 그만한 비난을 동시에 담고 있었다. 그 눈을 읽어낼 줄 아는 예민한 사람에게는 그러했다. 예민한 사람은 이 복잡한 감정의 깊이와 방불한 어떤 것을, 채찍으로 얻어맞으며 눈물을 흘리는 개들의 눈에서 발견한다.

내 친구가 베푼 적선은 내 것보다 훨씬 대단해서 나는 그에게 말했다. "자네가 옳아. 놀라는 즐거움 다음으로는, 놀라게 하는 즐거움보다 더 큰 즐거움은 없으니까." "그건 위조화폐였어", 친구는 마치 자신의 낭비를 변명하듯이 태연하게 대답하였다.

그러나 언제나 열네시에 정오를 찾겠다고 몰두하고 있는 내 두뇌 속에, (자연은 얼마나 고달픈 재능을 나에게 선사하였는가!) 문득 이런 생각이 들었다. 내 친구가 벌인 이런 행위는 그 불쌍한 사내의 생활에 사건을 하나 일으키고 싶다는 욕망, 또 어쩌면 가짜 돈 한 닢이 한 비렁뱅이의 손에 들어가, 불길한 일이건 다른 일이건 간에, 빚어낼 수 있는 여러 결과를 알고 싶은 욕망에서 비롯되었을 때만 용서될 수 있겠다. 그 가짜 돈이 진짜 돈으로 불어날 가능성은 없을까? 그 거지를 감옥에 끌어갈 가능성은 없을까? 예를 들어, 어느 술집 주인이, 어느 빵집 주인이 어쩌면 그를 화폐 위조꾼이라 하여 또는 위조화폐의 유포자라 하여 그를 잡아가게 할 수도 있다. 똑같이 그 위조화폐가 어쩌면 한 사람의 가난하고 보잘것없는 투기꾼에게 며칠간에 이룩할 부의 싹이 될 수도 있다. 이런 식으로 내 공상은, 친구의 정신에 날개를 빌려주며, 가능한 모든 가정으로부터 가능한 모든 추론을 끌어내면서 굴러가고 있었다.

그러나 친구는 내가 했던 말을 그대로 내게 되돌려주며 불시에 내 몽상을 깨뜨렸다. "그래, 자네가 옳아. 어떤 사람에게 기대하는 것보다 더 많은 것을 주어 그를 놀라게 하는 것보다 더 진진한 즐거움은 없지."

나는 그의 눈을 똑바로 바라보았으며, 그 눈이 이론의 여지 없는 순진성으로 빛나고 있는 것을 보고 아연했다. 나는 그가 자선과 이로운 거래를 동시에 하고, 40수도 벌고 신의 마음도 벌고, 천국을 경제적으로 획득하고, 끝으로 자비로운 사람이라는 증명서를 거저 거머쥐려는 욕심이었음을 그때 뚜렷이 보았다. 나는 내가 방금 전 그에게 가능하리라고 추측했던 그런 범죄적인 쾌락의 욕망이라면, 그를 거의 용서했을 것이다. 그가 가난한 사람들을 위험 속에 빠뜨리며 즐기는 것이라 해도, 신기하고 야릇하다고 치고 말았을 터이나, 그의 타산의 어리석음은 단연코 용서하지 않을 것이다. 사람이 사악하면 결코 용서받을 수 없는 일이지만, 자신이 사악함을 안다는 것은 어느 정도 장한 일이다. 그러니 악덕 가운데서도 가장 돌이킬 수 없는 것은 어리석음에서 악을 저지르는 것이다.

29. 너그러운 노름꾼

어제, 대로의 군중을 헤쳐나가다가 어떤 신비로운 존재가 나를 스치고 있다는 느낌이 들었는데, 나는 그를 늘 가까이 알고 싶어했던 처지여서, 여태껏 그를 만나본 적이 없었으면서도, 금방 그인 것을 알아보았다. 그에게도 필경 나에 관하여 비슷한 바람이 있었던지, 지나가면서 나에게 의미심장하게 눈을 한 번 깜빡이는지라, 나는 서둘러 그의 뜻을 따랐다. 나는 조심스럽게 그를 뒤좇았으며, 이내 그를 따라 눈부신 지하의 처소에 내려가니, 파리의 어떤 상류 주택도 그와 비견할 만한 예를 마련하지 못할 호사가 빛나고 있었다. 이 장엄한 지하 소굴의 옆으로 그렇게도 자주 지나다니면서 그 입구를 알아챌 수 없었다는 것이 기이하게 생각되었다. 거기에는 어떤 감미로운 분위기가 지배하고 있어서, 비록 머리를 어지럽게는 하지만, 삶의 삭막한 공포를 거의 순식간에 모두 잊게 해주었다. 거기에서는 모두들 일종의 음울한 지복을 호흡하고 있었으니, 그것은 마치 로터스 열매를 먹은 뱃사람들이, 영원한 오후의 빛이 쪼이는 마법의 섬에 상륙하여, 선율 좋은 폭포수의 자장가 소리에, 제 가정도, 제 처자식도 결코 다시 보고 싶어지지 않는, 바다의 높은 물결에 결코 배를 다시 띄우고 싶어지지 않는 그런 욕구가 제 가슴에 싹트는 것을 느끼면서, 체험하였을 지복과 비슷했다.

거기에는 남자들과 여자들의 이상한 얼굴들이 있었는데, 숙명적인 아름다움이 찍혀 있는 그 얼굴들은, 정확히 기억할 수는 없어도, 어느 시대 어느 나라에선가 이미 본 적이 있는 것만 같아서, 보통 모르는 사람과의 초대면에서 생기는 그런 공포심보다는 오히려 우애로운 친화감을 불러일으켰다. 그들 시선의 야릇한 표정을 어떤 식으로든 정의해보고자 한다면, 권태를 싫어하는 마음과 자신이 살아 있음을 느끼고자 하는 불멸의 욕망이 이보다도 더 강렬하게 빛나는 눈을 나는 일찍이 본 적이 없다고 말할 것이다.

우리는, 주인과 나는, 자리에 앉으면서 벌써 오래전부터 알고 지낸 완전한 친구와 같았다. 우리는 식사를 하고, 온갖 종류의 진진한 포도주를 엄청나게 마셨으나, 그에 못지않게 진진했던 것은 몇 시간이 지난 뒤에도 그나 나나 똑같이 취한 것 같지 않았다는 것이다. 그러는 동안, 노름이, 이 초인적인 즐거움이 자주 비워대는 우리의 술잔을 고르지 않은 간격으로 멈춰놓곤 했으며, 나는 내 영혼을 걸었다가, 삼판 승부에서 가히 호걸답게 무관심하고 가벼운 기분으로, 잃었음을 말해두어야겠다. 영혼이란 만져볼 수도 없고, 종종 쓸모가 없으며, 때로는 거추장스럽기도 한 것이므로, 나는 그것을 잃고도, 산책하다가 명함을 분실했을 때보다 조금 덜한 동요밖에는 느끼지 않았다.

우리는 몇 가지 여송연을 오래도록 피웠으니 그 비할 데 없는 맛과 향기가 알 수 없는 나라와 알 수 없는 행복에 대한 향수를 영혼에 불어넣었으며, 그 모든 기쁨에 취한 나는 친밀한 감정이 발작적으로 복받쳐, 전두리까지 가득찬 술잔을 쥐고, **"염소 영감, 그대의 불사 무궁한 건강에 건배!"** 감히 이렇게 외쳤는데, 내 친밀감을 그도 기분 나쁘게 생각하지는 않는 것 같았다.

우리는 또한 우주에 대해, 그 창조와 미래의 파멸에 대해, 세기의 거대 이념에 대해, 다시 말해서 진보와 완전가능성에 대해, 그리고 일반적으로 말해서, 인간 족속이 뽐내는 자기만족의 가지가지 형태에 관해 이야기를 나누었다. 이 주제에 관해서, 전하는 경쾌하고 반박할 수 없는 농담이 마르지 않았으며, 이 세상의 가장 유명한 달변가 가운데 어느 누구에게서도 찾아볼 수 없는 우아한 어법과 천연스러운 우스개로 자신의 견해를 표현했다. 그는 나에게 지금까지 인간의 두뇌를 차지해왔던 상이한 철학들의 부조리함을 설명하고, 몇몇 기본 원리를 은밀하게 일러주기까지 했는데, 나로서는 그 이익과 소유권을 어떤 사람하고도 함께 나누고 싶지 않다. 그는 자신이 세계 각지에서 누리고 있는 악평을 어떤 식으로든 탄하지 않았거니와 *미신*의 타파에서 누구보다도 더 이득을 보는 것은 자기 자신이라고 나에게 단언하고, 자신의 권능에 불안을 느꼈던 적은 꼭 한 번밖에 없었다면서, 그것은 다른 동료들보다도 더 예리한 한 설교자가 강단에서 이렇게 외치는 것을 들었던 날이었다고 나에게 고백했다. "친애하는 형제들이여, 여러분에게 지식의 진보를 자랑하는 소리가 들릴 때면, 악마의 가장 교묘한 술책은 그 자신이 존재하지 않는다고 여러분에게 믿게 하는 것이라는 점을 결코 잊지 마시오!"

이 유명한 웅변가의 추억은 우리들을 이런저런 아카데미에 관한 화제로 자연스럽게 이끌어갔으며, 나와 식탁에 마주앉은 이 괴한은 많은 경우, 교육자의 붓과 말과 양심에 영감을 불어넣어주기를 소홀히 하지 않으며, 거의 언제나 아카데미의 모든 회의에, 사람 눈에는 띄지 않지만, 몸소 출석한다고 단언하였다.

그토록 많은 호의에 용기를 얻어, 나는 그에게 신의 소식을 묻고, 근래에 그를 만나보았는지 물었다. 그는 어딘지 슬픔이 어린 어조로 무심하게 대답하였다. "우리가 만나면 서로 인사는 하지, 그러나 타고난 예절로도 그 해묵은 원한의 기억을 완전히 꺼버릴 수는 없는 늙은 두 귀족처럼 하는 거지."

전하께서 일찍이 한낱 보잘것없는 인간에게 이렇게 긴 알현을 베푼 적이 있었는지 의문이었고, 그래서 나는 이를 기화로 무람없이 구는 것이 아닐까 두려웠다. 이윽고, 떨리는 새벽빛이 유리창에 희번하게 비추자, 수많은 시인들에 의해 노래 불리어지고, 자기도 모르게 그의 영광을 위하여 일하는 수많은 철학자들에게 시중을 받는 이 유명한 인물이 나에게 말했다. "나는 그대가 나에 대해서 좋은 추억을 간직해주길 바라며, 그렇게들 나쁘게만 말하는 나도 때로는, 그대들의 속된 말을 빌리자면, *착한 악마*라는 사실을 증명해 보이고 싶소. 그대가 날려버린 영혼의 구제할 길 없는 손실을 보상하기 위하여, 만일 운이 그대의 편이었더라면 딸 수 있었을 판돈, 다시 말해서, 그대들의 모든 병통과 그대들의 모든 참담한 진보의 원천인 권태라는 그 괴이한 질환을, 그대의 평생에 걸쳐, 완화해주고 극복할 수 있는 가능성을 주겠소. 그대가 무슨 욕망을 품건 그것이 실현되도록 내가 거들어주지 않는 일은 결코 없을 것이며, 그대는 그대의 범속한 동류들 위에 군림할 것이며, 아첨에 더하여 숭배까지 그대에게 바쳐질 것이며, 금, 은, 다이아몬드, 마경의 궁정이, 그것들을 얻기 위하여 한줌 노력을 하지 않아도, 스스로 그대를 찾아와서 자기들을 받아달라고 애원할 것이며, 그대의 변덕스러운 공상이 처방을 내리는 대로 얼마든지 자주 그대는 조국과 고장을 바꿀 것이며, 그대는 늘 따뜻하고 여자들이 꽃처럼 좋은 향기를 풍기는 매혹적인 나라에서, 지겨움을 모르고 쾌락에 물릴 것이며―그리고 또 그리고 또..." 그는 이렇게 덧붙이고 일어나, 정답게 미소를 지으며 나를 떠나보냈다.

만약에 그렇게 수많은 무리가 모인 자리에서 비굴하게 보일까 봐 두렵지만 않았다면, 나는 기꺼이 그 너그러운 노름꾼의 발아래 엎드려 그 전대미문의 아량에 감사의 인사를 올렸을 것이다. 그러나 그와 헤어진 후, 고칠 수 없는 의심이 차츰차츰 내 가슴속에 다시 들어와, 나는 감히 그토록 기적적인 행복을 믿을 수가 없었으며, 그래서 잠자리에 누울 때는, 여전히 남아 있는 어리석은 버릇대로 기도를 올리면서, 반수면 상태에서 되풀이하는 것이었다. "신이시여! 나의 주, 신이시여! 악마가 내게 그 약속을 지키게 해 주옵소서!"

30. 끈
– 에두아르 마네에게

"착각이라는 것은—내 친구가 나에게 말했다—아마도 인간들 상호 간의 관계나 인간과 사물의 관계만큼이나 무수할 테지요. 그런데 착각이 사라졌을 때, 다시 말해서 존재와 사실을 우리의 밖에 있는 모습 그대로 보게 되었을 때, 우리가 느끼는 감정은 야릇하지요. 사라진 환영에 대한 아쉬움이 절반이고, 그 새로운 모습 앞에서, 그 실제의 사실 앞에서 느끼는 기분좋은 놀람이 절반으로 뒤얽혀 있지요. 명백하고, 별스러울 것도 없고, 항상 그 모양인 현상, 그 성질을 잘못짚을 수 없는 현상이 어디 있다면, 그것은 바로 모성애지요. 모성애가 없는 어머니를 생각한다는 것은 열기 없는 햇빛을 생각하는 것만큼이나 어려운 일입니다. 그러니 한 어머니가 자기 아들과 관련하여 행동하고 말하는 모든 것을 모성애에 결부시키는 것이야말로 완전무결하게 합당한 일이 아니겠소? 그런데 짤막한 이야기를 하나 할 테니 들어보세요. 지극히 자연스러운 착각에 내가 이상하게도 속아넘어갔던 이야기입니다.

직업이 화가인 만큼 나는 길에서 만나는 얼굴이나 용모를 유심히 살펴보지 않을 수 없는데, 다른 사람들에게보다도 우리 화가들의 눈에 삶을 훨씬 더 생생하고 훨씬 더 뜻깊게 비춰주는 이 재능으로부터 우리가 끌어내는 즐거움이 얼마나 큰 것인지는 선생님께서도 아시는 바이지요. 내가 사는 변두리 외딴 구역에서, 아직도 잔디에 덮인 넓은 빈터가 건물들 사이로 펼쳐져 있는 곳이지요. 나는 시시로 한 아이를 눈여겨보았습니다. 정열적이고 장난기 가득한 그 얼굴이 다른 어느 얼굴보다도 더 처음부터 나를 매혹하였기 때문입니다. 아이는 여러 번 나를 위해 포즈를 잡아주었으며, 나는 그 아이를 어떤 때는 집시 소년으로, 어떤 때는 천사로, 또 어떤 때는 신화에 나오는 사랑의 신으로 바꾸어놓았지요. 나는 그 아이에게 집시의 바이올린을 들리기도 하고, 가시관을 씌워 십자가 수난의 못을 박기도 하고, 에로스의 횃불을 쳐들게도 하였고. 마침내 나는 이 개구쟁이의 장난질에 아주 생생한 기쁨을 느껴서, 어느 날 가난한 사람들인 그 부모에게 아이를 나에게 맡겨달라고 간청하며, 옷도 잘 입히고, 돈도 얼마큼 주면서, 화필을 빨고 잔심부름을 하는 일밖에 다른 고생을 시키지 않겠다고 약속하였지요. 그 아이는 씻어놓으니 귀염둥이가 되었고, 그 아이로서도 우리집에서 보낸 생활은, 제 아버지의 누추한 집에서 겪었을 생활에 비하면, 천국이나 같았답니다. 다만 이 어린 녀석이 조숙한 비애의 야릇한 발작에 사로잡혀 때때로 나를 놀라게 하더니, 얼마 안 가서 사탕과 술에 과도한 취향을 드러내었다는 이야기를 해야겠군요. 그러다가 어느 날은, 여러 차례에 걸친 내 경고에도 아랑곳없이, 아이가 또다시 그런 식의 몹쓸 짓을 저질렀다는 확증을 잡고, 부모에게 돌려보내겠노라고 아이에게 위협을 하지 않았겠습니까. 그런 뒤에 외출을 했는데, 이런저런 일거리에 붙잡혀 나는 꽤 오랫동안 집에 들어가지 못했지요.

　내가 얼마나 무서웠고 놀랐겠습니까, 집에 돌아와서, 맨 먼저 눈에 띈 것이 옷장 널빤지에 목매달려 있는 내 어린 녀석, 내 생활의 개구쟁이 동반자였으니 말입니다! 두 발은 마룻바닥에 닿을 듯 말 듯 하고, 분명 발로 차버린 의자 하나가 그 옆에 넘어져 있었지요. 머리는 마비라도 된 듯이 한쪽 어깨 위로 젖혀지고, 얼굴은 부풀어오르고, 눈은 크게 열려 무섭게 고정된 것이, 처음에는 나에게 살아 있다는 착각을 일으키더군요. 그를 내려놓는다는 건 선생님이 생각할 수 있는 것처럼 그렇게 쉬운 일은 아니었습니다. 그는 벌써 굳을 대로 굳어져서, 그를 바닥에 덜컥 떨어뜨린다는 생각에는 설명할 수 없는 혐오감이 들더군요. 한쪽 팔로는 그를 온전히 떠받치고 다른 쪽 손으로 끈을 잘라야 했습니다. 그러고 나서도 일이 모두 끝난 것은 아니었지요. 그 작은 괴물이 아주 가는 끈을 사용한 탓에 그게 살 속 깊이 박혀버려서, 이번에는 목에서 끈을 풀어주기 위해, 얇은 가위로, 부풀어오른 살의 두 둔덕 사이에서 끈을 찾아내야 했으니까요.

잊어버린 이야기가 있군요, 나는 도와달라고 급하게 고함을 질러댔지요. 그러나 내 이웃 사람들은 누구도 도와주러 오지 않더군요. 까닭은 알 수 없지만 목매단 사람의 일에는 아예 얽혀들려 하지 않는다는 점에선 문명인의 관습을 충실하게 지킨 것이지요. 마침내 의사가 한 사람 와서, 소년이 수 시간 전에 사망하였다고 선언하더군요. 나중에, 수의를 입히려고 아이의 옷을 벗겨야 했을 때, 사체경직이 아주 심해서 팔다리를 구부리길 단념하고 옷을 찢고 베어서 벗겨내야만 했지요.

경찰관이, 이 사건을 의당 경찰에 신고해야 했으니까요, 나를 곁눈으로 쏘아보면서 말하더군요. "수상한데!" 죄가 있는 사람에게나 없는 사람에게나 무턱대고 공포감을 주려는 그 몸에 밴 욕구와 직업적 습관에서 발동한 말이지요.

아직도 처리해야 할 마지막 일이 남아 있었는데, 그걸 생각만 해도 끔찍한 통증이 왔습니다. 부모에게 알려야 하는 일이었으까요. 내 두 발이 그들에게 나를 이끌어가려 하질 않더군요. 마침내 그럴 용기를 냈지요. 그런데 정말 놀랍게도, 어머니가 태연한 얼굴이고, 그 눈 귀퉁이에 눈물 한 방울 솟아나지 않더란 말입니다. 나는 이 괴이한 일을, 그녀가 느꼈을 바로 그 공포 때문이라고 여기고, 저 유명한 속담을 생각했지요. "가장 무서운 고통은 말없는 고통이다." 아버지로 말하자면, 반은 멍하고 반은 꿈꾸는 듯이 이렇게 말하고 말더군요. "결국은 이게 더 나을지도 몰라, 언제가 됐건 잘못 끝내고 말 놈이었으니까!"

그동안, 시체는 내 긴 의자 위에 누워 있고, 나는 하녀의 도움을 받아 마지막 준비에 골몰하고 있을 때, 아이의 어머니가 내 아틀리에에 들어오더군요. 아들의 시체를 보고 싶다는 것이었지요. 사실 나는 그녀가 자신의 불행에 도취하는 것을 막아서 그 마지막 음울한 위로를 거절해버릴 수 없더군요. 이어서 그녀는 자기 어린 것이 목매단 자리를 보여달라고 애원하는 겁니다. 내가 대답했지요. "아! 안 됩니다! 부인, 고통스러우실 텐데요." 그런데 나도 모르게 눈길이 그 불길한 옷장으로 돌아가는 바람에, 아직도 못이 끈한 도막을 기다랗게 늘어뜨린 채 옷장 판자에 박혀 있는 게 눈에 띄어, 무섭기도 하고 노엽기도 한 불쾌감이 치밀더군요. 내가 얼른 뛰어가서 이 불행의 마지막 흔적을 잡아채서 열린 창밖으로 내던지려 하자, 그 가련한 부인이 내 팔을 움켜잡고 뿌리칠 수 없는 목소리로 나에게 말하는 것입니다. "오! 선생님! 그걸 저에게 주세요! 제발 부탁합니다! 제발 간청합니다!" 절망이 필경 이 여자를 미칠 지경으로 몰아간 나머지, 이제 자기 아들의 죽음에 도구로 사용된 물건에 애착을 품고, 그것을 끔찍하면서도 사랑스러운 유물로 간직하고 싶어하는구나, 나는 그렇게 여겼지요—그렇게 해서 여인이 못과 끈을 빼앗아갔습니다.

드디어! 드디어! 모든 것이 끝났다. 이제는 작업에 다시 착수하는 일만 남았다. 내 뇌수의 주름 속에 들려 있는 그 작은 시체를, 크게 열려 고정된 두 눈으로 나를 괴롭히는 그 환영의 시체를 차츰차츰 몰아내기 위해, 평소보다 더한층 힘차게 작업하는 것이다. 그런데 이튿날 나는 한 뭉치의 편지를 받았습니다. 어떤 것들은 우리 집에 세 들어 사는 사람들에게서 왔고 또 어떤 것들은 이웃집에서 왔고, 한 통은 이층에서, 또 한 통은 삼층에서, 또 한 통은 사층에서, 나머지도 이런 식인데, 어떤 것들은 반농담조의 문체로 진지한 부탁을 표면상의 익살로 얼버무리려 하는 것 같았고, 또 어떤 것들은 몹시 뻔뻔스럽고 맞춤법도 엉망이었지만, 모두가 똑같은 목적, 다시 말하자면 그 불길하면서도 행운을 가져다준다는 끈 한 도막을 내게서 얻어내려는 목적을 띠고 있었지요. 편지를 보낸 사람들 중에는, 이 말은 꼭 해야겠는데, 남자보다도 여자가 더 많았습니다. 그런데, 꼭 믿어주실 것이, 모두가 최하층의 비천한 계급에 속하는 사람들만은 아니었습니다. 나는 그 편지들을 간직하고 있습니다.

그때 문득 한줄기 빛이 내 머릿속에 비쳐들어, 아이 어머니가 왜 내게서 그 끈을 뺏어가려고 그렇게 애를 썼는지, 어떤 거래로 자신을 위로할 속셈이었는지 이해가 되더군요."

31. 소명(召命)

가을 햇살이 즐겁게 머뭇거리고 싶어하는 것만 같은 아름다운 공원에서, 금빛 구름이 여행하는 대륙처럼 떠도는, 벌써 초록빛이 도는 하늘 아래, 네 명의 미소년, 네 명의 사내아이가 아마도 놀기에도 지친 듯 저희들끼리 재잘거리고 있었다.

한 아이가 말했다. "어제 나는 극장에 따라갔어. 크고 슬픈 궁전에서, 그 배경에는 바다와 하늘이 보이는데, 남자들과 여자들이, 역시 진지하고 슬픈 얼굴이었지만 어디서나 볼 수 있는 사람들보다 훨씬 아름답고 훨씬 옷을 잘 입고서, 노래하는 것 같은 목소리로 이야기를 하는 거야. 그들은 서로 으르대고, 애원하고, 가슴 아파하고, 허리띠에 꽂은 단도에 수시로 손을 올려놓는 거야. 아! 정말 멋지더라! 여자들은 우리를 보러 집에 찾아오는 여자들보다 훨씬 더 아름답고 훨씬 더 키가 커. 그리고 그 커다란 눈이 움푹 파이고 볼이 빨갛게 타올라 무서운 모습인데도, 어쩐지 좋아하지 않을 수가 없더라. 무섭고, 울고 싶고, 그런데 마음이 흐뭇한 거야... 그리고 또 더 이상한 것은, 그 사람들하고 똑같이 옷을 입고, 똑같은 것을 이야기하고 행동하고, 똑같은 목소리로 말하고 싶은 생각이 드는 거야..."

네 아이 중의 하나가 조금 전부터 이미 제 동무의 이야기를 듣지 않고 어딘지 모를 하늘 한구석을 놀라울 정도로 뚫어지게 관찰하고 있다가, 갑자기 말하였다. "저기! 저기를 봐...! 그분이 보이지? 저 외딴 작은 구름 위에 앉아 계셔, 조용히 떠가는 저 불 색깔 작은 구름 위에. 그분도 우리를 바라보고 계시는 것 같아."

"도대체 누가 말이야?" 다른 애들이 물었다.

"신이!" 아이는 확신이 가득한 목소리로 대답했다. "아! 벌써 아주 멀어지셨네. 좀 있으면 너희들 못 보고 말 거야. 아마도 여행을 하시나봐, 모든 나라를 다 들르시려고. 저 봐, 지평선 가까이 늘어선 나무들 뒤로 지나가시려 해… 이제 저 종탑 뒤로 내려가신다… 저런! 벌써 안 보이시네!" 그리고 아이는 오랫동안 같은 쪽으로 고개를 돌리고 서서, 하늘과 땅을 가르는 선에, 황홀함과 아쉬움의 설명할 수 없는 표정으로 빛나는 눈을 붙박아두고 있었다.

"바보가 되었구나, 쟤는, 저한테만 보이는 신이라니!" 그때 셋째 아이가 말했다. 그의 어린 몸은 온통 특이한 활기와 생기를 띠고 있었다. "나는 말이야, 너희들에게 한 번도 일어나지 않은 일이 어떻게 일어났는지 이야기해줄게. 너희들의 극장이나 구름보다 좀 더 재미있는 일이야—며칠 전 일인데 말이야, 우리 아버지 어머니가 여행길에 날 데리고 갔었는데, 우리가 묵은 여관에 침대가 모자랐던 거야. 그래서 나는 나를 보살피는 보모와 한 침대에서 자기로 결정되었어."—그는 동무들을 가까이 끌어당겨 한결 나직한 목소리로 이야기했다. "기분이 이상해지더라, 그게 저, 혼자 자지 않고, 보모와 한 침대에 들어 있으니까 말이야, 깜깜한 어둠 속에서. 나는 잠이 오지 않아서, 보모가 자는 동안, 그 팔과 목과 어깨를 손으로 쓰다듬으면서 놀았어. 그 여자의 팔과 목은 다른 어떤 여자들보다도 더 포동포동하고 살결이 보드라워, 얼마나 보드라운지 꼭 편지지나 미농지 같더라고. 기분이 얼마나 좋은지 무섭지만 않았더라면 오래오래 계속 그러고 있었을 거야. 처음에는 그 여자를 깨우지나 않을까 무서웠고, 다음에는 알 수 없는 무언가가 무서웠어. 그러다가 나는 그 여자 등에 늘어진 머리칼에, 갈기처럼 숱이 많은 머리칼에 내 얼굴을 파묻었는데, 냄새가 참 좋더라, 정원에, 지금

이 공원에 피어 있는 꽃냄새만큼이나 좋더라. 너희들도 할 수만 있으면 나처럼 해봐. 그럼 알게 될 거야!"

이 경이로운 계시를 전한 어린 장본인은, 이야기를 하면서도, 여전히 제가 느끼고 있는 어떤 것 때문에 일종의 혼미상태에서 두 눈이 크게 벌어져 있었고, 저물어가는 해의 빛살이 그 헝클어진 두 발의 붉은 고수머리 사이로 미끄러져내려, 정념의 유황 기운이 서린 후광처럼 거기서 타올랐다. 이 아이가 신성을 구름 속에서 찾느라고 일생을 헛되이 보내지는 아니려니와 다른 곳에서 종종 그것을 찾아내리라는 것을 짐작하기는 어렵지 않았다.

마지막으로 넷째 아이가 말했다. "너희들도 알다시피 나는 집에서 즐거운 일이 별로 없다. 누가 극장 구경에 데려가준 적도 없고, 내 보호자는 너무도 구두쇠인데다. 신은 나나 내 권태에 아랑곳도 없고, 나를 귀여워해줄 아름다운 보모도 없고. 내 즐거움이란 늘 어디로 가는지도 모르고, 누구에게 걱정을 끼치지도 않고, 내 앞으로 곧장 걸어나가, 늘 새로운 나라들을 만나는 것이려니 하는 생각이 자주 들어. 난 어디에 있어도 편하지 않은데, 지금 내가 있는 곳이 아닌 다른 곳에서라면 더 나을 것이라고 늘 생각해. 그런데 말이야! 지난번 이웃 마을 장날에, 내가 살고 싶은 대로 살고 있는 남자 세 사람을 보았어. 너희들이야 건성으로 지나쳤지만. 키가 크고 피부는 검은빛에 가까운데 옷차림은 남루해도 아주 당당해서 누구의 도움도 필요 없다는 태도였어. 그 크고 어두운 눈은, 그들이 음악을 연주하는 동안, 완연히 빛이 나는 거야. 음악이 어찌나 놀랍던지 때로는 춤을 추고 싶어지고, 때로는 울고 싶어지고, 아니 그 두 가지를 한꺼번에 하고 싶어지는 게, 너무 오래 듣고 있으면 미치광이처럼 되고 말 거야. 한 사람은 바이올린에 활을 켜면서 무슨 비통한 심정을 이야기하는 것 같았고, 또 한 사람은 가죽끈으로 목에 매단 작은 피아노의 현 위로 자그만 망치들을 뛰놀게 하는 것이 제 친구의 한탄을 조롱하는 듯했고, 그럴 때 세번째 남자는 이따금씩 아주 난폭하게 심벌즈를 맞부딪치고 있었어. 그들은 자기들한테 아주 만족해서, 군중이 흩어진 뒤에도, 그 야만의 음악을 계속 연주하는 거야. 마침내 그들은 동전을 긁어모으고, 보따리를 짊어지고, 그리고 떠났어. 나는 그들이 어디에 거주하는지 알고 싶어서, 멀리서 그들의 뒤를 쫓아 숲 기슭에까지 따라갔는데, 거기 가서야 비로소 그들이 어디에도 거주하지 않는다는 것을 알았지.

그때 한 사람이 말했어. "천막을 쳐야 하나?"

"아니야! 놔둬!" 또 한 사람이 대답했어. "밤하늘이 이렇게 맑은데!"

셋째 사나이가 거둬들인 돈을 세면서 이렇게 말하는 거야. "여기 사람들은 음악에 감이 없어. 그 마누라들은 곰처럼 춤을 추고. 다행하게도 한 달 안엔 오스트리아에 들어가게 될 테니, 거기서는 한결 마음에 드는 사람들을 만날 수 있겠지."

"어쩌면 스페인 쪽으로 가는 게 더 나을지도 몰라. 철도 많이 지났는데, 비가 몰아치기 전에 달아나서, 우리 목구멍만 젖게 해야지." 다른 두 사람 중의 한 사람이 하는 말이야.

보라고. 나는 이렇게 다 기억하고 있어. 그러고 나서 그들은 브랜디를 한 잔씩 마시고는 잠이 들었어, 얼굴은 별을 향하고. 나는 처음에 그들에게 부탁해서 나를 데려가 악기 연주를 가르쳐달라고 하고 싶었으나, 감히 그럴 수 없었는데, 아마도 뭐든지 하나 결심한다는 게 늘 아주 어려운 일이어서 그렇고, 프랑스를 빠져나가기도 전에 다시 잡혀올까봐 두려워서도 그랬던 거야."

별로 흥미 있어하지 않는 다른 세 동무들의 표정을 보고, 나는 이 소년이 이미 *이해받지 못하는* 자라는 생각이 들었다. 그 소년을 유심히 살펴보니, 그 눈과 이마에는 대체로 타인의 공감을 멀리 밀어내는 어떤 것, 무언지 모를, 조숙하게도 숙명적인 어떤 것이 들어 있었으며, 그것이 까닭 모르게 내 공감을 자극하여, 나는 한순간 나도 알지 못하는 내 형제가 하나 있을지도 모른다는 야릇한 생각이 들기까지 했다.

해가 졌다. 장엄한 밤이 자리를 잡았다. 아이들은 헤어져, 제각기 걸어갔다. 저도 모르는 사이에, 환경과 우연에 따라, 제 운명을 성숙하게 하려고, 제 근친들의 빈축을 사려고, 영광의 길을, 혹은 오욕의 길을 밟아가려고.

32. 바쿠스의 지팡이
- 프란츠 리스트에게

바쿠스의 지팡이란 무엇인가? 정신적이고 시적인 의미를 따르자면, 그것은 신의 대변자이자 종복으로서 그 예배를 집전하는 남녀 사제의 손에 들려 있는 성직의 표지이다. 그러나 물질적으로, 그것은 하나의 지팡이, 홉 덩굴의 받침대, 포도 넝쿨의 지주, 메마르고 단단하고 꼿꼿한, 그저 하나의 지팡이일 따름이다. 이 지팡이를 둘러싸고, 변덕스런 곡선을 따라, 줄기들과 꽃들이 놀고 장난을 치니, 줄기들은 굽이치면서 달아나고, 고개를 숙인 꽃들은 뒤집힌 종이나 술잔 같다. 그런데 이 부드럽기도 하고 눈부시기도 한 빛과 선의 복합체에서 놀라운 광영이 솟아오른다. 곡선과 나선이 직선의 사랑을 얻으려 안달하며, 말없이 애모의 정에 잠겨, 그 둘레를 돌며 춤을 춘다고 해야 하지 않을까? 그 모든 섬세한 꽃부리가, 그 모든 꽃받침이, 향기와 색깔의 폭발이, 성직의 지팡이를 싸고돌며 신비로운 판당고를 연희한다고 해야 하지 않을까? 그런데도 꽃과 포도 덩굴이 지팡이를 위하여 마련되었다느니, 지팡이는 포도 덩굴과 꽃의 아름다움을 보이기 위한 핑계에 지나지 않는다느니, 감히 잘라 말하는 경박한 인간이 도대체 누구인가? 바쿠스의 지팡이는 그대의 놀라운 이중성의 표상이다, 강력하고 존경받는 거장이여, 친애하는 그대, 신비롭고 정열적인 미(美)를 섬기는 바쿠스 사제여. 일찍이 무적(無敵)의 바쿠스에 격발되어, 어느 님프가 열광하는 제 동료 님프들의 머리 위에 바쿠스의 지팡이를 흔들었건, 그대가 동료 신도들의 가슴 위에 그 천재를 휘두르는 만큼의 정력과 기상(奇想)을 누릴 수는 없었다―지팡이, 그것은 꼿꼿하고 단단하고 흔들리지 않는 그대의 의지이다. 꽃들, 그것은 그대의 환상이 그 의지를 감고 도는 산책이요, 남성을 둘러싸고 마력적인 피루엣을 연출하는 여성 요소이다. 직선과 아라베스크의 선이여, 의도와 표현이여, 의지의 꿋꿋함이여, 언사의 구불구불함이여, 목적의 단일성이여, 방법의 다양성이여, 재능의 전능하고도 분할불가한 아말감이여, 어떤 분석가가 그대들을 분할하고 그대들을 갈라놓으려는 가증한 용기를 가질 것인가?

친애하는 리스트여, 안개를 가로질러, 강을 건너, 피아노들이 그대의 영광을 노래하고, 인쇄술이 그대의 지혜를 번역하는 도시들을 넘어, 그대 있는 곳이 어디이건, 영원한 도시의 찬란한 빛 속에서건, 감브리누스가 위안을 베푸는 꿈나라의 안개 속에서건, 환희의 노래나 이루 말할 수 없는 슬픔의 노래를 즉흥적으로 짓는, 혹은 난해한 사색을 종이 위에 옮겨놓는, 영원한 관능과 고뇌의 가수, 철학자, 시인 그리고 예술가인 그대여, 나는 불멸의 생명을 얻은 그대에게 예를 올리노라!

33. 취하라

언제나 취해 있어야 한다. 모든 것이 거기에 있다. 그것이 유일한 문제다. 그대의 어깨를 짓누르고, 땅을 향해 그대 몸을 구부러뜨리는 저 시간의 무서운 짐을 느끼지 않으려면, 쉴새없이 취해야 한다.

그러나 무엇에? 술에, 시에 혹은 미덕에, 무엇에나 그대 좋을 대로. 아무튼 취하라.

그리하여 때때로, 궁전의 섬돌 위에서, 도랑의 푸른 풀 위에서, 그대의 방의 침울한 고독 속에서, 그대 깨어 일어나, 취기가 벌써 줄어들거나 사라지거든, 물어보라, 바람에, 물결에, 별에, 새에, 시계에, 달아나는 모든 것에, 울부짖는 모든 것에, 흘러가는 모든 것에, 노래하는 모든 것에, 말하는 모든 것에, 물어보라, 지금이 몇시인지. 그러면 바람이, 물결이, 별이, 새가, 시계가, 그대에게 대답하리라. "지금은 취할 시간! 시간의 학대받는 노예가 되지 않으려면, 취하라, 끊임없이 취하라! 술에, 시에 혹은 미덕에, 그대 좋을 대로."

34. 벌써!

　벌써 백 번이나 태양은 가두리가 보일 듯 말 듯 한 이 바다의 광대무변한 수조에서, 찬란하게 혹은 쓸쓸하게, 솟아올랐다. 백 번이나 태양은 저녁의 광대무변한 욕조 속으로, 현란하게 혹은 침울하게, 다시 몸을 담갔다. 여러 날 전부터 우리는 창공의 다른 쪽을 조망하면서 대척점의 하늘 알파벳을 읽어낼 수 있었다. 그런데 승객들은 저마다 신음하며 불평을 늘어놓았다. 육지에의 접근이 그들의 고통을 격화시키기라도 하는 것일까. "도대체 언제", 그들은 말하는 것이었다. "우리는 물결에 흔들리는 잠을, 우리보다 더 크게 코를 고는 바람에 설치는 잠을 그만 자게 될까? 언제 우리는 우리를 실어가는 이 혐오스러운 원소처럼 짜지 않은 고기를 먹을 수 있을까? 언제 우리는 흔들리지 않는 안락의자에 앉아 소화를 시킬 수 있을 것인가?"

　그중에는 가정을 생각하고, 부정하고 애교 없는 아내와 시끄러운 자식들을 그리워하는 사람들도 있었다. 하나같이 모두 있지도 않은 육지를 상상하며 하도 안달을 하고 있었으므로, 가축들보다도 더 감격하며 풀을 뜯어먹지나 않을까 싶었다.

　드디어 해안이 보인다는 신호가 와서, 우리가 다가가며 보니 그것은 화려하고 눈부신 육지였다. 거기서는 생명의 음악이 어렴풋한 속삭임으로 풀려나오고, 바닷가에서는, 온갖 초목이 우거져, 몇십 리나 떨어진 곳까지, 꽃과 과일의 감미로운 향기가 풍겨나오는 듯했다.

　이내 저마다 즐거워졌고 저마다 언짢은 기분을 포기했다. 모든 싸움은 잊히고, 서로 저지른 모든 잘못은 용서되었다. 약정된 결투는 기억에서 지워졌고, 원한은 연기처럼 날아갔다.

나만 홀로 슬펐다, 상상할 수도 없이 슬펐다. 신을 빼앗긴 사제처럼, 나는 이렇듯 기괴하게도 유혹적인 이 바다에서, 쓰라린 슬픔이 없이는 떠날 수 없었다. 무시무시한 단순성 속에서도 이렇듯 무한하게 변화하는, 살았던, 살고 있는, 살게 될 모든 영혼의 기분과 단말마의 고통과 법열을 제 속에 간직하여, 제 유희와 제 거동과 제 노여움과 제 미소로 표상하는 것만 같은 이 바다에서!

이 비길 데 없는 미녀에게 이별을 고하면서, 나는 죽도록 얻어맞은 느낌이었으며, 바로 이 때문에, 나의 동승자들이 저마다 "드디어!"라고 말할 때, 나는 *"벌써!"*라고 외칠 수밖에 없었다.

그러나 그것은 육지, 그 소음, 그 정열, 그 편안함, 그 잔치판이 있는 육지였다. 그것은 약속이 가득하고, 우리에게 장미향과 사향이 어우러진 신비로운 향기를 보내주고, 생명의 음악이 애정의 속삭임을 타고 거기에서부터 우리에게 도달하는, 풍요롭고 찬란한 육지였다.

35. 창문들

열린 창문을 통해 밖에서 바라보는 사람은 결코 닫힌 창을 바라보는 사람만큼 많은 것을 보지 못한다. 한 자루 촛불로 밝혀진 창보다 더 그윽하고, 더 신비롭고, 더 풍요롭고, 더 컴컴하고, 더 눈부신 것은 없다. 태양 아래서 볼 수 있는 것은 언제나 한 장의 유리창 뒤에서 일어나는 것만큼 흥미롭지 않다. 이 어둡거나 밝은 구멍 속에서, 생명이 살고, 생명이 꿈꾸고, 생명이 고뇌한다.

지붕들의 물결 저편에서, 나는, 벌써 주름살이 지고 가난하고, 항상 무엇엔가 엎드려 있는, 한 번도 외출을 하지 않는 중년 여인을 본다. 그 얼굴을 가지고, 그 옷을 가지고, 그 몸짓을 가지고, 거의 아무것도 없이, 나는 이 여자의 이야기를, 아니 차라리 그녀의 전설을 꾸며내고는, 때때로 그것을 내 자신에게 들려주면서 눈물을 흘린다.

그것이 가련한 늙은 남자였다고 하더라도, 나는 그의 전설 역시 어렵잖게 꾸며냈을 것이다.

그리고 나는 잠자리에 눕는다, 내 자신이 아닌 다른 사람들 속에서 내가 살았고 괴로워했다고 자랑스러워하면서.

어쩌면 여러분은 나에게 말할지도 모른다. "이 전설이 진실하다고 확신합니까?" 내 밖에 놓여 있는 현실이 어떤 것으로 될 수 있든, 그게 무슨 상관인가, 그것이 내가 살도록 도와주고, 내가 존재한다는 것을, 내가 무엇으로 존재한다는 것을 느끼도록 도와주기만 하였다면.

36. 그림 그리고 싶은 욕망

필경 불행하구나, 인간은, 그러나 행복하구나, 욕망에 시달리는 예술가는!

밤의 어둠 속에 실려가는 나그네의 등뒤로 아쉽게도 멀어지는 어떤 아름다운 물색(物色)과도 같이, 그렇게도 드물게 내게 나타났다가 그렇게도 빨리 달아나버린 여인을 나는 그리고 싶어 애가 탄다. 그녀가 사라진 지 벌써 얼마나 오래전인가!

그녀는 아름다우며, 아름다운 것 이상이다. 그녀는 사람을 놀라게 한다. 그녀에게서는 어둠이 넘친다. 그녀가 일깨우는 것은 밤과 같고 그윽하다. 그녀의 눈은 신비가 어렴풋이 반짝이는 두 개의 동굴이며, 그 시선은 번개처럼 빛을 낸다. 그것은 암흑에서 터지는 폭발이다.

빛과 행복을 쏟아내는 검은 천체를 상상할 수만 있다면, 나는 그녀를 검은 태양에 비기리라. 그러나 그보다는 더 자연스럽게 달을 생각하게 되니, 달이 그녀에게 그 무서운 영향을 찍어둔 것이 분명하다. 쌀쌀한 신부를 닮은, 목가의 하얀 달이 아니라, 폭풍우를 머금은 밤하늘 깊은 곳에 걸려, 달려가는 구름에 부딪치는, 저 불길하고 취기를 느끼게 하는 달, 순결한 사람들의 잠을 찾아오는 평온하고 아늑한 달이 아니라, 하늘에서 끌어내려져, 얻어맞고 분개하는 달, 겁먹은 풀밭에서 테살리아의 마녀들에게 억지로 떠밀려 춤을 추는 달!

그녀의 작은 이마에는 강인한 의지와 먹이를 갈구하는 마음이 깃들어 있다. 그렇지만 벌름거리는 콧구멍이 미지와 불가능을 마시고 있는 그 불안한 얼굴의 아래쪽에서는, 화산 지대에 피어난 한 송이 화려한 꽃의 기적을 꿈꾸게 하는, 붉고 하얀, 감미로운 큰 입에서, 표현할 길 없이 아리땁게 웃음이 터진다.

정복하고 향락하고 싶은 욕심을 불러일으키는 여인들이 있다. 그러나 이 여자는 그 시선 아래서 천천히 죽어가고 싶은 욕망을 일으킨다.

37. 달의 혜택

변덕 그 자체인 달이 네가 요람에서 자고 있을 때 창으로 들여다보며 혼자 말했지. "이 어린것이 내 마음에 든다."

그래서 달은 구름 계단을 폭신하게 밟고 내려와 소리 없이 유리창을 통과했단다. 그러고는 어머니같이 부드러운 애정으로 네 위에 번지며, 네 얼굴에 자신의 빛깔을 얹어놓았지. 네 눈동자는 그래서 내내 초록빛을 띠고, 네 볼은 별스럽게도 파리하지. 네 눈이 그렇게도 이상하게 커진 것은 이 손님을 응시한 탓, 그녀가 네 가슴을 그리도 정답게 끌어안았기에 너는 울고 싶은 마음을 언제까지나 간직하게 되었단다.

그동안에도, 기쁨에 겨워, 달은, 인광이 어린 대기처럼, 빛나는 독기처럼, 방안을 가득 채웠으며, 그 살아 있는 빛이 모두 이렇게 생각하고 이렇게 말했지. "너는 영원히 내 입맞춤의 영향을 받으리라. 너는 나와 같은 태깔로 아름다우리라. 너는 내가 사랑하는 것을 사랑하고 나를 사랑하는 것을 사랑하리라. 물을, 구름을, 고요와 밤을, 망망한 초록빛 바다를, 형태가 없으면서도 수많은 형태를 지닌 물을, 네가 거기 있지 않을 장소를, 네가 알지 못할 연인을, 기괴한 꽃을, 착란을 일으키는 향기를, 피아노 위에서 넋을 잃으며 부드럽고 쉰 목소리로 여자처럼 우는 고양이들을!

그리하여 너는 내 연인들에게서 사랑을 받고, 나를 치켜세우는 아첨꾼들에게서 아첨을 받으리라. 너는 내가 밤의 애무로 똑같이 가슴을 껴안아주었던, 저 초록빛 눈을 가진 남자들의 여왕이 되리라, 바다를, 망망하고 소란스러운 초록빛 바다를, 형태가 없으면서도 수많은 형태를 지닌 물을, 자기들이 거기 있지 않은 장소를, 자기들이 알지 못하는 여자를, 어떤 알 수 없는 종교의 향로를 닮은 불길한 꽃을, 의지를 휘젓는 향기를, 자기네 광기의 표징인 관능적인 들짐승들을 사랑하는 저 남자들의 여왕!"

그래서, 사랑스러운 응석받이 저주받은 아가야, 내가 지금 네 발아래 엎드려 너의 온몸 속에서 반영을 찾고 있는 것은 바로 그 때문이란다. 저 무시무시한 신성의, 저 숙명을 예고하는 대모의, *달의 기운에 흔들리는* 그 모든 아이들에게 독을 빨리는 저 유모의 반영을!

38. 어느 쪽이 진짜 그 여자일까?

나는 일찍이 베네딕타라는 어떤 여자를 알았으니, 대기를 이상(理想)으로 가득 채우는 여자였고, 위대함의, 아름다움의, 영광의 욕망을, 그러니까 불멸을 믿게 하는 모든 것의 욕망을 그 눈에서 뿜어내는 여자였다.

그러나 이 기적적인 아가씨는 오래 살기엔 너무 아름다웠다. 따라서 내가 알게 된 지 며칠 만에 죽어버렸으며, 봄이 그 향로를 묘지에서까지 흔들어대던 어느 날, 그녀를 땅에 묻은 것은 바로 나 자신이었다. 인도의 함처럼 향기롭고 썩지 않는 나무 관에 그녀를 고이 봉해서 땅에 묻은 것은 바로 나였다.

그리고 내 보물이 묻힌 그 자리에 내 눈이 여전히 붙박여 있을 때, 죽은 처녀와 기묘하게도 닮은 작은 인간 하나가 내 앞에 홀연히 나타나, 신경질적이고 야릇한 태도로 난폭하게 싱싱한 흙을 밟아대며 웃음을 터뜨리며 말했다. "나예요, 진짜 베네딕타! 나예요, 이름난 망나니! 당신은 미치고 눈멀었던 벌로 지금 이대로의 나를 사랑해야 하는 거야."

그러나 나는 노발대발하여 대답하였다. "아니야! 아니야! 아니야!" 그리고 나는 거부를 더욱 강조하기 위하여, 어찌나 난폭하게 발로 땅을 굴렀던지, 내 다리가 갓 만들어진 무덤 속에 무릎까지 빠져버리는 바람에, 함정에 빠진 늑대처럼, 나는 이 이상의 무덤 구덩이에, 아마도 영원히, 붙들린 신세가 되었다.

39. 준마(駿馬)

그 여자는 몰골이 자못 흉하다. 그렇지만 진진하다!

시간과 사랑이 그녀를 손톱으로 할퀴어서, 일 분 일 분이, 입맞춤 하나하나가 그 싱그러운 청춘으로부터 무엇을 앗아갔는지 그녀에게 잔인하게 가르친 것이다.

그녀는 정말 몰골이 흉하다. 그녀는 개미이고, 거미이며, 해골이라 부르고 싶다면 해골이다. 그러나 그녀는 또한 음료이며, 신약(神藥)이며, 마술이다! 요컨대 그녀는 오묘하다.

시간은 그 걸음걸이의 발랄한 조화를, 그 골격의 파괴 불가능한 우아함을 깨뜨릴 수 없었다. 사랑은 그 어린애 같은 숨결의 감미로움을 훼손하지 못했으며, 시간은 그 풍성한 머리칼로부터 아무것도 앗아가지 못했으니, 거기에서는 님, 엑스, 아를, 아비뇽, 나르본, 툴루즈, 태양의 축복을 받은, 사랑스럽고 매혹적인 저 도시들, 저 남프랑스의 극성스러운 생명력이 모두 야생의 향기가 되어 피어오른다!

시간과 사랑은 그녀를 사납게 물어뜯었으나 소용이 없었다. 그 소년 같은 가슴의 막연한, 그러나 영원한 매력을 조금도 덜어내지 못했다.

필경 헐었을 것이나, 피곤을 모르고, 언제나 영웅적인 그녀는, 삯마차나 무거운 짐수레에 매였을지라도, 참다운 애호가들의 눈이라면 이내 알아볼 수 있는 저 훌륭한 혈통의 말들을 생각게 한다.

그래서 그녀는 그리도 다정하고 그리도 열정적이다! 그녀는 가을에 사랑하듯 사랑한다. 겨울의 접근이 그 가슴속에 새로운 불을

지피고, 그 애정의 고분고분함은 누구도 피곤하게 하지 않는다고
말해야 하리라.

40. 거울

끔찍한 몰골의 사나이가 들어와 거울에 비친 제 모습을 본다.

"—어쩌자고 거울은 들여다보시오, 아무리 봐도 불쾌하지 않을 수 없을 터인데?"

끔찍한 몰골의 사나이가 나에게 대답한다. "여보시오, 1789년에 선언한 불멸의 원리에 따르면, 모든 인간은 권리에 있어서 평등합니다. 그러므로 나에게는 거울을 들여다볼 권리가 있지요. 유쾌하건 불쾌하건, 그건 내 의식에만 관계될 뿐이지요."

양식(良識)의 이름으로는, 아마도 내가 옳았다. 그러나 법률의 관점에서라면, 그가 잘못한 것은 아니다.

41. 항구

항구는 생활 전선에서 지친 영혼이 머무를 수 있는 매혹적인 자리이다. 하늘의 광활함, 구름의 움직이는 건축, 바다의 변화 많은 채색, 등대의 번쩍거림은 눈을 즐겁게 하면서도 지치지 않게 하기에 희한하게도 알맞은 프리즘이다. 복잡한 항해 설비를 갖춘 선박들의 날씬한 형태는, 물결의 힘을 받아 조화롭게 흔들거리며, 율동과 아름다움에 대한 흥취를 영혼 속에 간직하도록 도와준다. 그리고 특히 호기심도 야심도 더이상 품지 않은 사람에게는, 망루에 기대서, 혹은 방파제의 난간에 팔꿈치를 고이고, 떠나는 사람들과 돌아오는 사람들, 아직도 멀리 떠나고 싶거나 부자가 되고 싶은 욕망을, 의욕의 힘을 지닌 사람들의 그런 온갖 거동을 바라보면서 얻는 어떤 종류의 신비롭고 귀족적인 쾌락이 있다.

42. 애인들의 초상(肖像)

남자들의 내실에서, 다시 말해서 어느 멋진 도박장에 딸린 흡연실에서, 사내 넷이 담배를 피우며 술을 마시고 있었다. 그들은 정확히 말해서 젊지도 늙지도 않았고, 아름답지도 추하지도 않았다. 그러나 늙건 젊건 간에 그들은 모두 환락의 베테랑다운 저 감추어질 수 없는 특징을, 무어라고 할까 말로 표현되지 않는 것을, "우리는 강렬하게 살아왔으며, 지금도 사랑하고 존경할 만한 것을 찾고 있다"고 명백하게 말하는 저 쌀쌀하고 조소적인 슬픔을 지니고 있었다.

그들 가운데 하나가 화제를 여자 이야기로 돌렸다. 그런 이야기는 아예 입에 담지 않는 편이 더 철학적이었을 터이지만, 술이 들어가면 진부한 대화라도 경멸하지 않는 재사들이 있게 마련이다. 그럴 때는, 댄스곡이라도 듣는 듯이, 말하는 사람에게 귀를 기울이게 된다.

"남자는 누구나." 그 사내가 하는 말이다. "셰뤼뱅의 연대를 겪는 법이지. 숲의 여신이 없으면, 참나무 줄기라도 싫다 않고 끌어안는 그런 시기 말일세. 이것이 연애의 제1단계고. 제2단계에 들어가면, 고르기 시작하지. 이리저리 따질 여유가 있다는 것, 그것은 벌써 일종의 퇴폐일세. 이때는 단연코 미인을 찾지. 나는 말일세, 여보게들, 벌써 오래전부터, 미인이라도 향수나 패물 같은 것들로 양념이 쳐져 있지 않으면 흡족할 수 없는 제3단계의 갱년기에 이른 것을 자랑으로 여기고 있네. 터놓고 하는 말이지만, 때로는, 무슨 미지의 행복이라도 동경하듯이, 절대적인 평온을 표방하게 마련인 그런 제4단계를 동경하기도 한다네. 그러나 나는 평생을 통해, 셰뤼뱅의 연대를 제외하고는, 여자들한테서 그 짜증나는 어리석음과, 속을 긁는 저급함에 누구보다도 더 예민하게 반응해왔지. 동물들한테서 내가 특히 좋아하는 것은 바로 그 천진함이거든. 그러니 내가 지난번 여자 때문에 얼마나 고생을 했을지 헤아려보시게.

그 여자는 어느 대공(大公)의 사생아였다네. 미인이었다는 건 말할 것도 없고. 그게 아니라면 무엇 때문에 얻었겠나? 허나 여자는 그 훌륭한 자질을 주제넘고 꼴같잖은 야심으로 망쳐버리더군. 늘 사내 노릇을 하려 드는 여자였으니까. '당신은 남자가 아니에요! 아! 내가 만약 남자라면! 우리 둘 중에 남자는 나예요!' 이게 바로, 노래라도 날아오르면 좋았을 그 입에서 지겹게도 쏟아져 오던 후렴이었단 말일세! 책이건, 시건, 오페라건, 내가 거기에 감탄의 말이라도 흘린다 싶으면, '당신은 아마도 그게 꽤나 힘차다고 생각하시는 거로군요?' 당장 이러고 나섰지. '그러니까 당신은 힘찬 것이라면 모조리 꿰뚫어 알고 있다는 거지요?' 그러고는 이론을 펼쳐대는 거야.

어느 날 그 여자는 화학 공부에 매달렸네. 그 결과로 그때부터 여자의 입과 내 입 사이에 유리 마스크가 한 장 가로놓이게 되더구먼. 그 정도로도 모자라 정숙한 척은 다 하고. 어쩌다 내가 좀 사랑이 넘치는 몸짓으로 넘어뜨리기라도 하면, 침범을 당한 미모사처럼 몸이 오그라들고..."

"그래 어떻게 끝이 났는가?" 세 사내 중의 하나가 말했다. "자네가 그렇게 참을성이 있는 줄은 몰랐군."

"하느님이," 그가 다시 말을 이었다. "병통에 약을 내려주셨지. 어느 날 나는 이상적인 힘에 굶주린 이 미네르바 여신께서 내 하인과 머리를 맞대고 있는 꼴을 보았는데, 그들이 얼굴을 붉히지 않게 하려고 내가 슬그머니 물러나야 할 그런 상황이었지. 그날 저녁 나는 그들에게 나머지 급료를 치러주고, 둘 다 내보냈다네."

"나는," 앞서 말참견하던 사나이가 다시 말했다. "내 자신을 원망할 따름이네. 행복이 내 집에 와서 깃들었는데, 그걸 몰라보았으니까. 운명은 얼마 전에 이 세상의 여자들 중에서 그야말로 가장 다정하고, 가장 온순하고, 가장 헌신적인 여자를 누리도록 나에게 은덕을 베풀었지. 거기다가 언제나 준비가 되어 있는 여자! 그러면서도 열광에 빠지지 않는 여자! '좋아요, 저도 하고 싶어요, 당신이 즐거워하실 테니까요.' 이게 그 여자가 항용 하는 대답이었지. 아무리 맹렬한 사랑이라도 그 사랑의 약동이 내 여자의 가슴에서 끌어내는 한숨보다는 차라리 이 벽이나 이 장의자에 몽둥이질을 하는 편이 더 많은 한숨을 끌어낼 걸세. 동거를 한 지 일 년이 지나서 그 여자는 자기가 즐거움이란 걸 한 번도 느끼지 못했다고 나에게 고백하더군. 이런 불공정한 결투에 나는 염증이 났고, 이 비길 데 없는 아가씨는 결혼을 했지. 나중에 나는 그 여자를 다시 만나보고 싶은 생각이 불현듯 일었는데, 여자는 여섯 명의 예쁜 아이들을 내게 보이면서 말하더군, '보세요! 당신, 이 유부녀는 아직도 당신의 애인이었을 때와 똑같이 *처녀*예요.' 그 사람에게서 변한 것은 아무것도 없었지. 때로는 그 여자가 그리워지네. 그 여자와 결혼했어야 했는데."

다른 사내들이 웃기 시작했고, 이번에는 세번째 사나이가 차례를 짚어 말했다.

"여보게들, 나는 자네들이 보나마나 어쭙잖게 여겼을 쾌락을 경험했지. 사랑 속에 들어 있는 코믹한 것, 그렇다고 감탄의 심정을 막아버리지는 않는 그런 코믹한 것에 관해 이야기하겠네. 나는 지난번 여자에게 자못 감탄했는데, 자네들이 여자를 미워했건 사랑했건 그 정도에는 미치지 못한다고 생각하네. 게다가 모든 사람들이 그 여자에게 나 못지않게 감탄했지. 우리가 레스토랑에라도 들어갈라치면, 몇 분 뒤에는, 손님들이 저마다 먹는 것도 잊어버리고 그 여자를 바라보는 것이었네. 급사들이나 계산대의 마담까지도 이 전염성의 황홀감에 젖어 자기들의 할 일을 잊어버릴 지경이었으니까. 한마디로 말해서, 나는 살아 있는 *기현상*과 얼굴을 맞대고 한동안 살아왔던 셈일세. 그 여자는 먹고, 씹고, 바수고, 찢어발기고, 삼켜댔는데, 그러나 세상에서도 가장 경쾌하고 가장 태연한 태도로 말일세. 여자는 이런 식으로 나를 오랫동안 황홀경에 빠져 있게 했지. '배가 고파요.' 여자는 이 말을 할 때, 다정하고, 꿈꾸는 듯하고, 영국풍에, 소설 같은 모습이었어. 여자는 이 말을 밤낮으로, 세상에서도 가장 아름다운 이빨을 내보이면서 되풀이하였지. 보는 사람들을 측은하게 하면서도 동시에 명랑해지게 하는 그런 이빨 말이야. 그 여자를 *잡식성 괴물*이라 하여 장터에 구경거리로 내놓았더라면 한재산 벌었을지도 모르지. 나는 그 여자를 잘 먹였지. 그런데도 여자는 나를 버리고 떠났어..." "필경 어느 식료품 납품업자한테 갔겠지?" "얼추 비슷해, 군대경리부의 무슨 군속이라는데, 알 만한 속임수를 나름대로 써서, 여러 명분의 군량을 아마도 그 가엾은 소녀에게 대주는 모양이야. 적어도 내 짐작으로는 그래."

"내 경우는 말일세," 네번째 사나이가 하는 말이다. "일반적으로 여성들의 자기중심주의의 탓으로 여기는 그런 사태가 아니라 오히려 정반대의 사태로 가혹한 고통을 겪어야 했네. 자네들처럼 너무나 행복한 인간들이 자기네 여자들의 결점을 한탄하다니, 내가 보기엔 그럴 계제가 아니야!"

매우 진지한 어조로 그 말을 한 사람은 온화하고 사려 깊은 모습에 거의 수도승과 같은 얼굴이었는데, 불행하게도 그 얼굴이 맑은 회색 눈으로 빛나고 있었다. 그 눈초리가 "나는 바란다!"거나 "그래야만 된다!"거나 "나는 결코 용서하지 않는다!"라고 말하는 그런 눈.

"신경질적인 것은 나도 알 만한 자네 G...도, 그만큼 소심하고 경박한 자네 두 사람 K...와 J...도 만일 내가 알았던 그 여자와 짝이 되었더라면, 달아나거나 죽어버렸을 거야. 그런데 나는 자네들이 보다시피 살아남았지. 감정에서나 계산에서나 단 한 번의 잘못도 저지를 수 없는 그런 인간을 머릿속에 그려보시게. 안쓰럽도록 평온한 성격, 연극투도 과장도 없는 헌신, 연약함이 없는 부드러움, 격하지 않은 정력을 그려보시게. 내 사랑의 역사는 거울처럼 맑고 매끄러운 수면 위로 끝날 줄 모르고 떠가는 항해를 닮았으려니와, 현기증이 나는 그 단조로운 수면은 내 모든 감정과 행동거지를 마치 내 자신의 의식처럼 빈정거리듯 정확하게 비추기 마련이었으니, 나는 한 번이라도 이치에 어긋나는 행동거지나 감정에 몸을 맡겼다가는 그 즉시 저 떨쳐버리지 못할 유령의 말없는 비난을 깨닫지 않을 수 없었다네. 사랑은 나에게 후견을 받는 일만 같았다네. 얼마나 많은 어리석은 짓을 하지 못하도록 그 여자는 방해하였던가, 내가 저지르지 못해 애석한 짓을! 얼마나 많은 빚을 마음에도 없이 갚았던가! 내 이기적인 막무가내 짓에서 끌어낼 수도 있었을 이득을 그 여자는 나한테서 모조리 빼앗아버렸지. 냉혹하고 범할 수 없는 규율로 여자는 내 변덕을 모조리 막아버렸다. 무서움에 무서움을 덮친 격으로, 그 여자는 위험이 사라진 뒤에도 감사의 인사를 요구하지 않았어. 나는 얼마나 여러 번, 그 여자의 목덜미에 달려들어 소리지르고 싶은 충동을 참았겠는가. '제발 좀 불완전해라, 이 몹쓸 것아! 불안도 분노도 없이 너를 사랑할 수 있도록!'

여러 해 동안, 나는 그 여자를 찬미해왔어, 가슴에는 증오를 가득 품고. 결국 그 때문에 죽은 건 내가 아니야!"

"저런!" 다른 사내들이 말했다. "그럼 그 여자가 죽었다는 건가?"

"그렇다네! 그대로는 지속될 수 없었지. 사랑은 나에게 지긋지긋한 악몽이 되고 말았어. 정치가 말하듯이, 타도냐 죽음이냐, 이것이야말로 운명이 나에게 떠안긴 양자택일이었지! 어느 날 저녁 숲속에서... 어느 늪가에서... 그 여자의 눈에는 하늘의 다사로운 빛이 비치고, 내 가슴은 지옥처럼 오그라들던, 그 우울한 산책 뒤에..."

"뭐라고!"

"어찌 그런!"

"무슨 말을 하는 건가?"

"피할 수 없는 일이었지. 탓할 데 없는 시종을 후려치거나 야단치거나 쫓아내기에는 내가 품은 공정심이 너무 많다네. 그러나 이 공정심을 그 여자가 내 마음속에 빚어준 공포심과 일치시켜야만 했지. 그 존재를 나에게서 치워버리면서도 그에 대한 존경심을 잃지 않아야 했단 말이지. 내가 그 여자를 어떻게 했어야 하겠는가, *그 여자는 완전무결했는데*."

다른 세 친구들은 흐릿하고 약간 어리벙벙한 시선으로 그 사내를 바라보았다. 이해가 가지 않는 척하려는 듯이, 그리고 또 아무리 충분히 설명을 해주어도, 자기들이라면 그토록 매몰찬 행동은 불가능할 것 같은 느낌이라고 암암리에 고백하려는 듯이.

이어서 그들은 새로 술병을 가져오게 하였다. 그다지도 생명이 질긴 시간을 죽이고, 그다지도 느리게 흐르는 삶을 재촉하기 위하여.

43. 멋진 사격수

마차가 숲속을 지나갈 때, 그는 시간을 죽이기 위해 몇 발 쏘아 보는 것도 재미있으리라고 말하면서 사격장 근처에서 마차를 멈추게 하였다. 이 괴물을 죽인다는 것, 그것은 누구에게나 가장 통상적이고 가장 합법적인 일거리가 아니겠는가?—그리하여 그는 자기의 사랑하는, 감미롭고도 끔찍한 아내에게, 그가 그토록 많은 쾌락과 그토록 많은 고통과, 그리고 필경 자기 재능의 대부분을 또한 빚졌을 그 불가사의한 여인에게 멋지게 손을 내밀었다.

여러 발의 탄환이 겨냥했던 목표물과는 동떨어진 곳에 맞았으며, 그중의 한 발은 천장에 박히기까지 했다. 그리하여 그 아름다운 중생이 남편의 서투른 솜씨를 비웃으면서 미친듯이 웃어대자, 그는 갑자기 여자 쪽을 돌아보며 말했다. "저 인형을 보시오, 저기, 저 오른쪽에, 코를 하늘로 쳐들고 거만한 얼굴을 하고 있는 인형 말이오. 바로 그거라오! 사랑하는 천사여, *저게 당신이라고 생각하겠소.*" 그리고 그는 두 눈을 감고 방아쇠를 당겼다. 인형의 목이 깔끔하게 나가떨어졌다.

그러자 그는 자기의 사랑하는, 감미롭고도 끔찍한 아내에게, 그 피할 길 없고 무자비한 뮤즈에게 몸을 숙여, 그 손에 정중하게 입을 맞추고는 덧붙였다. "아! 내 사랑하는 천사여, 나의 이 능란한 솜씨에 대해 당신에게 얼마나 감사하는지!"

44. 수프와 구름

내 귀엽고 제멋대로인 애인이 나에게 저녁을 차려주는데, 나는 식당의 열린 창으로, 신이 수증기로 만든 저 움직이는 건축들을, 만져볼 수 없는 재료로 지은 저 신기한 구조물들을 관상하였다. 그리고 나는 내 관상에 빠져서 혼자 말했다. "저 모든 몽환경은 내 아름다운 애인의, 초록빛 눈을 가진 귀엽고 제멋대로인 괴물의 눈만큼이나 아름답구나."

그러자 갑자기 내 등에 사나운 주먹이 한 대 꽂히며, 거칠고 매력적인 목소리가, 히스테릭한, 브랜디로 쉰 것 같은 목소리가, 내 사랑스럽고 귀여운 애인의 목소리가 들렸다. 이렇게 말하는 목소리—"냉큼 그 수프나 들지 않고, 빌어먹을 구름 장수 멍청이?"

45. 사격장과 묘지

묘지가 보이는 주점—"이상한 간판이로구면"—우리의 산책자는 생각했다—"그러나 갈증을 일으키는 데는 안성맞춤이야! 확실히 이 술집 주인은 호라티우스나 에피쿠로스의 제자 시인들을 감상할 줄 아는군. 그는 필시 저 고대 이집트인들, 그러니까 해골이 없는 가연(佳宴), 혹은 어떤 것이든 인생의 덧없음을 말하는 표상물이 없는 가연이란 있을 수 없었던 저 이집트인들의 심오한 세련미를 알고 있는 거야."

그래서 이 산책자는 술집으로 들어가, 무덤들을 마주한 채 맥주 한 잔을 마시고, 천천히 시가를 피웠다. 그러자 그는 불현듯 묘지로 내려가고픈 생각이 들었다. 풀들이 그토록 높이 우거져 그토록 손짓을 하는 묘지로, 햇볕이 그토록 풍성하게 군림하는 묘지로.

과연 거기에는 빛과 열기가 맹위를 떨치고, 취한 태양이 잔해들로 살진 화려한 꽃 융단 위에 제 길이를 한껏 늘이고 드러누워 뒹구는 것만 같았다. 생명의 아득한 수런거림이 공기를 가득 채우는데—저 무한히 작은 것들의 생명이 그러한데—규칙적인 간격으로 그 공기를 가르며, 근처 사격장에서는 총탄이 타닥거리며 작열하고 있었으니, 마치 소리를 낮춘 교향악의 으늑한 울림 속에서 샴페인 병마개들이 폭발하는 꼴이었다.

그때, 그의 뇌수를 덥히는 태양 아래서, 죽음의 향기가 타오르는 대기 속에서, 그는 자신이 앉아 있는 무덤 아래서 한 목소리가 속삭이는 소리를 들었다. 그 목소리는 말했다. "너희들의 과녁과 너희들의 소총에 저주가 있을지어다, 시끄러운 산 자들아, 죽은 자들

120

과 그 거룩한 휴식을 이렇듯 아랑곳도 하지 않다니! 너희들의 야심에 저주가 있을지어다, 너희들의 타산에 저주가 있을지어다, 참을성 없는 인간들아, 죽임의 기술을 연마하려 죽음의 성역 근처로 오다니! 상은 얼마나 타기 쉽고, 표적은 얼마나 맞추기 쉬운지, 죽음을 제외하고는, 모든 것이 얼마나 허망한지, 만일 너희들이 안다면, 너희들은 이토록 수고하지 않을 것이다, 부지런한 산 자들아, 오래전부터 표적을, 저 가증스러운 인생의 유일하고 진정한 표적을 쏘아 맞춘 자들의 잠을 이토록 자주 방해하지 않을 것이다!"

46. 후광의 분실

"아니! 이럴 수가! 자네가 여긴, 이 사람아? 이런 몹쓸 데를! 정기(精氣)나 마시는 자네가! 암브로시아나 먹는 자네가! 정말이지, 내가 놀라자빠질 일이구면!"

"여보게, 자네도 내가 말과 수레를 무서워하는 걸 잘 알지 않는가. 방금 전에 내가 서둘러 큰길을 건너고 있는데, 죽음이 사방에서 일시에 덤벼드는 그 혼돈의 와중에서 진흙탕을 뛰어넘다가, 그만 몸을 급하게 놀리는 바람에, 내 후광이 머리에서 미끄러져나가 아스팔트의 진창 속에 빠지고 말았다네. 어디 그걸 집어올릴 용기가 나야. 뼈가 부러지느니보다는 휘장(徽章)을 잃어버리는 게 나을 것이라고 판단했지. 그러다가, 혼자 생각했네, 어떤 일에서는 불행한 것이 좋은 것이다. 나는 이제 익명으로 나다닐 수도 있고, 비열한 짓도 할 수 있고, 또 평범한 사람들처럼 방탕에 빠질 수도 있을 테니까 말일세. 그래서 보다시피, 나도 이렇게 자네와 똑같아졌네!"

"그래도 후광을 잃어버렸다고 공시를 하든가, 경찰에 연락해서 찾도록 해야지."

"천만에! 그럴 생각이 없네! 여기 있으니 이렇게 마음이 편한데. 나를 알아본 사람은 자네뿐이야. 더구나 위엄이라는 건 내게 지루하기 짝이 없어. 그뿐인가, 어떤 형편없는 시인이 그걸 주워서 뻔뻔스럽게 쓰고 다닐 것이라 생각하면 그것도 즐겁고. 행복한 사람을 하나 만들어낸다, 얼마나 즐거운 일인가! 특히나 나를 웃기는 행복한 사람을! X나 Z를 생각해보라고. 어때! 얼마나 가관이겠어!"

47. 마드무아젤 비스투리

가스등 불빛 아래, 성문 밖 거리 끝에 이르렀을 때, 나는 내 팔 밑으로 슬그머니 끼어들어오는 팔 하나를 느끼고, 내 귀에 속삭이는 목소리 하나를 들었다. "선생님, 의사시지요?"

나는 바라보았다. 키가 크고, 튼실한, 눈을 아주 크게 뜬, 살짝 화장을 한, 바람에 머리칼이 그 모자의 끈과 함께 나부끼는 아가씨였다.

"아니, 의사가 아닙니다. 실례하겠습니다." "오! 그렇지 않아요! 선생님은 의사예요. 제가 알고 있다고요. 저의 집에 갑시다. 저한테 아주 만족하실 거예요, 어서요!" "아마, 당신을 만나러 가겠지요. 그러나 나중에, *의사가 다녀간 뒤에*, 이거 원..." "어머! 어머!" 그 여자는 여전히 내 팔에 매달린 채 깔깔 웃으면서 말했다. "선생님은 익살스러운 의사시군요. 저는 그런 분도 여럿 알고 있어요. 가요."

나는 신비로운 것을 열정적으로 사랑하는데, 그걸 밝혀보겠다는 희망을 늘 품고 있기 때문이다. 나는 그래서 이 길동무 여자에게, 아니 차라리 이 뜻하지 않은 수수께끼에게 이끌리는 대로 내버려두었다.

그 누추한 방의 묘사는 생략한다. 그런 것이라면 잘 알려진 프랑스의 옛 시인들 몇 사람의 글에서 찾아볼 수 있다. 다만 레니에의 눈에 띄지 않았던 세부로, 명의들의 초상화 두세 장이 벽에 걸려 있었다.

나는 얼마나 융숭한 대접을 받았던가! 타오르는 불, 뜨겁게 마시는 가당 포도주, 시가, 그리고 이 좋은 것들을 나에게 권하고, 자기도 시가에 불을 붙이면서, 이 어릿광대 여인은 나에게 말했다. "자기 집처럼 생각하세요, 친구, 편히 하시라고요. 그러면 병원과 젊은 날의 좋았던 시절이 생각날 거예요. 어머나! 어쩌다 이렇게 머리가 셌을까? 별로 오래된 것도 아니잖아요, L... 병원에 인턴으로 계셨을 때만 해도, 이렇지 않으셨는데. 생각이 나네요, 큰 수술을 할 때 그이를 거들어드린 건 당신이었지요. 그러니까 베고 자르고 끊어내기를 좋아하는 그분 말예요! 그분에게 수술 기구며 실과 해면을 건네주시던 건 바로 당신이었지요. 그리고 수술이 끝나면, 그이는 회중시계를 들여다보며 얼마나 자랑스럽게 말씀을 하시던지. '딱 오 분 걸렸어요, 여러분!' 오! 저는요, 저는 안 가는 곳이 없어요. 그분들을 잘 알고 있어요."

잠시 후에 그 여자는 나한테 너나들이를 하면서, 다시 그 반복구를 되풀이하곤, 이렇게 말하는 것이었다. "당신은 의사야, 그렇잖아, 내 예쁜 고양이?"

나는 이 이해할 수 없는 후렴구를 듣고 벌떡 일어났다. "아니라니깐!" 나는 화가 나서 소리쳤다.

"그럼, 외과의사?"

"아니야! 아니야! 네 목을 자르기 위해서라면 또 몰라도! 이런 거룩해빠진 갈보굴의 성스럽고 거룩하다 망단한 성합(聖盒) 같으니라고!"

"좀 기다려, 보여줄 게 있어." 그녀가 다시 말했다.

그러고는 장에서 종이를 한 다발 꺼내왔는데, 그것은 다른 것이 아니라 당대에 이름 높았던 의사들의 초상화 컬렉션, 몇 년 동안이나 볼테르 강둑에 진열돼 있는 걸 볼 수 있었던 모랭의 석판화였다.

"이것 봐! 이 사람 알겠지?"

"알지, X.로구먼. 게다가 이름도 밑에 적혀 있네. 하지만 그 사람을 개인적으로도 알고 있지."

"그럴 줄 알았어! 이것 봐! 이게 바로 Z., 강의를 하다가 X.를 거론하면서 '제 마음속의 암흑을 얼굴에 붙이고 다니는 괴물!'이라고 말하던 그 사람이야. 그게 모두, 같은 문제를 놓고 상대방이 자기 의견을 따르지 않았기 때문이었다고! 학교에서 그걸 가지고 얼마나 웃어댔던지, 그 시절에 말이야! 생각나지? 자, 이게 바로 K., 자기 병원에서 손수 치료하던 반란자들을 당국에 고발한 사람이야. 폭동이 일어나던 시절이었지. 이런 미남자가 어떻게 그렇게 몰인정할 수 있을까? 이번에는 W., 영국의 유명한 의사야, 파리에 여행 왔을 때 내가 붙잡았지. 모습이 꼭 귀한 집 아가씨 같잖아?"

그리고 끈으로 묶여, 역시 외다리 원탁 위에 놓여 있는 꾸러미에 내가 손을 대자, "좀 기다려," 그녀가 말했다. "방금 그것은 인턴들이고, 이 꾸러미는 통근 조수들이야."

그러고는 한 무더기 사진으로 된 초상들을 부채 모양으로 펼쳐 보였는데, 훨씬 더 젊은 얼굴들이 나타났다.

"우리가 다시 만날 때는 당신 초상도 가져다주겠지, 응?"

"그렇지만," 나도 내 나름대로 내 고정관념을 좇아서 말했다. "어째서 나를 의사라고 생각하지?"

"그건 당신이 여자들에게 그렇게도 싹싹하고 그렇게도 친절하기 때문이지!"

'괴상한 논리로군!' 나는 마음속으로 혼자 말했다.

"오! 난 여간해서는 틀리지 않아. 수많은 의사들을 알고 지냈으니까. 나는 그 선생님들을 아주 사랑해서, 아프지 않아도 가끔 그분들을 보러 가거든, 그저 만나보기만 하려고. 그중에는 쌀쌀하게 말하는 분들도 있어. '아픈 데가 전혀 없는데요!' 그러나 나를 이해해주는 분들도 있다고, 내가 그분들에게 아양 떠는 얼굴을 하니까."

"그런데 그들이 이해해주지 않으면?"

"그거야 뭐! 그분들에게 쓸데없이 훼방을 놓았으니까, 벽로 위에 십 프랑을 놓고 오지. 그분들은 참 좋은 사람들이야, 참 다정하고! 자선 병원에서 귀여운 인턴을 하나 발견했어. 천사처럼 아름답고, 얌전하지! 거기에다 부지런하기도 한데, 가난한 애야! 그 사람친구들이 그러더라고, 돈이 한푼도 없다고, 부모가 가난해서 아무 것도 보내주지 못한다는 거야. 그 말을 들으니 나도 자신이 생기더라고. 아무튼 나도 제법 아름다운 여자지, 별로 젊은 것은 아니지만. 그애한테 말했지. '나를 보러 와, 자주 보러 와. 그리고 나한테는 어려워할 거 없어, 돈은 필요 없어.' 그러나 당신도 알아차렸겠지만 난 그애가 알아듣도록 아주 여러 가지 방법을 썼지. 그걸 노골적으로 말하지는 않았어. 이 사랑스런 아이가 굴욕이라도 느낄까봐 걱정이 되더라고! 어디 그뿐이야! 그애한테는 차마 말할 수 없는 괴상한 욕망을 내가 품고 있다고 하면 당신이 믿어주겠어? 그애가 왕진 가방에 수술복 차림으로, 그 위에 피까지 조금 묻힌 채 나를 보러 와주었으면 좋겠다 싶은 거야!"

여자는 아주 순진한 얼굴로 이 말을 했다. 마치 감성이 있는 사내가 사랑하는 여배우에게 이렇게 말하듯이. "당신이 초연을 했던 그 유명한 배역에서 입었던 의상을 그대로 입은 모습으로 당신을 보고 싶소."

나는 끈덕지게 캐물었다. "어느 때, 어떤 계기로 이런 특이한 정열이 당신의 마음속에 싹텄는지 기억해낼 수 있어?"

내 말을 이해시키기가 힘들었으나, 마침내 성공했다. 그러나 그때 그 여자는 매우 서글픈 표정으로, 그것도 내가 기억하는 한, 눈길을 돌리면서 대답했다. "모르겠어... 기억이 나지 않아."

　대도시에서, 산책을 하고 살펴볼 줄만 안다면, 괴이한 일들을 얼마나 많이 발견하게 되는가? 삶은 죄 없는 괴물들로 우글거린다. 주여, 나의 신이여! 그대 조물주여, 그대 **통치자**여, 율법과 자유를 만드신 그대, 하는 대로 내버려두시는 주권자 그대, 모든 것을 용서하시는 심판관 그대, 동기와 원인으로 충만하시며, 칼날의 끝으로 사람을 치료하듯 나를 개심시키기 위하여 필경 내 정신에 공포의 취미를 심어주셨을 그대, 주여, 가엾게 여기소서, 미친 남자와 미친 여자 들을 가엾게 여기소서! 오 조물주여! 그분의 눈에도 괴물들이 존재할 수 있을까요, 그것들이 왜 존재하는지, 어찌하여 그것들이 *만들어졌는지*, 어찌하면 그것들이 *만들어지지 않을 수 있었을지*, 유일하게 알고 있는 자의 눈에도?

48. Any Where Out of the World
(이 세상 밖이라면 어디라도)

이 삶은 하나의 병원, 환자들은 저마다 침대를 바꾸고 싶은 욕망에 사로잡혀 있다. 이 사람은 난로 앞에서 신음하는 편이 나을 것 같고, 저 사람은 창 옆으로 가면 치료가 되리라고 생각한다.

나로서는 지금 내가 있는 곳이 아닌 저곳에 가면 언제나 편안할 것 같기에, 이 이주의 문제는 내가 끊임없이 내 혼과 토론하는 사안 가운데 하나이다.

"말해보라, 내 혼이여, 차갑게 식어버린 가여운 혼이여, 리스본에 가서 사는 것을 어떻게 생각하느냐? 거기는 틀림없이 따뜻할 것이고, 너는 도마뱀처럼 다시 활기 발랄해질 것이다. 그 도시는 물가에 있다. 도시는 대리석으로 세워졌고, 그곳 사람들은 식물을 하도 싫어하여 나무를 모조리 뽑아버린다는구나. 이야말로 네 취향에 맞는 풍경이 아닌가! 빛과 광물로, 그리고 그것들을 비쳐주기 위한 액체로 이루어진 풍경!"

내 혼은 대답하지 않는다.

"너는 운동을 조망하면서 그토록 휴식하기를 좋아하니, 저 복받은 땅 네덜란드에 가서 살고 싶겠지? 네가 미술관에서 그 그림만 보고도 자주 찬탄을 했던 그 나라에서라면, 너는 필경 즐거워하겠지. 로테르담은 어찌 생각하느냐, 돛대의 숲이며, 집들 아래 매 놓은 배들을 좋아하는 네가 아니냐?"

내 혼은 여전히 말이 없다.

"바타비아가 어쩌면 너를 더욱 웃음짓게 하지 않을까? 거기에서는 그뿐 아니라 열대의 아름다움과 결합한 유럽의 정신을 발견할 수 있을 거야."

한마디 말도 없다—내 혼은 죽은 것일까?

"아니 너는 네 병중에서밖에는 즐길 수 없을 정도로 마비 상태에 빠져 있는가? 정히 그러하다면, 죽음의 유연(類緣)인 나라들로 달아나자—이제야 우리가 할 일을 찾아냈다, 가엾은 혼이여! 짐을 꾸려 토르네오로 떠나자. 그보다도 더 멀리, 발트 해의 맨 끝까지 가자. 가능하다면, 삶에서 더욱더 멀리 떠나자. 극지에 자리를 잡자. 거기에서는 태양이 비스듬하게만 땅을 비추고, 빛과 어둠의 느린 교대가 변화를 지우고, 저 허무의 반쪽, 단조로움을 늘이지. 거기에서 우리는 오래도록 어둠으로 목욕을 할 수 있을 것이며, 그사이에, 극광이 우리를 즐겁게 해주려고 시시로 우리에게, 지옥 불꽃놀이의 반사광과도 같은 그 장밋빛 빛다발을 보내주리라!"

마침내 내 혼은 폭발하여, 슬기롭게도 나에게 외친다. "어디라도 괜찮다! 어디라도 괜찮다! 이 세상 밖이기만 하다면!"

49. 가난뱅이들을 때려눕히자!

　보름 동안이나 나는 내 방에 갇힌 채, 그 무렵에 (십육 년 내지 십칠 년 전의 일인데) 유행하던 책들에 둘러싸여 있었다. 스물네 시간 안에 민중을 행복하고 현명하고 부유하게 만드는 기술이 다루어진 책들을 두고 하는 말이다. 나는 그러니까 공공복지를 떠맡은 그 모든 청부업자들의─모든 빈민들에게 노예가 되라고 충고하는 자들과, 빈민들에게 당신들은 모두 왕좌에서 쫓겨난 왕이라고 설파하는 자들의─노고가 물씬한 저작들을 모조리 소화했던 것이다─아니 차라리 삼켰던 것이다─내가 그리하여 어지럼증이나 혼미에 가까운 정신 상태에 빠졌다고 해서 놀랄 일이 아니리라.

　나는 그저 방금 전에 내리 훑어본 아줌마 치료법 사전의 온갖 처방보다는 더 나은 어떤 생각의 어렴풋한 싹이 내 지성의 밑바닥에 갇혀 있다는 느낌이 들 따름이었다. 그러나 그것은 생각이 하나 있다는 생각일 뿐이고, 한없이 막연한 어떤 것일 뿐이었다.

　그래서 나는 크게 갈증을 느끼면서 밖으로 나왔다. 나쁜 독서에 대한 열정적인 애착은 그와 똑같은 비례로 바깥바람과 청량음료에 대한 욕구를 낳기 때문이다.

　내가 어느 술집으로 들어가려던 참에, 걸인 하나가 나에게 모자를 내밀었다. 만일 정신이 물질을 움직이고, 자기감응술사(磁氣感應術士)의 눈이 포도를 익게 한다면, 왕좌라도 뒤집어엎을 그런 잊지 못할 시선으로.

　동시에 나는 내 귀에 속삭이는 목소리, 내가 익히 아는 목소리를 들었다. 그것은 어디든지 나를 따라다니는 착한 천사 또는 착한

다이모니온의 목소리였다. 소크라테스에게도 그의 착한 다이모니온이 있었다니, 어찌 나에겐들 내 착한 천사가 없겠으며, 어찌 나에겐들, 소크라테스처럼, 내 광기 증명서를, 그것도 노련한 레뤼와 자못 신중한 바야르제의 서명을 받아, 얻는 영광이 없겠는가?

소크라테스의 다이모니온과 내 것 사이에는 차이가 있는바, 소크라테스의 것은 말리고 경고하고 방해하려고만 그에게 나타났지만, 내 것은 권고하고 은근히 일러주고 설득하려고 애를 써준다는 것이다. 저 한심한 소크라테스에게는 금지하는 다이모니온밖에 없었지만, 내 것은 위대한 긍정자, 내 것은 행동의 다이모니온, 투쟁의 다이모니온이다.

그런데 그 목소리가 나에게 이렇게 속삭이는 것이었다. "남과 평등함을 증명하는 자만이 남과 평등한 자이며, 자유를 쟁취할 수 있는 자만이 자유를 누릴 자격이 있느니라."

나는 지체 없이 내 눈앞의 거지에게 덤벼들었다. 단 한 번의 주먹질로 그의 눈을 들이박았더니, 그게 한순간에 공처럼 부풀었다. 그의 이빨 두 개를 부러뜨리느라고 내 손톱 하나가 깨졌는데, 나는 태생이 연약하고 주먹질 연습도 해본 적이 별로 없어서, 이 늙은이를 당장에 때려눕힐 만큼 내가 충분히 강하다고는 생각되지 않던지라, 한 손으로 그의 옷깃을 붙잡고, 다른 한 손으로는 그의 멱살을 움켜쥐어, 그의 머리를 벽에다 세차게 부딪치기 시작했다. 털어놓지 않을 수 없는 것이, 나는 미리 주위를 한눈에 살펴보아, 이 인적 없는 교외에서라면, 내가 상당히 오랫동안 어느 경찰관에게도 노출되지 않을 수 있다는 것을 확인해두었던 것이다.

그런 다음, 견갑골이 부서질 만큼 기운차게 등을 한 번 발로 차서, 이 기진한 육십 노인을 쓰러뜨리곤, 땅바닥에 굴러다니는 굵은 나뭇가지를 집어들어, 비프스테이크를 보드랍게 다지려는 요리사의 집요한 정력으로 그를 두드려팼다.

갑자기―오, 기적이여! 오, 제 이론의 탁월함을 확인하는 철학자의 기쁨이여!―나는 저 해묵은 해골이 몸을 뒤집어 다시 일어서는 것을 보았으며, 그토록 형편없이 망가진 기계 속에 들어 있으리라곤 상상할 수도 없던 정력으로, 그리고 나에게는 *좋은 전조*라고 여겨지는 증오의 시선을 들고, 이 늙어빠진 불한당은 나에게 덤벼들어 내 두 눈을 멍들게 하고, 내 이빨 네 개를 부러뜨리고, 예의 그 나뭇가지로 나를 횟가루가 되도록 후려팼다―내 막강한 치료술로, 나는 그에게 이렇듯 긍지와 생명을 되돌려준 것이다.

그래서 나는 이제 내가 토론이 종료된 것으로 생각한다는 점을 그에게 이해시키기 위해 온갖 신호를 보내고, 스토아학파의 어느 소피스트가 느꼈을 만족을 느끼면서 일어나 그에게 말하였다. "여보시오, *당신은 나와 평등한 인간이오!* 부디 나에게 내 돈지갑을 함께 나눌 수 있는 영광을 베풀어주시고, 또한 당신이 정말로 박애주의자라면, 당신의 동업자들이 당신에게 적선을 바랄 때, 내가 당신의 등 위에 시범하느라고 고통을 겪었던 이 이론을 그들 모두에게 적용할 것을 잊지 마시오."

그는 자기가 내 이론을 이해했으며, 내 권고를 따르겠노라고 나에게 확실하게 맹세하였다.

50. 착한 개들
- 조제프 스테방스 씨에게

나는 이 세기의 젊은 작가들 앞에서라도 뷔퐁에게 바치는 내 찬미가 부끄러워 얼굴을 붉힌 적은 없었다. 그러나 오늘 내가 나를 도와달라고 부르려 하는 것은 저 장대한 자연을 묘사한 화가의 혼이 아니다. 아니다.

훨씬 더 기꺼이 나는 스턴을 불러 그에게 말하리라. "천국에서 내려와서, 혹은 극락에서 나에게로 올라와서, 착한 개들, 가엾은 개들을 위하여, 감성 넘치는 장난꾸러기, 비길 데 없는 장난꾸러기, 그대와 맞먹는 노래를 지을 수 있도록 나에게 영감을 불어넣어달라! 후세의 기억 속에 언제나 그대와 동행하는 그 유명한 나귀를 두 다리로 끼어 타고 돌아오라, 그리고 무엇보다도 그 나귀가 부디 잊지 말고 그 입술 사이에 미묘하게 걸려 있는 저 불휴의 마카롱을 물고 와야 하리라!"

아카데믹한 뮤즈는 물러서라! 그런 얌전 빼는 늙다리 여자는 나에게 쓸모가 없다. 내가 기원하는 뮤즈는 허물없는 뮤즈, 시중(市中)의 뮤즈, 생기발랄한 뮤즈이니, 착한 개들을, 불쌍한 개들을, 진흙투성이 개들을, 그들의 협력자인 가난뱅이나 우애로운 눈으로 그들을 바라보는 시인을 제외하고는, 저마다 페스트 환자나 이가 들끓는 걸인처럼 멀리하는 그런 개들을 노래하도록 나를 돕게 하기 위함이다.

꼴값이다, 저 우쭐거리는 바보 개, 저 네 발 달린 거들먹꾼, 그레이트데인이니 킹찰스니 카를랭이니 그르댕이니 하는 녀석, 어찌 그리도 제가 잘났는지 귀염받을 자신이 있다는 듯 손님의 가랑이 사이나 무릎 위에 함부로 뛰어드는 녀석, 어린애처럼 소란스럽고, 바람둥이 계집처럼 어리석고, 때로는 하인처럼 퉁명스럽고 무례한 녀석! 꼴값이다. 무엇보다도 저 네 발 돋친 뱀들, 건들건들 빈둥거리는 그레이하운드라는 녀석들, 그 뾰족한 코빼기에 동무의 뒤를 밟고 갈 만한 후각도, 그 납작한 대가리에 도미노 놀이를 할 만한 재주도 장만하지 못한 녀석들!

모조리 개집에나 들어가라, 이 귀찮은 식객들아!

녀석들은 그 매끄럽고 푹신한 개집으로나 돌아가라! 내가 노래하는 것은 진흙투성이 개, 불쌍한 개, 집 없는 개, 배회하는 개, 곡예를 하는 개, 그 본능이, 가난뱅이와 방랑자와 희극광대의 그것처럼, 저 지혜의 그리도 착한 어머니이자 진정한 수호신인 필요에 의해 놀랍게도 날카로워진 개!

내가 노래하는 건 불운한 개들, 막막한 도시의 구불구불한 개골창을 외로이 헤매는 녀석들이나, 세상에 버림받은 사나이에게, 그 영적인 눈을 깜박거리며, 이렇게 말하는 녀석들이다. "나를 데려가세요, 우리의 두 비참한 신세로 어쩌면 일종의 행복을 만들 수도 있어요."

"개들은 어디로 가는가?" 언젠가 네스토르 로크플랑이 어느 신문 문예란에 실린 불후의 기사에서 이렇게 말한 적이 있었으니, 본인은 필시 잊었을 것이나, 나 한 사람, 그리고 어쩌면 생트뵈브까지, 우리는 지금도 기억하고 있다.

개들은 어디로 가는가, 그대들은 묻는가, 주의력이 부족한 인간들이여! 개들은 제 볼일을 보러 간다.

업무상의 만남, 사랑의 밀회. 안개를 가로질러, 눈을 가로질러, 진창을 가로질러, 살을 물어뜯는 삼복더위를 무릅쓰고, 쏟아지는 비를 맞으며, 그들은 가고, 오고, 달리고, 마차 밑을 지나간다, 벼

룩에, 정열에, 욕망에, 또는 의무에 쫓기어. 우리와 똑같이, 그들은 아침 일찍 일어나, 먹고살 것을 찾거나 쾌락을 쫓는다.

교외의 폐가에서 자고, 날마다 일정한 시간에, 팔레루아얄의 수라간 문 앞에 시주를 요구하러 오는 녀석들이 있는가 하면, 또다른 녀석들은 오 리도 넘는 길을 무리지어 달려와서, 어리석은 사내들이 더이상 욕심을 내지 않아 비어 있는 마음을 짐승들에게나 바치는 몇몇 육순 낭자들의 자애심이 차려준 식사를 함께 나누기도 한다.

또 어떤 녀석들은, 탈주한 흑인노예처럼, 사랑에 미쳐, 이런저런 날에 자기네 마을을 떠나 도회지로 나와서는, 화장은 소홀하지만 의젓하고 의리를 아는 한 마리 아름다운 암캐 둘레를 한 시간 동안이나 뛰어다닌다.

게다가 그들은 모두 매우 정확하다, 수첩도 없고, 메모도 없고, 서류가방도 없건만.

그대들은 저 게으름뱅이들의 나라 벨기에를 알고 있는가, 그리고 저 기운찬 개들, 고기 장수며 우유 장수며 빵 장수의 수레에 매여서도, 말들과 경쟁하는 것이 자랑스러운 긍지 높은 기쁨을 그 우렁찬 목소리로 증명하는 저 모든 개들을 보고 나처럼 감탄한 적이 있는가?

그런데 여기, 더욱 개화된 부류에 속하는 두 마리 개를 보시라! 부재중인 곡예사의 방으로 내가 그대들을 인도하도록 허락하시라. 페인트칠 한 나무 침대에 휘장은 없고, 바닥에 깔린 모포는 빈대 피로 더럽고, 밀짚 방석 의자 두 개, 무쇠 난로 하나, 망가진 악기 한두 개. 오! 서글픈 가구여! 그러나 부탁하건대, 저 영리한 두 마리 인물을 보시라. 해지긴 하였지만 화려한 옷을 입고, 음유시인이나 군인처럼 모자를 쓰고, 타오르는 난로 위에서 끓고 있는 *이름*

없는 작품을 마술사처럼 주의깊게 살펴보고 있는데, 그 작품의 한 가운데에 기다란 수저 하나가, 벽돌쌓기 공사가 끝났음을 알리는 저 공중의 깃대들 가운데 하나처럼 우뚝 꽂혀 있구나!

이렇게 열성적인 배우들이라도 강력하고 진한 수프로 위장을 채우지 않고서는 몸을 움직이려 하지 않는 것이 정당하지 않은가? 그리고 온종일 관객들의 냉담한 얼굴과 맞서야 하고, 큼직한 몫은 제 앞으로 돌리고 다른 네 마리 배우들보다 더 많은 수프를 자기 혼자 먹어치우는 꼭두쇠의 부당한 처사를 참아야 하는 이 불쌍한 녀석들에게 어느 정도의 육체적 쾌락은 너그럽게 봐주어야 하지 않겠는가?

나는 얼마나 여러 번, 이 모든 네 발 달린 철학자들을, 사근사근 하고 온순하거나 헌신적이며, 인간들의 *행복*에 너무나 바쁜 공화 국이 개들의 *명예*를 돌볼 만한 겨를이 있다면 공화국의 사전이 또 한 *도우미*라고 부를 수도 있을 이 노예들을, 미소지으며 측은한 마음으로 바라보았던가!

그리고 나는 얼마나 여러 번, 이만한 용기, 이만한 인내와 노동 을 보상하기 위하여, 착한 개들, 불쌍한 개들, 진흙투성이의 처량 한 개들의 몫으로 마련된 특별한 천국이 아마도 어딘가에는 (말이 야 바른 말이지, 아는 사람이 누구인가?) 있을 것이라고 생각했던 가! 스베덴보리는 천국이 터키 사람들을 위해서도 하나 있고 네덜 란드 사람들을 위해서도 하나 있다고 분명히 단언하지 않는가!

베르길리우스와 테오크리토스의 목동들은 자기들끼리 번갈아 부르는 노래 시합의 상으로 좋은 치즈와 최고 명공이 만든 피리, 또는 젖통이가 부풀어오른 염소를 기대하였다. 불쌍한 개들을 노 래한 시인은 그 보상으로 가을의 태양을, 성숙한 여인들의 아름다 움을, 생마르탱의 여름을 생각하게 하는 호사롭지만 퇴색한 빛깔의 아름다운 조끼를 받았다.

　빌라에르모자 가의 술집에 함께 자리했던 사람들은 어느 누구
도, 화가가 시인을 위하여 얼마나 씩씩하게 제 조끼를 벗어주었는
지 잊지 않을 것이니, 그만큼 화가는 불쌍한 개들을 노래하는 것이
올바르고 고결한 일이라는 것을 깊이 이해하였던 것이다.

　저 좋은 시절에, 이탈리아의 어느 너그러운 참주가 신의 경지에
오른 아레티노에게, 때로는 보석을 아로새긴 단검을, 때로는 궁정
의 망토를, 귀중한 소네트나 진기한 풍자시 한 편의 대가로 증여하
였던 전례가 이와 같다.

　그리하여 시인은 화가의 조끼를 입을 때마다 의례히 착한 개들
을, 철학자 개들을, 생마르탱의 여름을, 매우 성숙한 여인들의 아
름다움을 생각하지 않을 수 없다.

에필로그

흐뭇한 마음으로, 나는 산 위에 올랐다,
병원을, 유곽을, 연옥을, 지옥을, 도형장을,
온갖 거대한 기운이 꽃처럼 피어나는

도시를 통째로 내려다볼 수 있는 자리,
그대도 알다시피, 오 사탄이여, 내 고뇌의 수호자여,
헛된 눈물을 뿌리자고 내 거기에 가진 않았다.

그러나 늙은 팔난봉이 늙은 정부(情婦)에 취하듯,
나는 지옥의 매력으로 끊임없이 나를 회춘시키는
그 거대한 창녀에 취하고 싶었다.

무겁게, 어둡게, 감기에 걸려, 네가 아직도
아침의 이불 속에 잠들어 있건, 혹은 순금으로
장식 끈을 단 저녁의 장막 속을 활보하건,

나는 너를 사랑한다, 오 치욕의 수도! 창녀들과
강도들아, 종종 이렇게 너희들이 가져다주는 것은,
불경한 속인들이 알지 못하는 쾌락.

Le Spleen de Paris

주해

아르센 우세에게

1862년 8월 26일과 27일 양일에 걸쳐, 〈라 프레스〉지에 이 헌사와 스무 편의 산문시가 실렸다. 아르센 우세는 당시 〈라 프레스〉지의 문학 담당 주간으로 이들 산문시의 발표에 결정권을 쥐고 있었다. 보들레르가 헌사에서 예절 바른 어조를 유지하고, 우세에게, 비록 악의가 없지 않은 찬사일망정 찬사를 바치고 있는 것도 그 때문이다.

산문시집의 서문에 해당하는 이 헌사에서 보들레르는 산문시를 쓰게 된 동기와 그 장르적 성격과 그에 대한 자신의 짧은 평가를 아울러 기술하고 있다.

보들레르가 첫 문단에서 토막 난 뱀의 이미지를 말할 때, 그는 우선 산문시와 소설의 관계를 염두에 두고 있다. 클로드 피슈아에 따르면, 위고, 생트뵈브, 네르발, 라마르틴 같은 낭만주의 작가들의 작품에 나타난 이 뱀의 이미지는 주로 "사랑의 폐해에 의한 심리적 삶의 단절, 존재의 와해"를 말하기 위한 감각적 표현이었다. 이후 라투슈는 "뱀의 도막들"이라는 말로 당시 인기를 누리던 신문 연재소설을 비판했다. 보들레르는 자신의 산문시가 "어기대는 독자의 의지를 쓸데없이 장황한 줄거리의 끝날 줄 모르는 줄 끝에 매어놓는" 연재소설들과는 달리 한 편 한 편이 그 자체로서 생명을 지닌 것임을 강조하고 있다.

그러나 이 산문시가 콩트와 다른 것은 산문시가 구현하려는 시적 성격 때문이다. 보들레르는 자신이 구상하는 산문시를 "리듬도 각운도 없이 음악적이며, 혼의 서정적 약동에, 몽상의 파동에, 의식의 소스라침에 적응할 수 있을 만큼 충분히 유연하고 충분히 거친, 어떤 시적인 산문"이라고 정의한다. 여기서 '음악적'이라는 말은 박자와 선율에 의한 형태상의 음악이 아니라, "혼의 서정적 약동"과 "몽상의 파동"과 "의식의 소스라침"으로 나타나는 어떤 마음의 상태를 의미하는 것이기에, '음악적'이라는 말은 '시적'이라는 말로 바꾸어 쓸 수도 있다. 이 점에서 운문의 '시'와 '시적인 것'을 대비시키는 이 말은 산문시를 넘어서서 폭넓게 도시적 정서와 관련된 현대시 전체의 성격을 아우르는 힘을 지닌다.

산문시와 관련하여 보들레르는 알로이지우스 베르트랑(1807-1841)에게서 착상을 얻었다고 고백하고 있다. 불운한 작가 베르트랑의『밤의 가스파르』는 간혹 운문이 섞인 산문으로, 성곽, 고딕 첨탑, 수도원, 공기의 요정, 땅의 요정, 선녀, 마귀, 연금술사, 모험가, 강도, 유랑자 등의 낭만주의적 주제를 중세풍의 시골 풍경화와 풍속도처럼 그린 글이다. 그의 죽음 일 년 후인 1842년에 발간되어 이 헌사가 발표될 때까지 이십 년 동안, 소량으로 찍은 초간본이 미처 더 팔리지 않았던 이 책은 보들레르가 넌지시 말하듯 극소수의 독자들에게만 "유명한" 책이었다. 이 책에 대한 보들레르의 언급은 진정한 영향관계의 거론이기보다는 하나의 구실에 불과하지만, 그 "회화적인 방법"은 "현대적이면서 한결 더 추상적인 한 생활의 기술에 적용"된 것이 사실이다. 보들레르가 여기서 말하는 "한결 더 추상적인 한 생활"에 관해서, 파트리크 라바르트는 그의 『샤를 보들레르의 산문시집—파리의 우울』에서, 바르베 도르비이를 인용하여 다음과 같이 설명한다.

이 표현은 바르베 도르비이가『악의 꽃』의 서정성에서 발견한 "개인적 감정"의 초월이라는 말로 필시 해명된다. "문제의 이 책은 저자 자신이 보편자적 주연인 익명의 드라마이다." 도르비이의 설명이다. 보들레르의 목소리에는, 단순한 개인적 드라마의 굴절을 넘어서서, 지극히 강렬하게 갈등하는 마음의 여러 잠재성에 대한 탐구가 있다는 말이겠다. 이 헌사가 말하는 추상은 따라서 개인의 범위를 뛰어넘어 "익명의 드라마"의 보편성으로 열리는 서정적 주체의 능력과 관련된다. 그렇지만 어렴풋이 내다본 장면의 내면화는, 우리가 보게 되듯이, 이들 시의 "일화적 리얼리즘"을 지극히 개인적인 방식으로 드라마로 만들 수 있을 만큼 강렬한 고뇌를 통해서 완성된다.

"추상적인 한 생활"이라는 표현은 한 개인의 고통스러운 삶이 어떤 보편적 지성에 의해 세상의 고통으로 이해될 수 있으리라는 전망을 암시한다. 라바르트의 이 설명은 산문시 전체에 대한 설명을 겸한다.

보들레르는 산문시의 "이상"이 자기 시대 시인들의 보편적 "야심"이었다는 점을 말하기 위해 아르센 우세의 「유리 장수의 노래」를 언급한다. 그의 『시 전집』(1850)에 수록된 이 시는 인도주의적 경향을 띤, 장황하고 밋밋한 "일종의 서정적인 산문"이다. 앞부분만을 옮기면 다음과 같다.

　오! 유리 장수요!

　나는 박로(路)를 내려가다가, 황금을 향해, 사랑을 향해, 허영을 향해—목적을 향해 나아가는 저 모든 행인들 한가운데서 나 홀로—온통 눈물에 젖은 이 노래를 들었다.

오! 유리 장수요!

그것은 크고, 창백하고, 여위고, 긴 머리와 붉은 수염을 지닌 서른다섯 살의 남자였다―예수 그리스도와 파가니니. 그는 초췌한 눈을 들어올리고 이 문에서 저 문으로 전전하고 있었다. 시간은 네시. 지는 해만 홀로 창문에 얼굴을 보였다. 위에서 밑에 있는 자에게 만나처럼 떨어지는 목소리는 하나도 없었다― 굶주려 죽을 판이로구나, 그는 잇새로 중얼거렸다.

오! 유리 장수요!

네시인데, 그는 계속해서 말했다. 나는 아직 아침도 굶었네! 네시! 아침부터 6수짜리 유리 한 장도 못 팔았네. 이 말을 하면서 그는 갈대 같은 허약한 다리를 휘청거렸다. 마지막 한숨처럼 다시 꺼져가는 목소리로 외치는 허깨비일 뿐인 것 속에 그의 마음이 깃들어 있었다.

오! 유리 장수요!

아르센 우세는 자신의 감상적인 산문이 보들레르의 「형편없는 유리 장수」의 추녀(醜女) 역을 맡기 위해 이 헌사에 언급되었다는 점도, "시도"했다는 말에 담긴 미묘한 뉘앙스도 눈치채지 못했을 것이다.

마지막 문단에서 보들레르는 글쓰기 그 자체에 의해서 자신이 의도하지 않았던 자리에 이르게 되었다고 한탄한다. 그러나 "혼의 서정적 약동"과 "몽상의 파동"과 "의식의 소스라침"은 늘 한 개인

의 의도를 넘어서는 것이기에 시적 성격을 지닌다. 보들레르로서
는, 이 한탄의 순간이 자신이 쓴 산문시의 독창성을 확인하는 순간
이기도 할 것이다.

1. 이방인

1862년 8월 26일 자 〈라 프레스〉에 실린 아홉 편의 "소산문시" 가운데 한 편이다.

"이방인"이라는 말은 보들레르의 타고난 성향, 삶의 태도, 고독자로서의 운명 등 그의 자전적 성격을 요약하는 표현으로 흔히 이야기된다. 주석자들이 이 시를 설명하기 위해, 보들레르의 『내면일기』 가운데 「벌거벗은 내 마음」에서 읽게 되는 "어린 시절부터 느껴온" 그의 고독감, "가족들 사이에서나 특히 친구들 한가운데서조차 영원히 홀로 있을 운명이라는 느낌"을 자주 언급하고, 그가 1863년 6월 5일 자기 어머니에게 써 보냈던 편지의 다음과 같은 한 구절을 자주 인용하는 것도 이 점과 관련된다. "나는 내 교육을 이야기하고, 내 사상과 감정이 빚어진 방법을 이야기하면서, 내가 나 자신을 이 세상과 그 종교에 이방인처럼 느끼고 있음을 느끼게 하고 싶습니다."

시에서 두 대화자의 어조는 같지 않다. 질문하는 사람은 너나들이(tutoyer)를 하지만, "이방인"에 해당하는 다른 한 사람은 처음부터 끝까지 존대어(vouvoyer)를 쓸 뿐만 아니라 문어체에 가까운 말로 응수한다. 너나들이는 친근감을 표시하는(거의 강요하는) 회유의 언어 방식이지만 이방인은 거기에 말려들지 않는다. 그는 대화에 거리를 유지하며, 무엇보다도 질문자가 열거하는, 또한 질문자 자신이 연루되어 있을 세상의 가치관 가운데 어느 것도 받아들일 수 없다고 대답한다.

질문자는 가족과 "친구들"에 이어 "조국"을 언급한다. 이방인은 자기 조국이 "어느 위도 아래 자리잡고 있는지도" 모른다고 대답하는데, 이는 자기에게 조국은 태어난 땅이나 핏줄로 결정되는 것이 아니란 뜻을 함축한다. 그에게 조국은 자신이 바라는 어떤 것이 진정으로 실현되었거나 실현될 수 있는 땅일 터이지만 그곳은 아직 알려지지 않았다.

질문자는 "미인"을 언급한다. 여기서 '미인'으로 번역한 프랑스어 beauté는 추상적으로 '미' 그 자체를 뜻하는 말로 더 많이 쓰인다. 『악의 꽃』의 「미」나 「미녀 찬가」 같은 시에서도 '미녀'는 '미'에 대한 알레고리로 나타난다. 이 점에서 이방인이 "기꺼이 사랑"하겠다는 "불멸의 여신"은 예술가가 도달하려 애쓰나 도달할 수 없는 절대적인 미에 해당한다. 산문시집의 세번째 산문시 「예술가의 *고해기도*」가 말하듯이 미에 대한 연찬은 예술가가 "패배하기도 전에 공포의 비명"을 내지르는 그런 결투일 뿐이다. 한편으로 보들레르의 유명한 여성 혐오증은 여자들이 저 절대적인 미를 덧없고 허약하게만 구현하고 있을뿐더러 배반하기까지 한다는 그의 생각에도 원인이 있다.

이방인은 질문자의 신에 대한 증오를 자신의 황금에 대한 증오와 대등하게 다룬다. 보들레르의 종교적 성향에는 복잡한 점이 많지만 그가 자신을 줄곧 가톨릭교도로 생각했던 것은 사실이다. 그렇다고 여기에서 보들레르의 신앙고백을 읽을 수는 없다. 이방인은 신에 대한 질문자의 증오를 말하고 있을 뿐 신에 대한 자신의 사랑을 말하는 것이 아니기 때문이다. 중요한 것은 질문자가 신으로 표현되는 다른 삶에 대한 희망을 증오하는 것과 마찬가지로 이방인이 황금으로 표현되는 세상의 삶을 신뢰하지 않는다는 것이다. 세속의 모든 가치관이 사실상 돈에 지배되고 있는 정황은 이방으로 하여금 세속의 삶에 등을 돌리게 하는 실질적인 원인이다.

이방인은 마침내 "흘러가는 구름"을 사랑한다고 말한다. 구름은 보들레르의 표상체계에서 특별한 자리를 차지하며, 그가 주창했던 초자연주의의 상징과도 같다. 그는 운문시에서도 산문시에서도 구름의 건축술과 마술에 대해 자주 이야기한 바가 있지만, 연구자들은 그가 『1859년 살롱전』에서 부댕의 그림에 나타나는 구름을 두고 쓴 다음과 같은 구절을 특히 주목한다.

결국에는, 이 환상적이고 빛나는 형태를 한 구름, 이 혼돈스러운 어둠, 이 녹색과 분홍색의 끝도 없는 것들이, 서로 걸쳐 있고 포개어진 모습, 입을 떡 벌린 이 큰 가마들, 구겨지거나, 말리거나, 찢어진 검정 혹은 보라색 비단으로 만들어진 이 창공, 상복을 입은 혹은 용해된 금속을 늘어뜨리는 이 지평선, 이 모든 깊이, 이 모든 장려함은, 취하게 하는 음료처럼 아니면 아편의 웅변처럼 나의 뇌수를 취하게 만들었다. 몹시 기묘한 일이지만, 이 액체적인 혹은 대기적인 마술 앞에서는, 인간의 부재를 원망할 기분이 단 한 번도 내게 일어나지 않았다.

이방인의 구름에 "이 모든 깊이"나 "이 모든 장려함"이라고 불러야 할 것은 사실 없다. 그것은 단지 "흘러가는 구름"일 뿐이어서, 그것을 사랑한다는 것은 '사랑하는 것이 아무것도 없다'는 말의 완곡어법처럼 들린다. 그러나 형용사 "신기한(merveilleux)"은 이 구름에 특별한 품위를 주어, 있는 것과 없는 것을, 이 세상과 이 세상 밖을 연통하는 전령으로 만들기에 충분하다.

2. 늙은 할멈의 절망

〈라 프레스〉, 1862년 8월 26일.

보들레르는 『악의 꽃』의 「키 작은 노파들」에서도, 『파리의 우울』의 「창문들」이나 「과부들」에서도 늙은 여자들에게 애틋한 연민을 표시했다. 이는 보들레르의 눈에 자연적인 정념에 사로잡혀 헤어나지 못하는 젊은 여자들과는 달리 이 늙은 여자들은 그 어리석은 열정에서 해방된 것으로 보이기 때문이다. 그가 『한심한 벨기에!』에서 쓴 것처럼, "감각을 흔들지 않고도 정신을 감동케 하는 위대한 장점을 지닌, 섹스가 없는 존재"인 노파들은 무엇보다도 삶에 대한 초연한 태도에 의해서 시인과 "동종의 뇌수"(『악의 꽃』의 「키 작은 노파들」)를 지녔다.

그러나 이 산문시의 "조그맣게 쭈그러든 할멈"을 보들레르의 다른 노파들과 같은 시선으로 바라보기는 어렵다. 보들레르와 그의 노파들은 세상과 일정한 거리를 두고 자신의 고독한 삶을 적극적으로 지키려 하지만, 이 "할멈"은 세상과의 소통을 시도한 끝에 실패하며 강요된 고독 속에 몰려 있다. 이 노파를 미학적 관점에서 이야기하려 한다면, 보들레르가 개혁하려 했던 낡은 종류의 예술에 대한 알레고리로 보는 편이 타당하다. "작은 할멈처럼 가냘프고 또 할멈처럼 이가 없고 머리털도 없"는 "귀여운 아기"인 대중은 어쩌면 낡은 예술가보다 더 몽매하지만, 낡은 예술이 낡았다는 것은 안다. 사랑을 빙자한 낡은 예술의 계몽적이고 시혜적인 태도는 대중들에게 겁을 줄 뿐이다.

한편, 〈늙은 할멈과 아이〉라는 제목을 지닌 도미에의 데생(위싱

턴, 국립예술관 소장)이 있다. 1957년에 프랑스의 국립도서관에서 열린 〈보들레르 전시회〉의 조직위원회는 이 그림이 보들레르의 산문시와 "관련"된다고 가정했지만, 그 이유를 분명하게 밝히지는 않았다.

3. 예술가의 고해기도

〈라 프레스〉, 1862년 8월 26일.

'고해기도'라고 번역한 프랑스어 confiteor는 가톨릭교도들이 미사나 다른 정황에서 고해를 하기 전에 올리는 기도를 뜻하는 말로 원래 '고백하다'라는 뜻의 라틴어 동사가 명사로 전용된 것이다. 보들레르가 제목에서 이 단어를 이탤릭체로 쓴 것은 이런 특수한 사정을 염두에 둔 것이기도 하겠지만, 종교 용어를 예술 담론의 맥락 속에 옮겨올 때의 전환 효과를 강조하기 위한 것이기도 하다. 예술가에게 고백해야 할 죄가 있다면, 그것은 자신의 육체로 감지하는 무한의 체험이 그에 대한 예술적 실천의 숙명적 패배와 늘 맞닿아 있다는 것이다.

예술가의 정신적 태도와 삶의 조건 등 미학의 문제를 다룬 글들은 『파리의 우울』에서 중요한 자리를 차지한다. 이것은 보들레르가 산문시를 쓰는 동안 내내 시의 새로운 형식과 새로운 감수성을 모색하고 있기 때문이며, 그에게서 미학적 탐구가 인생과 세상을 성찰하는 하나의 방식, 그것도 매우 사실적인 방식이기 때문이다.

몽롱한 감각이 통렬한 감각을 겸한다면, 그것은 그 감각이 무한에 대한 상념으로 연결될 때이다. 시인은 이 감각을 통해 사물들 속으로 존재가 확산되고 사물이 존재 속에 수렴되는 짧은 물아일체의 황홀한 상태를 경험하지만, 인간의 육체로 감당하기 어려운 이 관능적 쾌락은 끝내 신경을 과도하게 긴장시켜 무력한 예술가의 분노를 불러올 뿐이다. 시인은 이 특별하나 덧없는 미적 상태를 "가을날 하루의 끝"에 바닷가에서 체험한다. 가을의 저녁 무렵은 시인에게 미적 관상의 본질적인 두 조건인 "고독"과 "정적"을 가능하게 해주는 시간으로 자주 인식되며, 『악의 꽃』에서도 「안개 긴 하늘」 「가을의 노래」 「가을의 소네트」 등의 시에서 특별한 감각과 정신 상태의 배경이 된다.

"하늘과 바다의 광막함 속에 눈길을 담근다는 그 크나큰 환희!"에 관해서는 이에 대한 해설이라고 해도 무방한 글이 『내면일기』의 「벌거벗은 내 마음」에 들어 있다.

왜 바다의 경관은 이렇게도 무한하고 이렇게도 끝없이 상쾌한가?

그것은 바다가 광막함의 관념과 운동의 관념을 동시에 베풀기 때문이다. 육십 리 내지 칠십 리의 바다가 인간에게는 무한의 반경을 표상한다. 이야말로 축소된 무한이다. 무엇이 문제인가. 총체적 무한의 개념을 암시하기에 충분하기만 하다면. 백이십 리 내지 백사십 리(직경), 백이십 리 내지 백사십 리의 움직이는 액체만으로도 이 덧없는 거처에 대해 인간이 얻을 수 있는 가장 높은 미의 관념을 안겨주기에 충분하다.

인간의 시선이 닿을 수 있는 한계까지 펼쳐진 바다는 시인에게 무한을 상념하게 하고, "액체"의 단조로운 운동은 시인의 군건한 주체를 허물어 "몽상의 강대함" 속에서 자아와 사물의 경계를 지운다. "이 모든 것들이 나를 통하여 생각한다. 아니 그것들을 통하여 내가 생각한다." 이 '은총 상태'에서, 자아를 둘러싼 윤곽이 지워지면서 사물이 그 불투명성과 육중함을 잃고, 주체 안에서는 외부세계와의 동일화를 통해 반성적 의식이 계산하는 거리가 순간적으로 폐기된다. 보들레르가 보기에 현대의 예술은 여기서부터 출발한다. 그는 『철학적 예술』에서 다음과 같이 썼다.

현대의 개념에 따른 순수예술이란 무엇인가? 그것은 객체와 주체를, 예술가의 외부세계와 예술가 그 자신을 동시에 끌어안는 암시적 마술을 창조하는 일이다.

이 "암시적 마술을 창조하는 일"은 쉽지 않지만, 그 마술의 상태를 지속시키는 일은 더욱 쉽지 않다. 예술가의 예술론이 예술적 영감의 특별한 순간을 기술하는 데서 그치지 않고, 자주 그 어려움을 토로하게 되는 것은 이 때문이다. 『악의 꽃』의 '우울과 이상' 편에 실린 여러 시편들이 그 토로에 속한다. 그러나 「미」나 「미녀 찬가」 같은 시들이 절대미의 범접할 수 없는 위엄이나 거기에 거는 시인의 기대에 강조점이 주어졌던 반면, 이 시에서는 예술가가 "패배하기도 전에 공포의 비명을" 내지르는 그 결투의 처절함과 좌절에 강조점이 주어진다. 이는 세상을 무류 없는 아름다움으로 덮으려는 운문 대신 산문시가 성립되고 존재하게 될 이유이기도 하다.

4. 장난꾸러기

〈라 프레스〉, 1862년 8월 26일.

이 시는 헌사 「아르셴 우세에게」에서 말하는 바와 같이 필경 "거대한 도시를 빈번하게 왕래하고, 그 수많은 관계와 교섭하는 가운데" 쓴 글의 본보기가 된다. 그러나 시인은 도시의 군중과 접촉하면서도 그 "공인된 착란"에 휩쓸려들어가는 자가 아니다. 시인이 다른 산문시 「군중」에서 쓴 것처럼 그는 "군중을 즐긴다는 것"을 "하나의 예술로" 인정하고 "생명력의 잔치를 질펀하게 벌일 수 있는 자"이지만, 또한 "가장 완강한 고독자"로 "자신의 고독을 사람으로 가득 채울" 줄도 "분주한 군중 속에서 홀로 있을" 줄도 아는 자이다. 이 점에서 그는 "제 의무가 부르는 곳으로 계속해서 열심히 달려"가는 나귀와 어느 정도 닮은 점이 있다.

보들레르가 자연 그대로의 존재인 동물들에게 어떤 미덕을 인정하는 경우는 『악의 꽃』에 나오는 고양이들과 이 시집의 마지막 산문시 「착한 개들」에 나오는 어떤 종류의 개들을 말할 때뿐이다. 좀 다른 경우로 「가을의 소네트」에는 "옛날 동물의 순진함"이란 표현이 나타나기도 하지만, 로베르 코프는 이 시의 나귀에게서까지 똑같은 미덕이 적용되고 있다고는 보지 않는다. 코프는 『파리의 우울』의 비평판에서 이 시를 주석하면서 "으리으리한 바보"인 "장난꾸러기"보다는 차라리 나귀인 편이 더 낫다는 말을 함으로써, 시인이 '비교적 나은 것'을 선택하고 있다고 생각한다. 나귀는 성실하지만 오직 벗어날 수 없는 노예 상태에서 성실하다. 그러나 다음 시 「이중의 방」을 참조하면 시인의 작업도 상당 부분은 노예

상태에서 이루어진다. 물론 시인에게는 창조적 열정으로 그 상태를 벗어나려는 의지가 있는 반면 나귀에게서는 다른 의지를 발견하기 어렵지만, 고결한 의지에도 불구하고 모욕당한 자인 시인의 감정이 시달리며 노역하는 짐승에게 연민의 시선을 보내게 한 것 또한 사실일 터이다.

노예의 신세에 관해 말한다면 맨 먼저 "멋쟁이 장난꾸러기"를 들어야 한다. 그는 자신의 뜻에 의해 노예가 되어 있다는 점에서 가장 천한 존재이다. 그는 "장갑이 끼워지고 에나멜 칠로 번들거리고, 넥타이로 끔찍하게 목이 조여, 완전 신품 양복 속에 감금당" 해 있다. 그는 자진해서 자신의 허영에 갇히고 세상의 시선과 평판에 자신을 묶이게 함으로써 "프랑스의 모든 재기를 고스란히 한몸에 끌어모은 것만" 같은 "으리으리한 바보"가 된다.

보들레르는 특히 1860년대부터 프랑스에 원한과 분노를 퍼부었으며, 나중에는 그 대상을 벨기에로 바꾸었다. 그는 『악의 꽃』의 서문으로 준비한 글 가운데 하나를 이런 문장으로 시작하기도 했다. "프랑스는 야비함의 한 국면을 지나가고 있다. 파리, 세계적인 우둔함의 중심이자 방사." 허영, 우둔함, 볼테르적인 이죽거림, 그리고 특히 시에 대한 상상력 부족과 몰이해가 바로 보들레르의 비난을 받는 "프랑스의 모든 재기"에 해당한다.

5. 이중의 방

〈라 프레스〉, 1862년 8월 26일.

시는 두 부분으로 나뉘어 있다. 첫번째 부분은 "이상적인 거처"(〈가구의 철학〉에서 에드거 포가 썼던 표현)와 그 쾌적감을, 두번째 부분은 사라졌던 시간이 다시 돌아와 포학하게 군림하는 현실의 거처를 서술한다. 황홀경의 체험에 뒤이은 가혹한 현실의 인식을 말하는 대비적 서술은 「예술가의 *고해기도*」 「어릿광대와 비너스」 「케이크」 등의 산문시에도 나타나며, 『악의 꽃』의 '우울과 이상' 편의 대립 구도와도 통한다.

이 시에서 겹쳐 있는 두 방은, 시인이 언급하는 "아편팅크 유리병 하나"로도 알 수 있듯이, 아편의 영향과 관련된다. 약물의 효과로 야기된 무시간 속의 몽상이 속절없이 현실 속으로 다시 추락하여, 시간의 지배를 받는다. 특히 "기름하고, 허탈하고, 나른한 형태를" 지닌 가구들이 "식물이나 광물처럼, 마치 몽유(夢遊)의 생명"을 얻은 것 같고 "직물들은 소리 없는 말을" 하는 세번째 문단은 『인공 낙원』의 「해시시의 시」에서 읽을 수 있는 다음과 같은 구절을 생각나게 한다.

이때 환각이 시작된다. 외부의 사물들이 천천히, 연속적으로, 기이한 모습을 취한다. 사물들은 형태가 왜곡되고 변형된다. 이어서 개념들이 불명확해지고 오해되고 치환되는 일이 일어난다. 소리가 색깔을 입고, 색채들이 음악을 포함한다.

보들레르에게서 약물의 복용은 개성을 증대시키고 감각을 확장시켜 인간의 인식 조건을 뛰어넘으려는 한 방법으로, 사실상 그의 '초자연주의'의 중요한 조건이 된다.

시인이 이 *정신적인 방*에서 "꿈의 여왕, 우상"을 보게 되는 것도 같은 관점에서 이해된다. 그녀는 통상적인 미녀가 아니다. 두 눈의 "불꽃으로 어스름 빛을 꿰뚫는" 이 "우상"은 예술가들이라고 하는 "고분고분한 애인들을 홀리기 위하여" "만물을 더욱 아름답게 보여주는 순결한 거울"을, 다시 말해서 "내 영원한 광채의 거대한 눈"(『악의 꽃』, 「미」)을 지닌 미의 화신과 다른 존재가 아니다. 여기서 '거울눈'으로 번역한 프랑스어 mirette는 '눈'을 속되게 이르는 말로 사용되기에 "우상"의 마성을 드러낸다고 흔히 설명되지만, 리트레 사전이나 『19세기 라루스 사전』은 이 낱말이 '서양 초롱꽃'을 이르는 말이며, 이 꽃의 다른 이름은 '비너스의 거울'이라고 설명한다.

그러나 이 산문시의 강조점은 저 초자연주의의 *정신적인 방*보다 현실의 "누추한 방"에 있다. 문을 두드리는 "한 차례 무섭고 무거운 타격"으로 몽상에서 깨어난 시인은 이 현실의 방을 어쩔 수 없이 자신의 거처로 인정해야 한다. 그 점에서 이 산문시는 초자연주의의 파탄이라고 말할 수도 있고, 『악의 꽃』과 『파리의 우울』을 가르는 하나의 간극을 거기서 발견할 수도 있다. "난폭하게 휘두른 유령의 일격에 사라져"버리는 *실피드*, 즉 공기 요정은 샤토브리앙의 『무덤 뒤의 회상록』에서 저자 그 자신이기도 한 르네가 어린 시절 꿈에 그리던 아름다운 여인에게 붙인 이름이다. 육체 없는 이 공기의 여인은 이제 가장 비속한 정신과 육체를 지닌 "염치없는 정부(情婦)"로 바뀐다.

몽상의 방과 현실의 방이 빚어내는 대립 구도는 낙원과 실낙원의 드라마와 다르지 않다. 시인이 현실의 방에서 맞부딪치게 되는 모든 고통은 지상에서 허락된 인색한 생존 조건에 대한 불행한 의식에서 비롯한다. 창세기 이래로, 노동은 낙원에서 추방된 자들의 운명이다. 특히 초 단위로 분할된 산업자본주의 사회의 물질화한 시간 속에서, 몽상의 방으로 상징되는 "또다른 세계"의 기억과 연결되지 않는, 오직 생존을 위한 노동에 내몰리는 처지는 그 운명의 가장 악화된 형식이다.

6. 저마다 제 시메르를

〈라 프레스〉, 1862년 8월 26일. 당시의 제목은 「저마다 제 것을」
이었다.

시메르(chimère)는 그리스신화에 나오는 상상 동물의 이름 키
마이라(khimaira)에 대응하는 프랑스어이다. 소아시아의 리디아
에 산다는 이 괴수는 사자의 머리, 양의 몸통, 뱀 또는 용의 꼬리
등 여러 동물의 특정 부위를 한몸에 끌어모으고 있다. 또한 입으로
는 불을 뿜는다고 하여, 한자 문화권에서는 이 괴수의 이름을 '분
화수(噴火獸)'로 번역하기도 했다. 프랑스어에서 chimère는 '공
상, 망상, 몽상'의 뜻으로도 사용된다. 이 산문시에서도 대문자로
쓰인 이 낱말은 표면적으로 저 괴수를 지칭하면서, 은유적으로는
'망상'의 뜻으로 쓰이고 있다. (역자가 이 괴수의 이름을 '키마이
라'나 '키메라'로 표기하지 않은 것도 이 때문이다.)

자크 크레페는 이 시가 스페인 화가 고야의 환상적인 그림과 관
련이 있다고 말하며, 특히 판화집 『카프리초스』를 지목했다. 장 프
레보는 이 판화집에 실린 "Tu que no puedes(어쩔 수도 없는 당
신)"가 이 산문시와 직접적인 관련이 있다고 보았다. 이 그림의 주
제인 '당나귀를 힘겹게 등에 짊어지고 있는 사람들'은 국가의 통
치자들인 바보들의 무게 아래 짓눌린 당시의 스페인을 상징한다.
프레보는 이런 설명을 달았다. "고야의 생각은 그 그림 속의 광경
을 넘어서지 않는다. 보들레르는 이와 달리 그 광경을 넘어선다.
보들레르는 이 그림 앞에서 거대한 인간적 진실을 본다. 우리들은
저마다 시메르를 짊어지고 있으면서도, 그것을 보지 못하며, 그것

이 어디로 우리를 이끌고 가는지 알지 못한다."

프레보의 설명은 인류학적이다. 인간은 저마다 자신의 망상을 끌어안고, 거기서 비롯되는 "거역할 수 없는 욕구에" 쫓겨 이 고통스러운 삶을 하루하루 영위하고 있다. 인간들은 이렇게 "끝없이 희망을 품도록 벌받은 자들"이지만, 그 희망의 진정한 내용은 알려지지 않았기에 그것은 체념과 다르지 않다. 그러나 역사적 관점에서 본다면, 이 망상의 괴수를 짊어진 인간들은, 1848년 혁명이 실패한 이후, 민중주의적이거나 사회주의적인 미망 속에서 뚜렷한 전망도 없이 미래의 막연한 환상에 기대를 걸고 있는 당시 지식인 사회에 대한 풍자적 알레고리가 된다.

시의 말미에서 보들레르는 "억제할 수 없는 무관심"의 습격을 받아 "막강한 시메르에 짓눌리는 것보다 더 무겁게 짓눌리었다"고 쓴다. 명철한 보들레르는 자기 시대의 '망상'에서 빠져나올 수 있었지만, 그 대신 그보다 더 무서운 괴수인 권태를 만나게 된다.

7. 어릿광대와 비너스

〈라 프레스〉, 1862년 8월 26일.

황홀한 풍경 내지 환경의 묘사와 그에 뒤이은 인간적 고뇌와 그 비극에 대한 서술은 보들레르의 산문시에서 자주 만나게 되는 구성법이다. 이 시와 함께, 「예술가의 *고해기도*」「이중의 방」「케이크」「여행에의 초대」「가난뱅이의 눈」「수프와 구름」 등이 모두 이 구성법을 따른다. 그리고 그 주인공이나 화자는 대체적으로 '예술가'이다. 그래서 예술가는 이 행복한 세계에서, 또는 이 세계가 행복할수록, 소외되는 자로 나타난다. 예술가는 이 세계의 풍경과 대등한 것, 또는 그보다 더 우월한 것을 창조하여 그 풍경의 주체가 되려 하지만, 이 불가능한 열망이 그의 소외를 더욱 심화한다.

이 산문시는 흔히 『악의 꽃』의 시 「미」에 비교된다.

나는 아름답다, 돌의 꿈처럼, 오 덧없는 인간들아!
너희들이 저마다 차례차례 상처를 입는 내 젖가슴은
질료처럼 영원하고 말없는 사랑을
시인에게 하나씩 불어넣도록 만들어진 것.

나는 저 알지 못할 스핑크스처럼 창공에 군림하여,
백설의 마음을 백조의 순백에 결합하고,
선을 움직이는 운동을 미워하니,
결코 나는 울지 않고, 결코 나는 웃지 않는다.

시인들은, 오만한 기념물에서 빌린 듯한
내 당당한 자태 앞에서
준엄한 연찬으로 그들의 나날을 소진하리라!

이 고분고분한 애인들을 홀리기 위하여,
만물을 더욱 아름답게 보여주는 순결한 거울,
내 두 눈, 내 영원한 광채의 거대한 눈을 지녔기에!

『악의 꽃』의 시에서 미의 여신의 "당당한 자태"와 "영원한 광채
의 거대한 눈" 아래 고뇌하는 시인은 이 산문시에서 "어릿광대"로
바뀐다. 어릿광대는 다른 산문시 「늙은 곡예사」 「비장한 죽음」 등
에서도 주인공으로 등장한다. 낭만주의 시대에, 고티에, 방빌 같
은 시인들은 어릿광대, 곡예사 등의 재인들이 지닌 활력과 조형력,
그리고 특히 '공중부양 능력'을 시인들의 언어적 능력과 동일시했
다. 재인들의 현란한 대중공연은 작은 낙원 하나를 만들어내지만,
그들이 곡예로 펼치는 장관의 연출은 이 세상의 비참한 삶의 조건
을 잠시 가려줄 뿐이다. 보들레르가 방빌에게 바친 평문의 한 구절
은 이 점에서 저 소박한 예술에 대한 경고와 아이러니의 성격을 겸
한다.

서정시인들은 누구나 자연의 힘을 빌려 실낙원의 복원을 지
향한다. 서정의 세계에서는 모든 것이, 인간, 풍경, 궁전이 말하
자면 *신격화*되어 있다. 그런데 자연의 가차없는 논리의 결과로
*신격화*라는 낱말은 시인이 영광과 빛의 혼합물을 묘사해야 할
때 (그가 얻는 기쁨이 하잘것없다고는 생각지 말라) 어쩔 수 없
이 그의 펜 아래 나타나는 낱말들 가운데 하나가 된다. 이때 시

인이 자기 자신에 대해 말하게 될 기회를 얻는다면, 그는 자신을 책상에 엎드려 저 끔찍한 작은 흑색 기호로 백지를 어지럽히며, 거역하는 문장과 주먹다짐을 하거나 교정지를 고치는 편집자와 맞서 싸우는 모습으로 그리지 않을 것이며, 가난하고 추레한 방에 처박혀 있거나 혼란에 빠져 있는 모습으로 나타나려 하지 않으려니와, 죽은 자로 나타나고 싶다 하더라도, 속옷을 걸치고 나무 관 속에서 썩어가는 모습으로 나타나려 하지는 않을 것이다.

보들레르의 이 논리를 따르자면, 시에서 자신을 "가장 불완전한 동물보다도 훨씬 열등한 놈"이라고 말하는 이 어릿광대는 서정의 환상에서 깨어나 자신의 진정한 모습을 자각하는 예술가와 다른 자가 아닐 것이다. 시를 쓰는 보들레르는 자각한 어릿광대에 해당하며, 그가 사용하는 알레고리의 기법은 이 자각의 순간을 나타낸다.

마르셀 카르네 감독의 영화 『천국의 아이들』(1945)에서, 무언극 배우 바티스트 드뷔로로 분장한 장루이 바로가 여신상에 구애를 하는 장면은 이 산문시에서 착상을 얻었을 가능성이 크다.

8. 개와 향수병

〈라 프레스〉, 1862년 8월 26일.

보들레르의 산문과 운문에는 예술가와 세속인 간의 불화를 주제로 삼은 글이 많다. 이 시 역시 이 주제를 알레고리 기법으로 다루고 있다. 보들레르는 1848년 2월 혁명기에, 잠시 민중의 편에 섰지만, 혁명이 실패한 후, 민중은 그에게 미학적으로건 윤리적으로건 어떤 기대도 걸 수 없고, 또 걸어서도 안 되는 저열한 배반자들일 뿐이었다. 그는 『내면일기』의 「불화살」에서 "백성들이 위대한 인물을 갖는 것은 그들의 뜻에 어긋날 뿐이며—가족도 마찬가지다"라고 썼다. 이 관점에서라면, 위인이나 천재가 되기 위해서는 먼저 군중으로부터 자신을 도려내야 한다. 어떤 장르에서건 대중적 인기를 염두에 둔다면 완전함을 지향할 수 없기 때문이다. 보들레르만 유일하게 이런 체험을 했던 것은 아니다. 보들레르가 여러 비평에서 강조한 바에 따르면, 포, 르콩트 드 릴, 고티에가 이미 "천재란 군중에 대한 비난이자 모욕"임을 확인했다.

군중과 영합하려는 작가는 저속해지지 않을 수 없다. 보들레르가 군중에 대한 자신의 혐오감을 표현하면서 자주 언급하는 '배설물'은 바로 이 저속함에 대한 알레고리이다. 그는 『악의 꽃』의 서문을 위해 준비한 글에서 이렇게 썼다. "나는 저널리스트 양반들을 위해 오물을 집어넣었다. 그들은 배은망덕한 태도를 보였다." 또한 『내면일기』의 「벌거벗은 내 마음」에서는 같은 관점에서 프랑스인 전체를 싸잡아서 매도한다. "프랑스인은 라틴족 동물이다. 집구석에서는 오물을 싫어하지 않으며, 문학에서는 똥파리이다.

배설물이라면 좋아서 어쩔 줄을 모른다. 술집의 글쟁이들은 이것을 *갈리아의 소금*이라고 부른다." "갈리아의 소금"이란 말은 '프랑스식 재치'라는 뜻이다. 군중에 대한 보들레르의 실망감을 직접적으로 나타내는 이 두 욕설은 산문시 「개와 향수병」과 같은 시기에 쓰였다. 보들레르는 이 시에서 개에게 존대어(vouvoyer)로 말한다. 그것이 거리감과 경멸의 표현인 것은 말할 것도 없다.

9. 형편없는 유리 장수

〈라 프레스〉, 1862년 8월 26일.

보들레르의 품성이나 예술적 지향과 관련하여 자주 논란을 불러온 이 시는 크게 두 부분으로 나뉜다. 보들레르는 먼저 평소에는 몽상적이고 소심하지만 어떤 순간 저 자신도 억제할 수 없는 충동과 발작의 희생자가 되어 위험하고 부조리한 행동을 향해 돌진하는 사람들에 관해 서술하고, 뒷부분에서는 시인 자신이 바로 그런 사람이 되어 불쌍한 유리 장수를 학대했다고 이야기하고 있다. 보들레르는 이 히스테리성 충동과 발작에 관해 「에드거 포에 관한 새로운 노트」에서 다음과 같이 쓰고 있다.

인간의 내면에는 어떤 신비로운 힘이 들어 있으나, 현대 철학은 이를 설명하려 하지 않는다. 그렇지만 이 이름 없는 힘이 없다면, 이 원초적 성향이 없다면, 한 무더기의 인간 행동이 설명되지 않은 상태로, 설명할 수 없는 상태로 남게 될 것이다. 이들 행동은 오직 악하고 위험하기 때문에 매력이 있다. 이들 행동은 심연과도 같은 유인력을 행사한다. 이 원시적이며 거역할 수 없는 힘은 인간을 끊임없이 그리고 동시에 살인자로도 자살자로도 만드는 타고난 패덕이다—왜냐하면 매우 악마적인 능란함으로도, 어떤 악하고 위태로운 행위들에 대한 합당하고 충분한 동기를 발견할 수 없다는 것은, 신이 자주 그런 방식으로 질서를 확립하고 악당을 징벌한다는 것이 역사와 경험의 가르침이 아닌 바에야, 그런 행동이야말로 마귀의 사주를 받은 결과라고 간주할 수밖에 없기 때문이다.

　동일한 내용의 말이, 1860년 6월 26일 플로베르에게 보낸 그의 편지에도 들어 있다. "인간의 이런저런 갑작스러운 행동이나 생각을 설명하려면 인간의 외부에 있는 어떤 악의적인 힘을 가정하지 않고는 불가능하다는 사실에 내가 줄곧 짓눌려왔음을 깨달았소." 또한 『내면일기』의 「위생」에서 읽을 수 있는 다음과 같은 글은 보들레르 자신도 이런 악마적인 충동에 자주 사로잡혔다는 고백이 빈말이 아닌 것을 말해준다. "나는 즐거움과 공포감을 느끼면서 내 히스테리를 키워왔다. 지금 나는 매일 현기증을 느끼며, 1862년 2월 23일 오늘 나는 기이한 경고를 받았다. *어리석음의 날개바람*이 내 위로 지나가는 것을 느꼈다."

　그러나 이 시의 후반부에서 보들레르 자신이 유리 장수에게 저질렀다고 말하는 잔학행위를 문자 그대로 받아들이기는 어렵다. 보들레르는 괄호 속에 "공작이나 술책의 결과가 아니라 우발적인 영감의 결과인 공갈치기의 정신"이라는 말을 언급하여, 이 패덕한 무용담이 '공갈치기'의 하나임을 교묘하게 암시하고 있다. (이 산문시에서 '공갈치기'라고 번역한 프랑스어 mystification은 '순진한 사람에게 허황한 이야기를 믿게 하여 놀림감으로 만들기'라는 뜻으로 흔히 쓰인다.)

　쥘 르발루아는 『어느 비평가의 회상록』(1895)에서 "찌는 듯 무더운 여름날, 유리 장수 따위는 필요 없다고 단언하기 위한 목적으로, 유리의 무게에 비틀거리는 유리 장수를 칠층까지 기어올라오게 했다는 이야기 등등은 모두 보들레르가 속인들의 눈에 자신을 돋보이게 하려는 속셈으로 흥겹게 주워섬기는 터무니없는 기행이며 필경 거짓말"이라고 쓰고 있다. 유리 장수를 아무런 이유도 없이 학대했다는 식의 공갈치기는, 초현실주의적 관점에서 본다면, 반항적인 자아의 내부에 도사린 모멸감에서 웃음을 끌어내어 세론과 세계의 숙명에 도전하는 흑색 유머에 가깝다. 이 점에서 시의 화자가 유리 장수에게 퍼붓는 "뭐야? 색유리는 없어요? 장밋빛 유리, 붉은 유리, 푸른 유리, 마법의 유리, 천국의 유리 말이오" 같은 말에서 보들레르의 미학을 발견하려는 시도는 어리석다. 그것은 공갈치기에 따라붙는 또하나의 공갈치기이며, "일순간 속에서 향락의 무한을 보아버린 자에게 지옥 징벌의 영원함이라 한들 무슨 대수인가?" 같은 마지막 말도 듣는 사람을 위악적 태도로 억압하여 어떤 가학적 쾌감을 얻는 폭력적 유머와 다른 것이 아니다.

그러나 보들레르가 이 공갈치기의 영감을 "울적하고 서글프고, 무료함에" 지친 도시의 아침에서 끌어내고, 그 학대의 대상을 가난한 유리 장수로 삼았다는 점은 흥미롭다. 아침은 쥘 라포르그가 보들레르에 관해 말한 것처럼 "나날을 대도시에서 살도록 저주받은 자"의 처지를 또다시 되살려야 하는 시간이다. 가난한 사람도 그를 가장 깊이 억압하는 존재에 해당한다. 그는 가난한 사람들에게 특별한 관심이 있었지만, 거기서 세계의 숙명을 볼 수밖에 없었다. 아르센 우세 같은 사람이 쓴 「유리 장수의 노래」에서 보듯이, 또한 방대하고 웅장하나 그 범위에서 크게 벗어나지 못하는 빅토르 위고의 『레 미제라블』에서 보듯이, 더 나아가서 여러 공상적 사회주의자들의 저작에서 보듯이, 도시의 빈민들에 대한 문제는 정치적으로도 미학적으로도 그 시대가 만들어 지닐 수 있는 사상의 약점이었으며, 보들레르 그 자신의 통점이었다. 세계의 숙명에 저항하는 신경증의 폭발에서는 폭력과 무상성과 혼돈이 시적인 것과 동일한 가치를 지니기 마련이다.

참고로 덧붙이자면, 사르트르는 「형편없는 유리 장수」를 언급하며 다음과 같이 주해했다.

공갈치기와 무상행위, 댄디즘의 본질을 이루는 이 두 가지 의례가 갑작스럽게 저주받은 외부적 충동의 결과로 바뀐다. 보들레르는 줄에 매달려 조종되는 꼭두각시에 지나지 않는다. 이것은 행동정지─돌과 생명 없는 존재들의 대폭적인 행동정지이다. 그가 자기 행위를 마귀나 히스테리에 전가한다는 것은 사실상 별로 중요하지 않다. 중요한 것은 그가 행위의 원인이 아니라 희생자라는 것이다. 그러고 나서는 그가 평소대로 문을 열어놓고 있다는 점에 주의하자. 그는 마귀를 믿지 않는 것이다.

이 분석에 깊이가 있다고 말하기는 어렵다. 보들레르는 이 시에서 "저주받은 외부적 충동"을 끌어들여 자기 행위의 책임을 전가하려는 것이 아니라, 자기 안에 존재하나 자신이 제어할 수 없는 어떤 힘을 하나의 문제로 제기하고 있다.

10. 새벽 한시에

〈라 프레스〉, 1862년 8월 27일.

　이 시는 『악의 꽃』의 「하루의 끝」이나 1863년에 발표한 「자정의 성찰」과 동일한 주제를 다루고 있다. 제목이 말하는 '새벽 한시'는 시인에게 자신이 혐오하는 속중으로부터 자기를 고립시켜 그 사이에 장벽을 쌓고 휴식을 취하는 시간이지만, 또한 그 장벽 안에서 자기를 성찰 비판하는 시간이며, 예술 창조에 의한 자기 구제를 결심하는 시간이다.

　두 번 돌려 완전하게 잠그는 자물쇠, 그리고 첫 연과 둘째 연에 걸쳐 세 번 반복되는 "드디어!"로 사뭇 굳건해진 피난처에서 시인이 하루를 되돌아볼 때, 그가 만난 사람들, 『어느 아편 음용자의 고백』의 저자인 드퀸시의 표현에 따라 "인간의 얼굴이 가하는 포학"으로 불리는 저속한 대중들의 성격은 무지와 불성실과 허장성세로 요약된다. 그가 만난 한 잡지사 주간이 "여기는 정직한 인사들의 진영" 운운하는 말은 허구의 산물인 문학작품을 자기들의 잡지에 게재하지 않겠다는 말의 다른 표현이며, 극장 지배인이 시인을 내보내면서 하는 말은 작품의 질보다는 상업성이 중요하다는 뜻을 담고 있기에 보들레르를 더욱 화나게 한다. 시인이 만난 창녀가 베뉘스(Vénus, 즉 비너스)를 "베뉘스트르"라고 부르는 것은 그녀가 무지한 탓이지만, 그 이면에는 지식인들이 말하는 것처럼 명사에 라틴어 어미 비슷한 것을 붙여보려는 허영도 없지 않다. 시인은 "미리 장갑을 사두는 대비책도 세우지" 않고 사람들을 만났음을 후회하는데, 장갑은 악수를 하면서 피부를 접촉하지 않을 수 있는 유일한 방책이다.

그러나 이런 인간들보다 더욱 한심한 것은 시인 자신이다. 그는 살아남기 위해서는 어쩔 수 없다는 핑계로 그들과 암암리에 공모하였으며, "허장성세의 허물, 세상의 이목을 두려워한 죄"를 저질렀다. 시인은 이렇게 잃어버린 자아와 긍지를 밤이 베풀어주는 정적과 고독 속에서 회복하려 한다. 시의 끝에서 보들레르가 "사랑했던 사람들의 영혼"과 신에게 바치는 기도와 관련하여, 『내면일기』의 「벌거벗은 내 마음」에는 다음과 같은 구절이 들어 있다.

매일 아침 모든 힘과 모든 정의의 저장고인 신에게, 그 중계자로서 아버지와 마리에트*와 포에게 기도할 것. 내 모든 의무를 완수하는 데 필요한 힘을 나에게 내려주시고, 그리고 어머니에게 내 변한 모습을 보고 기뻐하실 수 있도록 장수를 허락해주시옵길 기도할 것...

한편 반항적인 보들레르가 신에게 공개적으로 기도를 올린다는 점에 관해서는, 이 무렵 계속되는 생활고와 병고로 나약해진 그의 정신에서 원인을 찾으려는 해석들이 없지 않다. 그러나 이 기도가 어떤 악조건에서도 영혼의 순결성을 유지하고 예술 창조에 의한 자기 구원의 신념을 잃지 않으려는 의지의 표현인 것을 부인할 수는 없다. 릴케도 동일한 신념과 의지의 표현으로, 『말테의 수기』에서 이 기도가 포함된 마지막 절을 인용한다. 시인이 믿고 의지해야 할 것은 제 의무인 작품밖에 없다.

---

* 보들레르의 어머니가 재혼하기 전까지 가정사를 돌보았던 하녀의 이름이다.

11. 야수 여자와 공주님

〈라 프레스〉, 1862년 8월 27일.

'공주님'으로 번역한 프랑스어 petite-maîtresse는 공주나 귀족 가문의 규수처럼 멋을 부리며 거만을 떠는 젊은 여자를 일컫는다. 시인의 애인이기도 한 이 '공주님'에 대비되는 여자는 '야수 여자' 이다. 야수처럼 날고기를 먹는 이 여자는 남편에게 끌려나와, 철장 에 갇힌 채 장터의 흥행물이 된다. 남편은 사육사가 짐승을 조련하 여 곡예를 시키는 것과 같은 방식으로 여자를 다룬다. 곡예사나 도 화사들이 장터에서 축제를 벌이던 19세기 중엽에 이런 여인이 실 제로 장터의 가설극장에서 관객들을 끌어모았다는 사실은 이런저 런 기록들을 통해서도 확인할 수 있다. 네르발이 쓴 것으로 추정 되는 한 산문에도 장터의 가설무대에서 "닭의 살과 깃털을 가리지 않고 씹어 먹는 야수 여인"의 이야기가 나온다.

'공주님'과 이 '야수 여자' 사이에 닮은 점은 거의 없는 것처럼 보인다. 한쪽은 내용도 진실성도 없는 근심으로 한숨을 쉬고, 다른 쪽은 실제의 고통으로 비명을 지른다. 한쪽은 가슴에 향수를 뿌리 고, 다른 쪽은 온몸을 털투성이로 만들기 위해 가발을 쓰고 있다. 한쪽은 남자가 떠받들어 모셔야 하지만, 다른 쪽은 학대를 받는 것 이 여자의 유일한 운명이라고 생각한다. 그러나 '자연'에서 멀리 벗어나지 못했다는 점에서 두 여자는 동일하다. '야수 여자'는 짐 승처럼 학대를 받을 때 "한결 *자연스럽게*" 짖어대는 자연 그대로 의 여자이지만, 문화적으로 세련된 '공주님'도 책에서 배운 것은 수컷을 호리기 위한 "교태"에 불과하다는 점에서 자연으로부터 멀리 벗어난 것은 아니다. 보들레르는 「벌거벗은 내 마음」에서 그의 유명한 여성 혐오증의 철학을 다음과 같이 요약했다.

> 여자는 댄디의 반대다.
> 따라서 혐오감을 부르기 마련이다.
> 여자는 배고프면 먹고 싶어한다. 목마르면 마시고 싶어한다.
> 발정이 나면 교미하고 싶어한다.
> 대단한 재능이다!
> 여자는 *자연 그대로*이다. 다시 말해서 역겹다.
> 그런 만큼 여자는 항상 저속하다. 다시 말해서 댄디의 반대다.

시의 끝에서 시인은 이솝우화에 나오는 개구리들의 이야기를 빌려 '공주님'을 위협하고 있다. 개구리들이 제우스 신에게 왕을 내려달라고 빌자, 신은 통나무를 내려보냈다. 개구리들은 만족하지 않고 계속 탄원을 했다. 신은 다시 그들에게 두루미를 왕으로 내려보냈다. 두루미 왕은 개구리들을 잡아먹었다. 자연의 욕망을 문화적 이상으로 포장하고 그것을 다시 남자에 대한 권력으로 이용하려 드는 여자의 운명도 개구리들의 그것과 다를 바가 없다고 보들레르는 말한다.

12. 군중

〈라 프레스〉, 1862년 8월 27일.

보들레르가 군중을 혐오했다는 것은 널리 알려진 사실이다. 그는 속된 대중들에 대한 경멸감을 여러 글에서 가차없이 드러냈다. 그 대표적인 예로, 앞선 산문시 「새벽 한시에」에서 그는 "인간의 얼굴이 가하는 포학"이라는 표현을 쓰며, 방문의 자물쇠를 굳게 잠그는 일이 자신의 "고독을 더욱 깊게 하고" 그 자신과 "세상을 갈라놓는 바리케이드를 더욱 굳건하게 할 것만 같다"고 썼다. 그러나 또한 예술가가 군중과 교통하는 가운데 끌어내는 쾌락은 그의 작품에 매우 빈번하게 나타나는 주제 중의 하나이다. 이 두 태도 간에 모순이 있는 것은 아니다. 보들레르가 혐오하는 군중과 예술가가 교통해야 하는 군중은 각기 다른 관점에서 파악된 군중이다. 한쪽은 윤리적이거나 정치적으로, 지적으로나 미학적으로 저열하다고 판단된 대중이지만, 다른 한쪽은 삶의 온갖 내력과 온갖 감정의 저장고이자 예술을 비롯한 모든 창조적 활동의 환경으로서 중립적인 관점에서 바라본 '인간 가족'이다. 보들레르가 에드거 앨런 포, 드퀸시, 발자크, 호프만, 기스 등의 천재적인 문필가와 화가 들에게서 발견하는 '다중으로 목욕하기'의 취향은 또한 그 자신의 취향이다. 그는 특히 유명한 미술비평 『현대 생활의 화가』에서 포의 단편소설 「군중의 인간」을 인용하며, 다른 사람에게 들리는 능력을 예술가의 기본 자질로 꼽는다. 이 글에서 그는 기스에 관해 이렇게 쓴다.

군중은 그의 영토다. 새에게는 공기가, 물고기에게는 물이 그러하듯이. 그의 열정과 그의 업무, 그것은 *군중과 결합하는 일*이다. 완벽한 거리 산책자에게는, 열정적인 관찰자에게는, 다수 속에, 굽이침 속에, 움직임 속에, 사라지기 쉬운 것과 무한한 것 속에 거처를 정하는 일이 끝 모를 즐거움이다. 자신의 집 밖에 있기, 그렇지만 도처에서 자신의 집을 느끼기, 세상 한복판에 있으면서 세상으로부터 숨어 있기, 이런 것들은 저 자주적인, 열정적인, 편파성 없는 정신들이 누리는 가장 하찮은 몇 가지 기쁨인바, 언어는 이를 서툴게만 규정할 수 있을 뿐이다. 관찰자는 도처에서 자신의 암행을 누리는 왕자이다. 삶의 애호가는 세계를 자신의 가족으로 삼는다. 이는 아름다운 성(즉 여성)의 애호가가 우연히 발견한, 찾아낼 수 있는, 찾아낼 수 없는 온갖 미인들로 가족을 이루는 것과 같고, 그림 애호가가 화폭에 그려진 꿈에 홀린 사회에서 살아가는 것과 같다. 그래서 보편적인 삶을 사랑하는 사람은 거대한 축전지 속으로 들어가듯이 군중 속으로 들어간다.

산업화 이후, 도시의 군중은 문인과 예술가 들에게 그 창작활동의 소재이자 고객이었다. 사실주의자들에게 군중은 신뢰를 바칠 수 있건 없건 간에 역사적 변화의 주체였으며, 상징주의자들에게 군중은 인간 의식의 어둡고 혼란된 깊이와 같은 것이었다. 고결하건 저열하건 간에 도시적 군중의 다수가 만들어내는 열기는 예술적 현대성의 영감과 다른 것이 아니었다. 이 점에서 현대의 예술가가 된다는 것은 "*군중과 결합하는 일*"이기도 했다. 보들레르는 이 결합을 "영혼의 거룩한 매음"이라고 부른다. 이때 '매음'은 세상의 모든 사람과 교통하고 모든 사람에게 정신적으로 자기 자신을 바친다는 뜻이다. 그는 『내면일기』의 「불화살」에서 다음과 같이 썼다.

예술이란 무엇인가? 매음이다.
군중 속에 있는 즐거움은 수의 증가에 따른 향락의 신비로운 표현이다.
모두는 수이다. 수는 모두 속에 있다. 수는 개인 속에 있다. 도취는 수이다.

이 매음 또는 결합은 그러나 일반적인 의미에서의 소통과 다르다. 보들레르 같은 시인, 기스 같은 화가는 다중으로 목욕을 하며 "시시로 자기 앞에 나타나는 온갖 직업과 온갖 기쁨, 온갖 비참함을 자기 것으로 동화"하지만, 군중 속에 휩쓸리지 않고 어디까지나 고독한 자로 남아 있다. 보들레르도 기스도 군중이 아니다. 그들은 "자신의 고독을 사람으로 가득 채울" 뿐이다. "지나가는 생면부지의 행인에게 자기를 송두리째" 바친다고 말하지만, 도처에서 암행을 누리는 시인과 화가는 저 "거룩한 매음" 이후에도 군중에게 생면부지의 인간으로 숨어서만 존재한다.
발터 벤야민은 『보들레르의 작품에 나타난 제2제정기의 파리』에서 군중에 대한 위고의 태도와 보들레르의 태도를 비교하여 다음과 같이 썼다.

대도시의 대중이 위고를 혼란시킬 수는 없었다. 그는 대중 속에 민중이 있음을 인정했다. 그는 그 혈육이 되고자 했다. 세속 원칙, 진보 그리고 민주주의, 바로 이것이 그가 머리 위로 높이 흔들었던 깃발이다. 이 깃발은 대중의 현존 방식을 변용시켰다.

이 깃발은 하나의 문턱, 개인을 군중과 갈라놓는 그 문턱을 불분명하게 만들었다. 보들레르는 이 문턱의 수호자였다. 이 점에서 그는 위고와 구별된다. 그러나 그도 군중 속에 침전되는 사회적 환상을 꿰뚫어보지 못했다는 점에서는 위고를 닮았다. 그는 위고가 만들어낸 군중의 개념만큼이나 무비판적인 하나의 이상을 그에 대립시켰다. 영웅이 그 이상이다. 위고가 현대 서사시의 영웅으로 대중을 예찬하는 순간, 보들레르는 영웅을 위해 피난처를 대도시의 대중 속에서 찾고 있었다. 시민으로서 위고는 군중 속에 섞여든다. 보들레르는 영웅으로서 거기에서 떨어져나온다.

위고는 의회민주주의자로서 민중에 의한 진보 신화를 믿고 예찬했다. 이 믿음의 표명이 출판시장에서도, 정치활동에서도 그에게 성공을 안겨주었다. 정치적으로도 상업적으로도 실패한(또는 고의적으로 자신을 실패하게 만든) 보들레르는 타협을 모르는 영웅적 태도를 굳게 지켰다. 그러나 자기 시대의 민중과 그 자본주의적 욕망에 특별한 힘이 요동하고 있음을 그는 모르지 않았다.

한편 보들레르가 이 시에서 "식민지의 창설자들, 민중의 목자, 세계의 끝에 파견된 전도 신부들"을 긍정적으로 언급한다고 해서 그를 식민주의자나 제국주의자라고 매도하는 것은 부당하다. 식민지의 창설자들이나 전도 신부들은, 보들레르의 말투를 빌리자면, 혁명가들이나 민중운동가들로 어렵지 않게 바꾸어 쓸 수 있는 말이다.

13. 과부들

<환상평론>, 1861년 11월 1일.

<라 프레스>, 1862년 8월 27일.

시의 첫머리에 언급된 보브나르그는 18세기 프랑스의 이상주의적 문필가이자 극기주의적 모랄리스트로, 남긴 작품은 많지 않으나 그의 글에는 인용할 만한 경구들이 다수 들어 있다. 보들레르의 글 전체에서 보브나르그가 인용된 작품은 이 산문시밖에 없지만, 이 18세기 사색가의 극기주의적 태도에서 비롯된 철저한 자기관리에 시인이 늘 호의적인 생각을 가졌던 것으로 알려져 있다. 보브나르그 같은 모랄리스트나 보들레르 같은 시인이 늘 음습한 변두리 길로 숨어 다니는 좌절된 야심가들이나 패배자들에게 지속적으로 관심을 갖는 것은 그들에게서 깊고 뜨겁게 타오르는 정염의 거대한 덩어리를 보기 때문이다. 그들은 또하나의 방식으로 인간 정신의 무한성을 증명한다.

『파리의 우울』 전체에서 화자 또는 시인이 그의 애인이나 아내와 맺는 관계에는, 예를 들어 「야수 여자와 공주님」「가난뱅이의 눈」「수프와 구름」「멋진 사격수」에서 보듯이, 오해와 경멸의 기미, 그리고 악화와 파국의 소지가 번들거리지만, 군중 속에서 만나는 낯선 사람과의 관계에는 거의 성적인 색채를 띠는 특이한 흥분이 깃들어 있다. 그는 늙은 곡예사나 절망하는 어릿광대에게 동지적 시선을 보내고, 노파들과 과부들에게 각별한 애정을 느낀다. 『악의 꽃』에서는 「지나가는 여인에게」나 「키 작은 노파들」이 비슷한 경우에 해당하지만, 『파리의 우울』에서는 가장 뛰어난 예를 이

시 「과부들」에서 보게 된다. 히들스톤은 그의 『보들레르와 파리의 우울』에서 다음과 같이 쓴다.

『악의 꽃』에 수록된 「지나가는 여인에게」의 "갖춘 상복, 장중한 고통에 싸여, 후리후리하고 날씬한" 과부처럼, 이 과부 또한 고독하고, 귀족적이고, 강렬한 인물이다. 비평가들은 과부들에 대한 보들레르의 집착을 자신의 어머니에 대한 그의 양의적 태도에 곧잘 연결시키고 있지만, 그것이 어디서 출발하건 간에, 그녀들에 대한 그의 매혹이 분명히 설명될 수 있는 것은 그녀들이 그에게, 모든 불행하고 가족을 잃은 사람들과 마찬가지로, 그의 "치유할 수 없는 삶"(「예술가의 고해기도」)의 표상들로 보이기 때문이다. 「지나가는 여인에게」에서처럼, 이들 산문시에는 또한, 내가 암시했듯이, 발터 벤야민이 "마지막 눈의 사랑"이라고 아주 적절하게 불렀던 요소도 들어 있다. 암시된 사랑은 그 실현되지 않는 잠재성에서 권위를 얻는다. 미와 미덕의 고귀한 외적 표시들은 불멸인데, 그것들은 결코 현실 체험의 시험을 받지 않고, 어느 한정된 한순간에 머물러, 시간의 심연 속에 행복을 잃어버린 어떤 과거와 결코 실현되지 않을 어떤 미래 사이에서 영원히 흔들리고 있을 것이기 때문이다.

"마지막 눈의 사랑"이라는 말은 발터 벤야민이 그의 『보들레르의 작품에 나타난 제2제정기의 파리』에서 「지나가는 여인에게」를 해설하며 썼던 말이다. 「지나가는 여인에게」에서와는 달리, 「과부들」에서는 시인이 어린애와 함께 있는 젊은 과부에게 느낄 수도 있었을 사랑은 명백하게 서술되지 않았다. 독서실에서 시간을 보내고 야외 공연에서 "아담한 방탕"을 하는 늙은 과부도 마찬가지지만, 특히 이 젊은 과부는 그 태도에 보들레르가 동류의식을 느낄 만한 점이 많다. "키가 크고 위엄이 서린" 이 부인은 "그 고귀함이 주위의 온갖 비속함과 뚜렷하게 대조를 이루"며, "높은 미덕의 향기가 그 전신에서 풍겨"난다. "여자는 댄디의 반대"라는 것이 보들레르의 견해지만, 이 과부에게는 부인할 수 없는 댄디의 면모가 있다. 그 "높은 미덕의 향기"는 말할 것도 없이 깊은 슬픔과 그것을 극복하려는 엄숙한 자세에서 비롯한다. 슬픔은 보들레르적인 아름다움을 구성하는 한 요소, 거의 필수적인 요소에 속한다.

미학자로서의 보들레르는 노파와 과부, 군중 속에서 만나는 사람들을 바라보고 관찰하지만 그는 여느 때와 마찬가지로 익명으로 남는다. 그의 시선에 어떤 호의가 담겨 있다 하더라도 그의 관찰이 소통을 시도하는 데까지 이르는 일은 없다. 그러나 젊은 과부에게 바치는 시인의 주의깊은 관찰과 그에 대한 호의적인 표현에는 어느 정도 자전적인 요소가 들어 있기에 애틋하다. 젊은 과부와 그의 어린 아들은 아버지를 잃은 직후의 어린 보들레르와 그의 어머니를 생각나게 한다. 보들레르가 그 모자를 바라보는 시선에는 저세상 사람인 그의 아버지가 젊은 아내와 어린 아들을 바라보는 시선과 성장한 보들레르가 젊은 시절의 과부 어머니와 어린 제 모습을 바라보는 시선이 겹쳐 있다.

14. 늙은 곡예사

〈환상평론〉, 1861년 11월 1일.

〈라 프레스〉, 1862년 8월 27일.

「늙은 곡예사」는 『파리의 우울』에서 「군중」 및 「과부들」과 더불어 '파리 풍경'에 직접적으로 해당하는 시편에 속하며, 「어릿광대와 비너스」 「비장한 죽음」과 더불어 광대에게 바친 세 편의 시 가운데 하나이다. 문학사에서 어릿광대, 도화사, 곡예사 등 장터 가설극장과 카페의 연예인들은 낭만주의 이후 오랫동안 의도적으로 과장되고 왜곡된 모습으로 예술가들과 예술의 조건을 우의해왔다. 광대의 얼굴로 그려진 예술가들의 이 자화상이 그러나 조소적이고 고통스러운 풍자화에 머무르는 것은 아니다. 스타로빈스키는 『곡예사의 모습으로 그려진 예술가의 초상』의 첫머리에서 다음과 같이 쓴다.

판타시오의 모습으로 자기 자신을 그리는 뮈세, "내 본성의 밑바닥은, 누가 뭐라고 하든, 곡예사"(1846년 8월 8일의 편지)라고 단언하는 플로베르, 죽음의 순간에 "위뷔 영감이 이제 잠을 자려고 애쓸 것"이라는 말로 자신이 창조한 희화적 주인공과 자신을 동일시하는 자리(Jarry), "나는 아일랜드의 어릿광대, 우주의 위대한 익살꾼일 뿐"이라고 단언하는 조이스, 피에로와 비극적인 어릿광대의 분장으로 자신의 자화상을 수없이 그린 루오, 의상과 마스크의 무진장한 저장고 한가운데 서 있는 피카소, "그 자신이며, 언제나 그 자신이었던 어릿광대에 대해" 명상하는 헨리 밀러, 세 세대, 또는 네 세대를 가로질러 내내 반복되고 그토록 끈질기게 다시 성찰된 이 태도를 주목하지 않을 수 없다. 이 아이러니한 유희는 자기 자신에 의한 자기 자신에 대한 해석으로서의 가치를 지닌다. 그것은 예술과 예술가의 조소적인 이피퍼니이다. 견실한 명망에 대한 비판은 미학적 소명에 그 자체를 향한 자기비판을 겸한다.

보들레르에게서 곡예사와 시인의 비교는 단순하지 않다. 그것은 예술가의 삶에 대한 실존적 성찰에서 시작하여 예술사회학적인 직관으로 이어지며, 그 가운데는 현대사회에서 가능한 예술의 의의에 대한 질문이 암암리에 포함된다. 시인은 "휴일을 맞은 민중들"의 홍겹고 소란스러운 축제를 먼저 묘사한다. 축제는 민중들에게 거의 세속적 종교의 성격을 띠고 있다. 속인들은 거기서 비록 일시적일망정 해방과 구원을 체험한다. 그러나 늙은 곡예사는 "그 끄트머리에, 바라크 대열 맨 끝에", 그 덧없는 낙원의 변두리에 있다. 낭만주의자들이 늘 말하듯이 어떤 운명의 저주를 받아 이 세상에 추방되었다는 시인처럼, 곡예사 역시 자기에게 맞지 않는 자리에, 자기를 위해 만들어진 것이 아닌 세상에 몸을 붙이고 있다. 게다가 그의 추방은 이중적이다. 그는 세속적 낙원인 축제에서뿐만 아니라, 저 자신에게서도 그 화려했던 과거 기억의 변두리로 밀려나 세상으로부터 잊혔다. 그것은 거리의 곡예사와 시인이 함께 겪어야 될 운명이다. 그러나 이 시의 비극적 성격은 늙은 곡예사에게서 미래의 거울에 비친 자신의 모습을 보았다는 데만 있는 것이 아니다. 그들이 전성기를 보내고 나서 곧바로 잊힌다는 것은, 다시 말하자면 그들이 남긴 작품으로 기억되지 않는다는 것은, 시인이건 곡예사건 그들의 활동이 시장의 판단에 모든 것을 맡기는 흥행의 성격을 지녔기 때문이다. 보들레르는 『악의 꽃』의 시 「돈에 팔리는 시신」에서 벌써 마지막 두 연을 이렇게 썼다.

> 그대 날마다 하룻저녁의 빵을 벌기 위해,
> 성가대의 아이처럼 향로를 흔들며,
> 믿지도 않는 주 *예수*를 부르거나,

> 또는, 굶주린 곡예 광대처럼, 갖은 아양에
> 남모르게 눈물 젖은 미소를 펼쳐내어,
> 천한 대중의 웃음보를 터뜨려야 하리.

어릿광대나 곡예사들의 연희에는 본질적으로 의미가 결여되어 있다. 그들은 유용성을 신봉하는 사회의 확고한 질서에 자기 자신을 바보와 무용한 자로 만드는 방식의 무의미 전략으로 대응하여 그 질서에 하나의 틈새를 만들어낸다. 이는 축제가 일시적 해방구를 만들어내는 방식과 같다. 축제가 끝나고 무의미와 무질서가 다시 의미와 질서로 메워지고 나면, 어릿광대와 곡예사 들은 또다시 무의미와 무질서를 시도하여 틈새의 해방구를 만들려 한다. 여기에는 반복이 있을 뿐 축적된 기억의 역사가 없다. 이와 달리 문학은 본질적으로 의미의 작업이지만, 모든 평가와 판단이 시장에 맡겨져 있는 자본주의 사회에서는 문학도 그 운명을 대중의 변덕에 맡길 수밖에 없다. 문학이 유용성의 요구에서 자신을 해방하여 문학 그 자체에만 봉사하기 위해 순수 무상성의 유희에 빠지지 않는다 하더라도, 벌써 시장에 의해 무의미한 소비재로 전락할 위험에 늘 노출되어 있다. 이 정황에서 작가들과 화가들이 어릿광대의 슬픈 얼굴에서 자신의 얼굴을 보게 되고, 장터 무대의 연예인들이 문학과 미술의 상투적 주제가 되는 것은 당연하다. 한편 현대성과 관련된 보들레르의 예술적 전략은 미의 영원하고 불변하는 요소가 시대의 덧없는 취향과 합류하는 지점을 찾으려는 노력으로도 이해될 수 있다.

15. 케이크

〈라 프레스〉, 1862년 9월 24일.

자연과 인간에 대한 보들레르의 생각이 집약된 듯이 보이는 이 산문시는 「이중의 방」이나 「어릿광대와 비너스」를 비롯한 여러 산문시에서처럼 전반부와 후반부가 충격적으로 대비된다. 전반부에서, 여행중의 나그네, 다시 말해 현실의 억압과 일상의 권태에서 잠시 해방된 시인 화자는 "거역할 수 없는 웅장함과 숭고함"을 지닌 풍경에 둘러싸여 자신의 혼에까지 그 자연의 고결함이 배어든 것 같은 느낌을 얻는다. 그의 혼은 하늘 높은 곳처럼 "드넓고 순결"해져서 세상의 잡사를 잊을 수 있을 것 같았고, 그 존재 자체가 "완전히 고요한 어떤 거대 운동으로 야기된 이 엄숙하고도 희귀한 감각"을 타고 "공포 섞인 그런 기쁨으로" 충만해진 상태에 이르렀다. 이 환희는『악의 꽃』의 시 「높이 오름」,

> 못 위로, 골짜기 위로,
> 산 너머, 숲 너머, 구름 너머, 바다 위로,
> 태양의 저편, 에테르의 저편으로,
> 별 박힌 천구의 경계 저편으로,
>
> 내 정신아, 너는 민첩하게 움직여,
> 물결 속에서 무아지경 신이 나 헤엄치는 사람처럼,
> 말 못할 씩씩한 쾌락에 겨워
> 그윽한 무한을 즐겁게 누빈다.

또는 시인이 젊은 시절 피레네 산에서 영감을 얻었다는 제목 없
는 시를 생각나게 한다.

아주 높이, 아주 높이, 안전한 거리로부터,
농장으로부터, 계곡으로부터 멀리, 언덕 저편으로,
숲 저편으로, 녹색을 깔아놓은 초원 저편으로,
양떼들에게 밟히는 마지막 풀밭에서 멀리.

시인은 제 혼이 자연의 미덕과 하나가 되는 경지에 이르러 제
존재가 자기 "자신과도 우주와도 완전히 화평한 상태에" 들었다
고 느끼지만, 명철한 의식에서 비롯한 의혹을 완전히 벗어버리지
는 않는다. 첫 문단의 끝부분에 나타나는 "지상의 온갖 악을 전적
으로 망각한 가운데, 인간이 선하게 태어났다고 주장하는 신문들
도 이제는 그렇게 우스꽝스러운 것만은 아니라고 여기게끔" 될 지
경이었다는 말은 그 의혹을 간접적으로 표현할 뿐만 아니라, 숭고
한 자연과 정화된 정신에 대한 이제까지의 장황한 서술이 실제로
는 낭만주의의 상투적 자연관을 빈정거리기 위한 패러디일 뿐이
었음을 암시한다. 그리고 시인 화자가 줄표(—)를 긋고 나서 "저
구제불능인 물질이 그 요구를 다시 소생"시킨다고 말할 때, 다시
말해서 육체가 배고픔을 느끼기 시작하여, 어떤 숭고한 자연 속에
처하건 간에, 그 정신이 얼마나 큰 지복을 누리고 있건 간에, 인간
의 존재가 물질의 구속에서 벗어날 수 없음을 넌지시 밝힐 때, 패
러디의 전략이 더욱 확실하게 드러나고 의혹은 더욱 분명해진다.
그리고 시의 후반부에서 이 의혹은 어김없는 사실로 드러난다.
한숨과 찬탄이 섞인 어조로 빵을 "*케이크*"라고 부르는, "새카만

얼굴에 헝클어진 머리에, 누더기를" 걸친 작은 아이에게 빵 한 조
각을 건네준 시인의 섣부른 시혜가 그 아이와 그의 "쌍둥이 형제
로 여겨도 좋을 만큼 그리도 완전하게 닮은" 또하나의 아이 사이
에 "말뜻 그대로 형제 살해의 전쟁"을 불러일으키고 만다. 두 아
이가 처절한 혈전을 치르는 과정에서 "케이크"라고 불린 빵이 "손
에서 손으로 여행하고, 그때마다 호주머니가 달라"진 나머지 마침
내 "모래알과 똑같은 부스러기로 흩어져 모래 속에 섞여"버릴 때,
여행중인 시인 화자의 숭고한 감정도, 우주와 합일한다는 그 자아
의 긍지도 지상에 티끌로 흩어져버렸을 것은 말할 것도 없다. 선한
자연은 없다. "어느 쪽도 필경 제 형제를 위해 그 절반을 희생하려
하지 않"는 이 아이들과 그들이 벌이는 끔찍한 전투는 자연을 순
결하고 숭고한 것으로 예찬하는 낭만주의적 허위의식 아래 감추
어진 또하나의 무서운 자연, 곧 인간의 본성에 대한 알레고리가 되
며, 구원할 수도 치유할 수도 없는 이 악은 보들레르가 보기에 인
간의 원죄를 명백하게 증언한다. 그는 『내면일기』의 「벌거벗은 내
마음」에서 이렇게 썼다.

    진정한 문명의 이론.
    그것은 가스등이나, 증기기관이나, 영매 회전테이블에 있는
것이 아니라, 원죄의 흔적을 줄이는 데 있다.

그리고 「불화살」에서는 또 이렇게 쓴다.

    일상사에 의해 증명되는 바이지만, 인간이 여전히 변함없이
인간 그대로인 판에, 다시 말해서 야만 상태 그대로인 판에, 진
보라는 것보다 더 부조리한 것이 있단 말인가. 문명의 일상적인

충격과 갈등에 비하면 숲과 초원의 위험이란 무엇인가? 인간이 대로에서 봉을 잡았건 미지의 숲에서 먹이를 찔러 꿰뚫었던 간에, 그는 영원한 인간, 다시 말해서 가장 완벽한 맹수가 아니겠는가?

보들레르가 보기에, 원죄의 관점에서, 문명에 의해 인간이 진보된 적은 없다. 인간은 맹수로 태어나서 맹수로 산다.

그러나 이런 종류의 인류학적 관점을 넘어서서, 이 "형제 살해의 전쟁"을 사회학적 관점에서 보려는 시도도 없지 않다. 무엇보다도 빵과 케이크의 혼동은 프랑스대혁명이 발발했을 당시, 루이 15세 궁전의 여자들이 빵을 요구하며 봉기하는 빈민들을 보며 왜 그들이 빵 대신 케이크를 먹지 않는지 의아하게 여겼다는 이야기를 상기시킨다. 빵 대신 케이크를 추천하는 것도, 빵을 케이크라고 부르는 것도, 모두 어떤 "으리으리한 나라"의 풍속이다. '으리으리한'으로 번역한 프랑스어 superbe는 '화려한, 멋진'의 뜻으로 쓰이는 말이지만 원래 '오만한, 당당한'의 의미를 지녔던 말이다. 이 "으리으리한 나라"는 '오만한 나라', 다시 말해서, 현실의 실제 모습인 비참함과 폭력을 아름다움이라는 이름의 가면 아래 숨겨놓고 문명화를 뽐내는 나라이다. 이 시의 사회학적 내용에 관해 말한다면, 그것은 명철한 의식을 유지하며 물질과 자연의 진정한 얼굴을 밝혀내고, 사회적 치장의 언어를 가혹할 정도로 정직한 문학의 언어로 늘 다시 점검하려는 노력에 대한 환기일 것이다. 저 "으리으리한 나라"는 우리가 사는 이 세계와 결코 다른 세계가 아니다.

16. 시계

〈현재〉, 1857년 8월 24일.
〈환상평론〉, 1861년 11월 1일.
〈라 프레스〉, 1862년 9월 24일.

이 시와 뒤따르는 두 편의 시 「머리타래 속의 지구 반쪽」 「여행에의 초대」에서는 한결같이 시인이 여자에 대한 예찬의 말을 통해 다른 시간과 다른 공간에 대한 자신의 열망을 표현한다. 이 시가 헌정된 여자의 이름 '펠린'은 '고양이'라는 뜻을 지니고 있어서, 굳이 우리말로 옮긴다면 '묘희(猫姬)' 정도가 될 것 같다. 고양이는 보들레르가 가장 애호하는 동물이다. 『악의 꽃』에는 '고양이(chat)' 또는 '고양이들(chats)'을 제목으로 삼은 시가 세 편이나 들어 있으며, 다른 시에서도 시인은 자주 사랑하는 여자를 고양이에 비유했다. 이 산문시도 처음에는 고양이에게 바치는 시로 쓰였지만, 〈라 프레스〉지에 발표할 때, 그 대상을 한 여성으로 바꾸었다. 그러나 개고된 시에서도 여자의 이름 "펠린"을 통해 고양이와 여자가 곧바로 연결된다. 시인 화자는 고양이의 눈을 바라보듯 여자의 눈을 바라본다. 고양이의 눈에서 시간을 보는 중국인들처럼 그도 고양이-여자의 눈에서 시간을 읽지만, 그러나 고양이의 눈으로 된 시계는 통상의 시계와 달리 문자판이 없다. 다시 말해서 시간이 분할되어 있지 않다. 시인은 고양이의 눈인 여자의 눈에서 분할되지 않는 시간, 곧 순간인 동시에 영원인 시간을 본다. 시인이 마주보는 여자의 눈은 지금 이 순간의 거울이면서, 그의 전생의 기억을 되살려내는 영원의 거울이다.

순간이며 영원인 이 시간은 아마도 시인이 『내면일기』의 「불화살」에서 썼던 것처럼 "시간과 공간이 한결 깊어지고, 생존의 감각이 무한히 증가하는 그런 생존의 순간들"에 해당할 것이며, 「시계」라는 동일한 제목을 지닌 『악의 꽃』의 시에서 시인을 위협하는 시간과는 대척점에 있을 것이다.

> 시간마다 삼천육백 번, 초는 조잘댄다,
> 잊지 말라!—지체 없이, 그 곤충의 목소리로
> 지금은 말한다, 나는 과거다,
> 내 더러운 대롱으로 나는 네 생명을 빨아올렸다!

그러나 시는 불길하게 끝난다. "어떤 귀찮은 녀석" "어떤 무례하고 너그럽지 못한 정령"과 "어떤 연득없는 악마"에 대한 상상은 이 구원된 시간이 불완전한 것임을 암시한다. 게다가 시인은 자기 자신을 비꼬며 이 시를 "마드리갈"이라고 부른다. 마드리갈은 경쾌하고 재치 있는 어조로 대개 여자를 유혹하는 내용을 담은 연시를 일컫는다. 이 연시의 의도는 실패한 것이 분명하다. 시인은 "그대에게 아무런 대가도 요구할 생각이 없다"는 말로 마무리를 하는데, 개와 달리 길들여지지 않는 고양이는 주인의 배려에 보답할 줄 모른다. 시인의 마드리갈은 초 단위로 분할되어 인간을 물질적으로 압박하는 산업사회의 시간을 잠시 잊기 위한 마취제에 불과한 것처럼 보인다. 이 점에서는 시인의 감미로운 도취를 방해하는 "어떤 연득없는 악마"의 무리도 시간에 대한 보들레르의 명철한 의식을 알레고리적으로 표현하는 존재들이라고 보아야 할 것이다. 그렇더라도 한 여자의 눈에 대한 매혹 어린 시적 예찬이 마지막 대목의 산문적·비평적 개입에 의해 완전히 부인되거나 사라진다고 말하는 것은 지나치다. 산문시는 시적인 것이 어떻게 산문의 사실성을 이기고 살아남는가를 알아보려는 실험대이기도 하다.

17. 머리타래 속의 지구 반쪽

〈현재〉, 1857년 8월 24일.

〈환상평론〉, 1861년 11월 1일.

〈라 프레스〉, 1862년 9월 24일.

보들레르에게서 여자의 눈이 그 흡인력과 거울의 기능에 의해 시간의 깊이를 나르시시즘과 연결시킨다면, 여자의 머리칼은 그 향기와 촉감으로 다른 나라의 다른 자연의 이미지를, 구체적으로는 열대 풍토의 이미지를 떠올리고, 이곳과 그곳의 통로가 될 항해의 기억과 몽상을 불러온다. 이 시는 흔히 『악의 꽃』의 두 시,

> 너의 향기에 매혹적인 풍토로 이끌린 나는
> 돛과 돛대 가득한 항구 하나를 보는구나,
> 바다의 파도에 그것들 아직도 온통 지쳐 있고

라는 시구가 포함된 「이국의 향기」와 다음의 5행 연이 포함된 「머리타래」에 비교된다.

> 둘러쳐진 어둠의 장막, 푸른 머리칼들아,
> 무한한 하늘의 창공을 너희는 내게 돌려주니,
> 휘감긴 너희 가닥가닥의 솜털 돋은 기슭에서
> 야자 기름과 사향과 역청의 냄새 어울린
> 그 향기를 맡으며 나는 뜨겁게 취한다.

특히 「머리타래」와 이 시 「머리타래 속의 지구 반쪽」은 주제의 면에서뿐만 아니라 형식의 면에서도 서로 짝을 이루어 대응한다. 운문시 「머리타래」가 일곱 연으로 구성된 것처럼 「머리타래 속의 지구 반쪽」도 일곱 개의 문단을 활용하고 있으며, 시상의 전개 방식이 동일하고, 리듬과 수사법에도 닮은 점이 많다. 운문시의 화려하고 거침없는 비유법이 산문시에서는 비교적 절제된 대신 감각의 표현은 그만큼 더 구체적이고 사실적이다. 이는 『악의 꽃』에 그 짝을 지니고 있는 산문시들, 또는 운문시와 산문시를 연결하는 이행기의 산문시들이 대체적으로 공유하고 있는 특징이다.

『악의 꽃』에서 「머리타래」가 '잔 뒤발 시편'으로 내내 분류되어 왔다는 점을 염두에 둔다면, 「머리타래 속의 지구 반쪽」도 그녀와 관련지어 생각할 수밖에 없다. 보들레르의 오랜 애인이며, 그와 만나고 헤어지기를 반복했던 잔 뒤발은 흑인의 피가 섞인 혼혈녀로 크게 성공하지 못한 연극배우였으며 마네를 비롯한 몇몇 화가를 위해 모델이 되기도 했다. 그녀에 대해서는 상이한 증언들이 많지만, 테오도르 드 방빌은 『나의 회고록』에서 그녀를 상당히 매혹적인 인물로 회고한다.

유색인 여자로, 키가 컸으며, 천진하고 화사한 갈색 얼굴에 심하게 곱슬곱슬한 머리를 이고 있었으며, 사나운 매력이 가득한 그 여왕의 자태에는 신령하면서도 동시에 동물적인 어떤 것이 들어 있었다.

방빌이 전하는 잔 뒤발의 모습은 보들레르가 한 여자의 육체에서 길어내는 열대의 자연과 야성의 풍토를 이해하는 데에 여러 층위에서 도움을 준다. 보들레르에게 사랑하는 여자는 상상의 풍경,

또는 기억의 풍경을 그 육체에 내장하고 있는 여자이다. 그 여자가 누구인지를 밝히는 일이 반드시 필요한 것은 아니지만, 그에게서 감각의 깊이에서 솟아올라 하나의 이미지로 펼쳐지는 내면 풍경은 자주 잔 뒤발의 육체와 연결되는 것이 사실이다.

18. 여행에의 초대

〈현재〉, 1857년 8월 24일.

〈환상평론〉, 1861년 11월 1일.

〈라 프레스〉, 1862년 9월 24일.

「시계」와 「머리타래 속의 지구 반쪽」에 이어, 「여행에의 초대」역시 여성의 육체와 내면 풍경의 조응이라는 주제를 다루고 있다. 여자가 한 풍토의 조응으로 구실하기를 넘어서 끝내는 그 육체 자체가 그 나라가 되고 그 풍경이 되고 그 여행의 수단이 되는 이 시는 필경 이 주제의 종합판이라고 말할 수도 있을 것이다. 『악의 꽃』에도 같은 제목으로 같은 주제를 다루고 있는, 두 해 먼저 발표된 시가 있다. 전문을 옮겨 적는다.

내 아이야, 내 누이야,
거기 가서 같이 사는
그 즐거움을 이제 꿈꾸어라!
느긋이 사랑하고,
사랑하다 죽고 지고,
그리도 너를 닮은 그 나라에서!
그 흐린 하늘의
젖은 태양은
내 정신을 호리기에도 알맞게
눈물 너머로 빛나는
네 종잡을 수 없는 눈의

그 신비하고 신비한 매력을 지녔단다.

거기서는 모든 것이 질서와 아름다움,
사치와 고요, 그리고 쾌락일 뿐.

연륜에 닦여,
윤나는 가구들이
우리의 방을 장식하고,
가장 진귀한 꽃들이
저들의 향기를
은은한 용연향에 뒤섞고,
호화로운 천장,
그윽한 거울,
동양의 찬란한 광채가 모두
거기에선 속삭이리라,
마음에게 은밀하게,
감미로운 저의 본딧말을.

거기서는 모든 것이 질서와 아름다움,
사치와 고요, 그리고 쾌락일 뿐.

보라, 저 운하에서
잠자는 배들을,
그들의 기질이야 떠도는 나그네,
세상의 끝에서
그들이 오는 것은

네 자잘한 욕망까지 채워주기 위해서지.
—저무는 태양이
보랏빛, 금빛으로
들판을 덮고, 운하를 덮고,
온 도시를 덮고,
세상은 잠든다,
따사로운 노을빛 속에서.

거기서는 모든 것이 질서와 아름다움,
사치와 고요, 그리고 쾌락일 뿐.

두 시는 주제가 전개되는 순서도 거의 동일하다. 두 시 첫 부분에서 시인은 어떤 이상향을 소개하고 사랑하는 여인에게 그 나라로 함께 떠날 것을 제안한다. 운문시는 그 나라를 "너를 닮은 그 나라"라고 말하지만, 산문시에서는 그 나라를 "참다운 코카뉴의 나라"라고 부른다. '코카뉴(cocagne)'는 원래 풍요로운, 먹고 마시는 향락의 시간을 뜻한다. 민간 축제 같은 데서 만날 수 있는 시간이다. 보들레르에게서 이 복된 시간의 나라는 시공에 대한 감각의 깊이가 확보되고, 무엇보다도 정신이 시간의 압박에서 벗어나 그 타고난 자유를 누리게 되는 자리이다. 시의 두번째 부분은 그 나라의 가구와 향기 들을 비롯한 사물들이 지니고 있는 정신적 조응의 힘에 관해 말한다. 시의 마지막 부분에서는 시인과 그의 애인을 그 나라로 실어갈 선박이 등장한다. 그 여행이 감행되지 않는다는 점에서도 두 시는 동일하다. 또한 산문시는 운문시의 유명한 후렴구—"거기서는 모든 것이 질서와 아름다움, 사치와 고요, 그리고 쾌락일 뿐"에 대해 비교적 자상한 설명을 늘어놓고, 이 주제로 시를 쓰게 된 동기를 서술하고 있어서, 이미 발표했던 운문시에 대한 해설처럼 읽히기도 한다.

그러나 운문시와 산문시의 내용이 완전히 같지는 않다. 운문시는 마지막 연에서 흔들리며 잠들고 있을 배들과 아름다운 저녁 하늘의 이미지를 통해 여행을 위한 준비가 완료되었음을 말하면서 동시에 그에 대한 유예와 망설임을 표현하는 데서 그치지만, 산문시에서는 이 여행의 꿈이 현실에서 실현될 수 없음을 명백하게 말하면서 사랑하는 여자의 육체와 그 조응의 힘으로 그 나라의 미덕과 재부를 대신하려 한다. 이 점은 산문시가 운문시에서 가장 신비로운 개념인 "동양의 찬란한 광채"로부터 "마음에게 은밀하게" 전달될 그 "본딧말"을 언급하지 않는 대신, "원예의 연금술사들"이 끝없는 탐구 끝에 발견할 수도 있을 "검은 튤립"과 "푸른 달리아"처럼 '개조되고 수정된 자연'에 대해 말하고 있다는 점과도 연결된다. 운문시가 말하는 "본딧말"은 언어 이전의 언어, 즉 사물이 사물로서 자신을 드러내는 능력과 사물과 사물이 서로 조응하는 능력 이외의 다른 것일 수 없다. 검은 튤립과 푸른 달리아처럼 개조되거나 수정된 자연은 시인 자신의 "정신이 그린 저 화폭"에 대한 통속적 이미지와 같은 것이며, 시인이 "나로 말하면, 내 검은 튤립과 내 푸른 달리아를 벌써 찾아내었다!"고 말하게 되는 이유도 거기 있다. 사실상 존재하지도 않을 그 나라로의 출발은 불가능하다고 해야겠지만, 정신과 감각의 끊임없는 앙양을 통해 그 나라의 꿈을 내내 간직하는 일은 언제나 가능하다. 여자의 육체는 그 나라의 조응물일 뿐만 아니라 정신과 감각을 앙양하기 위한 정신적이면서도 동시에 물질적인 수단이다. 이 점에서 보들레르가 강조하는 꿈은 좌절된 여행의 대체물에 그치는 것이 아니라 앙양된 정신이 그 나라와 맺는 관계에 대한 사실적 표현이다.

19. 가난뱅이의 장난감

〈라 프레스〉, 1862년 9월 24일.

아이들의 장난감에 대한 보들레르의 깊은 관심은 잘 알려져 있다. 이 산문시보다 구 년 먼저 발표된 「장난감의 모랄」에서 보들레르는 장난감에 대한 어린아이들의 열정에서 무엇보다도 "그들의 광범한 추상 능력과 높은 상상력"을 중요하게 여겼다. 장난감이 단순하고 보잘것없어도 아이들은 거기서 많은 것을 상상해낸다. "자신의 상상에 만족하는 이 능력은 그 예술 개념을 통해 아이의 정신성을 증명한다. 장난감은 아이가 예술로 들어가는 첫 입문이다."(전집 I, 583쪽). 이 산문시는 비교적 긴 에세이인 「장난감의 모랄」에서 그 일부를 발췌하여 산문시에 맞게 수정한 것이다.

시에서 "두 개의 세계, 곧 대로와 성관을 가르는 그 상징적인 철책"의 이쪽과 저쪽은 그 자체로 엄연한 사회적 계층을 나타낸다. 한쪽은 부유하고 건강하고 정갈하며, 다른 쪽은 가난하고 허약하고 더럽다. 제 호화로운 장난감에 싫증이 난 한쪽의 아이에게 다른 쪽의 아이가 제 생생한 장난감, 곧 "한 마리 살아 있는 쥐"를 보여준다. 두 아이는 함께 즐거워한다. 그들을 가르는 "상징적 철책"은 사라진 것처럼 보인다. 시의 마지막 문장에서 보들레르는 두 아이의 웃음을 말하며 '평등한'이라는 낱말을 이탤릭체로 써서 강조한다. 이 강조에는 명백하게 조소적인 뜻이 들어 있다. 그래서 어떤 비평가들은 한 마리 생쥐를 둘러싸고 두 아이가 공유하는 기쁨이 오래갈 수 없을 것이고, 아이들은 머지않아 각기 제자리로 돌아갈 것이며, 철책은 끝내 무너지지 않을 것이라고 말한다. 그러나 보들레르가 비웃는 평등과 철책을 사이에 두고 두 아이가 이룩한 평등이 반드시 같은 것은 아니다. 정치가들이나 사회운동가들이 입에 달고 사는, 그러나 한 번도 이루어진 적 없는 '평등'이 회의적인 시인에게 조소의 대상이 되는 것은 당연하다. 두 아이의 평등은 그와 다르다. 처지가 다른 두 어린아이가, 어떤 이론도 선입관도 없이, 얼핏 비루하게 보이는 장난감 하나를 매개로, 광범한 추상 능력과 높은 상상력을 증명이나 하듯이, 일시적으로나마 그렇게도 완벽하게 이루어내는 평등의 광경에 보들레르의 시선은 진지하다.

20. 선녀의 선물

〈라 프레스〉, 1862년 9월 24일.

동화적인 외관을 지니고 있는 시이지만, 그 이면에는 지극히 현실적인 주제가 감추어져 있다. 선녀들은 갓 태어난 아이들 하나하나에게 "그의 운명을 결정하고, 그의 행복에도 불행에도 똑같이 원천이 될 수 있는" 재능을 은혜로운 선물로 나누어주지만, 그 절차가 엄정하다고 할 수도 없고, 그 결과가 공정하다고 하기도 어렵다. 이를테면 돈을 벌 수 있는 능력이 부잣집 아들에게, 시를 짓는 능력은 "음울한 극빈자"의 아들에게 주어진다(작품에 제시되는 이 두 가지 예가 각기 축재와 예능에 관련된다는 점은 매우 흥미롭다). 이 점은 세계가 어떤 섭리에 의해 움직이는 것이 아니라 풍속과 도덕의 무질서에 의해 지배되고 있음을 말한다.

마지막 아이가 가까스로 또는 우연히 얻게 되는 천분, 곧 "*환심을 사는*" 재능은 이 무질서를 더욱 강조한다. 사람들을 기쁘게 하고, 그들의 환심을 사고, 인기를 끈다는 것이 어떤 재능의 결과일 때는 당연한 일이 되지만, 아무런 다른 재능도 없이 "사람들의 환심을 사는 천분"이 있다는 사실을 아이의 아버지인 구멍가게 주인은 믿을 수도 받아들일 수도 없는 것이다. 세상의 관행으로 볼 때 "흔해빠진 이론 벌레"일 수밖에 없는 이 아버지의 의혹은 자신의 운명에 대한 보들레르의 쓰라린 심정과 연결된다. 보들레르에게는 사람들의 환심을 사는 재능이 없었으며, 그는 타고난 능력과 이룩한 업적에 비해 제한된 명성과 초라한 보상밖에는 얻지 못했다. 그는 『내면일기』의 「불화살」에서 "사람들의 혐오감을 사는 귀족적 쾌락"에 관해 말하고, "증오에서 즐거움을 끌어내고 멸시를 받으며 자랑스럽게 여기는 저 행복한 성격"을 역설했지만, 자신의 불운이 거기서 비롯한다는 점을 그는 모르지 않았다.

대중의 인기는 덧없을 뿐만 아니라 부조리하다. "흔해빠진 이론벌레"나 "모든 것을 다 이해하려고 하는, 저 허영쟁이 프랑스인 소인배" 같은 말은 보들레르가 프랑스의 속물대중에게 퍼부을 수도 있는 멸시의 말이다. 그러나 보들레르가 저 부조리한 도덕적 무질서를 묵인하지 않고 그 시비를 따지게 된다면, 이 멸시의 말이 그 자신에게 되돌아올 수도 있는 처지이기에 시인의 심정은 이중으로 쓰라리다. 그는 외젠 슈나 빅토르 위고같이 대중에게 대대적인 인기를 누리는 저작자들에 비하면 구멍가게 주인이나 다름없었다.

21. 유혹
- 또는 에로스, 플루토스, 명예

〈내외평론〉, 1863년 6월 10일.

이 시도 앞의 산문시와 마찬가지로, 예술적 재능의 발휘와 그에 대한 정당한 보상과 관련된 사회적 여건을 알레고리의 수법으로 표현하고 있다. 어느 날 밤 시인에게 세 악마가 찾아온다. 지하 세계가 인간과 교통하기 위해 이용하는 "신비로운 계단"을 타고 올라와, 다시 말해서 무의식과 의식의 연결 통로인 꿈속에 나타나서, 시인에게 영혼을 팔라고 유혹하는 것이다. 쾌락과 재물과 명성의 유혹이라는 이 알레고리의 설정에는 사막에서 유사한 유혹을 받았다는 그리스도의 전설, 중세 마법사들의 전설, 그리고 특히 파우스트의 전설이 패러디의 형식으로 이용된다.

첫번째 악마는 쾌락과 성애의 알레고리인 에로스이다. 보들레르는 "사랑에 들어 있는 악마적인 면"(『내면일기』의 「불화살」)을 늘 강조하였으며, "영원한 비너스(변덕, 히스테리, 판타지아)는 악마의 유혹적인 모습 가운데 하나"(『내면일기』의 「벌거벗은 내 마음」)라고 쓰기도 했다. 악마가 허리띠 대신 두르고 있는 "아롱거리는 뱀"은 유혹의 고전적인 상징이지만 또한 남근으로 해석될 수도 있다. 이 뱀-허리띠에 걸려 있는 약병들과 칼과 외과 수술 기구들, 그리고 쇠사슬은 사랑이 고문이나 외과 수술과 유사하다는 보들레르의 생각을 나타난다. 『내면일기』의 「불화살」에는 다음과 같은 구절이 있다.

사랑은 고문이나 외과 수술과 심히 유사하다고 내 노트에 벌써 적어두었던 것 같다. 그러나 이런 생각은 매우 가혹하게 전개될 수 있다. 두 연인이 서로 홀딱 반해 있고 욕망에 가득차서 서로 탐할지라도, 둘 가운데 하나는 그때에도 다른 쪽보다 더 차분하고 덜 빠져 있기 마련이다. 이 차분한 남자 또는 여자가 수술자 또는 형리이며, 다른 쪽은 환자거나 희생자이다.

재물의 알레고리인 두번째 사탄은 전형적인 속물 부호의 모습과 몰인정한 착취자의 모습을 동시에 지녔다. 수많은 희생자들이 그 몸에 장식으로 그려지고, 그가 과시하는 "금속성의 텅텅거리는 소리"는 그 희생자들의 신음 소리로 이루어져 있다. 특히 그의 몸에 그려진 희생자들의 모습은 귀스타브 쿠르베의 그림 〈화가의 화실〉(1855)에서 왼편에 그려진 불행한 사람들의 군상을 연상시킨다. 이 그림의 오른편 끝에는 독서하는 보들레르의 모습이 그려져 있다.

마지막 악마인 여마두는 명예로 시인을 유혹한다. 명예의 알레고리는 입에 나팔을 물고 있다. 그것이 문학과 예술의 오랜 전통인 것은 공공건물을 장식하는 조각이나 벽화에서 이 나팔이 명예의 상징으로 자주 등장한다는 점에서도 알 수 있다. 그 소리는 하늘에까지 퍼져 울리고 "더없이 먼 행성에서 메아리로 반사되어" 다시 지상으로 내려온다. 그러나 이 나팔이 자주 "매음 나팔"로 바뀌어 세속과 영합한 자들의 허명을 퍼뜨리는 데 사용된다는 것을 보들레르는 알고 있다.

물론 이 유혹자들은 시인 그 자신의 욕망을 드러낸다. 그는 자기 어머니에게 "향락과 영예와 권력에 악마적인 갈증을" 느낀다고 쓴 적이 있다. 이 점은 꿈속에서 악마들의 유혹을 차례차례 물리친 시인이 잠을 깬 뒤에 그 제안들을 못내 아쉬워하는 정황과 연결된다. 보들레르는 문학으로 성공하여 쾌락과 명예와 재부를 누리는 꿈에 늘 젖어 있었지만, 그것을 얻기 위해 권력자들에게 아첨하거나 대중에게 영합하는 일은 없었다. 유혹자들이 제시하는 바와 같은 쾌락과 재부와 명성의 속된 성질이나 거기에 도달하는 길의 부패한 성격은 그의 도덕성이 거부하기 전에, 예술적 댄디로서의 그의 미적 감각이 용납할 수 없는 것이었다.

22. 저녁의 박명

이 시와 뒤이어지는 시 「고독」은 보들레르가 쓴 최초의 산문시로 알려져 있다. 이 산문시는 퐁텐블로 숲에 산책로를 조성했던 드느쿠르에 바치는 문집 『퐁텐블로』(1855년)에 처음 실렸다. 이 산문시는 그후 수정과 보충을 거쳐, 다음과 같이 발표됐다.

〈현재〉, 1857년 8월 24일.

〈환상평론〉, 1861년 11월 1일.

〈피가로〉, 1864년 2월 7일.

저녁 땅거미가 지는 시간은 보들레르에게 특별한 시간이다. 햇빛 아래 밝게 드러나던 인간의 정신이 "황혼의 부드럽고 어렴풋한 색조"를 띠게 되는 시적인 시간이기 때문이다. 그러나 이 시간에 모든 정신에 "드넓은 화평"이 깃드는 것은 아니다. 저녁의 박명은 고독하고 불행한 병인들의 정신적 신체적 불균형을 더욱 악화시키고, 신경증 환자들은 이유를 알기 어려운 불안과 공포에 시달리며 자신과 타인을 괴롭힌다.

그러나 "황혼 착란증" 환자들의 정신을 어둡게 하는 "밤"이 시인의 정신에는 "빛을 밝힌다". 그의 정신은 모든 구속으로부터 해방을 느끼며 '어둠의 빛'을 따라 시간의 깊이 속으로 내려간다. 황혼도 사라진 밤하늘, 곧 "밤의 그윽한 상복"은 별들과 함께 시인의 창조적 원기가 태어나는 자리이다. 『악의 꽃』 제3판에 실릴 예정이었던 시 「명상」은 이 산문시에 표현된 것과 같은 정서를 담아 운문시로 쓴 것이다. 이 산문시의 앞부분은 운문시보다 먼저 쓰였지만 뒷부분은 운문시 이후에 쓰였다.

얌전해져야지, 오 나의 고통아, 더 조용해져야지.
네가 저녁을 불러대더니, 이제 내려오는구나, 저길 보아라,
어두운 대기가 거리를 에워싸고, 어떤 사람들에게는 평화를,
또다른 사람들에게는 근심을 가져다주는구나.

죽어갈 인간들의 천한 무리가
인정머리 없는 저 망나니, 쾌락의 채찍에 몰려,
예종의 잔치판으로 후회를 주우러 가는 동안,
나의 고통아, 내 손을 잡아다오, 그들을 멀리 떠나,

이리 와다오. 보이지 않느냐, 죽은 세월들이 하늘의 발코니에서
해묵은 옷을 입고 굽어보고 있구나,
미소짓는 회한이 강물 깊은 곳에서 솟아오르는구나,

빈사의 태양이 무지개 다리 아래 잠드는구나,
들리지 않느냐, 사랑스런 고뇌야, 들리지 않느냐,
동방에까지 끌리는 긴 수의처럼, 다정한 밤이 걸어오는구나.

한편, 보들레르 연구자들은 시인이 자신의 친구들이라고 말한
두 "황혼 착란증" 환자에 대해, 그들이 한때 대중적 인기를 끌기도
했던 보헤미안 문인 샤를 라사이(1806-1843)와 판화가 샤를 메리
옹(1821-1868)일 것으로 추정하고 있다.

23. 고독

『퐁텐블로』, 1855년. (앞의 시 「저녁의 박명」 주해 참조.)

〈현재〉, 1857년 8월 24일.

〈환상평론〉, 1861년 11월 1일.

〈파리평론〉, 1864년 12월 25일.

모랄리스트로서의 보들레르의 태도를 보여주는 이 시는 앞에서 읽은 시 「군중」과 상반된 관점에서 쓴 그 보충이다. 홀로 있는 것을 두려워하지 않고 자신의 고독을 창조적 열정으로 채울 수 있는 자만이 군중을 즐길 수 있다. 홀로 있을 수 없는 자들은 무엇보다도 자신과 세상에 대한 성찰을 두려워하는 자들이다.

보들레르가 이 시에서 "우리네 수다스러운 족속들"을 말하며 우선 염두에 둔 사람은 필로센 부아예(1825-1867)일 것이라고 연구자들은 추정한다. 부아예는 열아홉 살에 3만 권이 넘는 책을 읽었으며 문학에도 높은 열정을 지닌 수재였지만 집중할 줄을 몰랐던 탓에 보들레르에게서 "천한 소서정시인"이란 말을 들을 만큼 이룩한 일이 별로 없었다. 보들레르의 친구 아슬리노가 전하는 바에 따르면, "다음번 혁명에서 필로센 당신은 단두대에 오를 것"이라는 보들레르의 핀잔에, 부아예는 "맞다, 그러나 그때에도 나는 황홀경 속에서 말을 할 것"이라고 대답했다. 보들레르가 다시 "아니다! 상테르의 북소리가 높아 당신이 말할 틈이 없을 것"이라고 대꾸하자, 부아예는 고개를 숙였다. 상테르(1752-1809)는 프랑스 대혁명에 참가한 민병대의 대장 가운데 한 사람이었다. 1793년 단두대에서 처형당하는 루이 16세가 민중들에게 장광설을 늘어놓자, 혁명군은 이를 막기 위해 상테르의 지휘 아래 북을 울렸다는 이야기가 있다.

보들레르가 인용하는 라브뤼예르와 파스칼의 말은 모두 자기 성찰을 두려워하여 고독을 피하려는 자들에 대한 경고이다. 이 인용 끝에 보들레르는 그 시대의 공상적 사회주의자들이 입에 붙이고 다니던 "*우애적*"이라는 말을 언급하여 그들의 성급하거나 성실성이 결여된 주장을 두 "현인"의 말과 대비시킨다.

24. 계획

〈현재〉, 1857년 8월 24일.
〈환상평론〉, 1861년 11월 1일.
〈파리의 삶〉, 1864년 8월 13일.
〈파리평론〉, 1864년 12월 25일.

현실의 삶은 늘 불충분한 것이어서 계획이나 몽상의 충분함과 대비된다. 행복의 계획만이 유일하게 진정한 행복이라는 낭만주의적 사고가 거기서 기인하지만, 그러나 이런 식의 발상법은 그 시대에도 벌써 진부한 것이었다. 보들레르는 상상의 해결책은 해결책일 수 없으며 실천 없는 몽상은 위험하다는 생각을 늘 지니고 있었다. 이 시는 현실과 몽상의 대립관계에서 몽상 예찬으로 끝나는 듯하지만, 시가 처음 발표되었을 때의 결론은 이와 전혀 다른 것이었다. 이 시의 첫 버전인 1857년 〈현재〉지의 텍스트는 다음과 같이 끝난다.

...몽상! 몽상! 언제나 저주받은 몽상!—그게 행동을 죽이고 시간을 잡아먹는구나!—몽상은 우리 안에서 준동하는 게걸스러운 짐승을 잠시 달랜다. 그것은 저 짐승을 달래주는 독, 그러나 먹여 기르는 독이다.

그 짐승을 빠뜨려 죽일 만큼 충분히 깊은 대접과 충분히 거친 단검을 어디서 찾아낼 것인가!

보들레르는 자주 자신의 게으름과 몽상의 습벽을 탓했다. 그는

1858년 5월 자기 어머니에게 보낸 편지에 다음과 같은 구절을 적어넣었다.

　　진실을 말한다면, 나는 나를 다그치는 모든 사람들이 내 뇌속에 어떤 견실함과 어떤 건강이 들어 있는지 짐작해야 할 의무는 없다고 고백해야겠습니다. 요컨대, 나는 내가 할 수 있었던 일의 범위를 겨우 밝혔을 뿐입니다. 잔인한 게으름! 끔찍한 몽상! 내 사고의 확고함은 그 실천에서의 내 어정거림을 생각할 때 고통스러운 대조를 구성합니다.

　　그러나 게으름과 몽상은 가난에 쫓기며 때로는 노예적으로 글을 써야 했던 그에게 휴식의 한 방법이자, 감정을 앙양하는 수단이기도 했다.

　　한편으로는 망상에 지나지 않는 계획들 가운데서도 열대의 풍경과 처소에 시인이 가장 오래 머물러 있다는 사실은 여전히 흥미롭다. 이 시가 북국과 극지에 더 많은 문장을 할애하는 다른 산문시「Any Where Out of the World(이 세상 밖이라면 어디라도)」와 자주 비교되는 것도 이 때문이다.

25. 아름다운 도로테

〈내외평론〉, 1863년 6월 10일.

보들레르는 스무 살이 되던 해인 1841년, 보헤미안 생활의 악영향에서 그를 끌어내고 싶어하는 가족들의 동의 아래 인도를 향한 여행길에 오른다. 그는 이 항해를 끝마치지 못하고 프랑스로 되돌아왔지만 이국의 풍경, 특히 적도의 풍취는 그의 문학에 깊은 자국을 남겼다. 『악의 꽃』 제3판을 위해 썼던 시 「어느 말라바르의 여인에게」와 「여기서 아주 먼 곳에서」처럼 이 산문시도 적도의 한 미녀를 그린다.

보들레르에게서 흑인 미녀의 이상형이라 할 수 있는 도로테의 자태는 「지나가는 여인에게」에서 그려지는 파리지엔의 모습과 비교될 만하다.

거리는 내 주위에서 귀가 멍멍하게 아우성치고 있었다.
갖춘 상복, 장중한 고통에 싸여, 후리후리하고 날씬한
여인이 지나갔다, 화사한 한쪽 손으로
꽃무늬 주름 장식 치맛자락을 살포시 들어 흔들며,

날렵하고 의젓하게, 조각 같은 그 다리로.
나는 마셨다, 얼빠진 사람처럼 경련하며,
태풍이 싹트는 창백한 하늘, 그녀의 눈에서,
얼을 빼는 감미로움과 애를 태우는 쾌락을.

한줄기 번갯불... 그리고 어둠!—그 눈길로 홀연
나를 되살렸던, 종적 없는 미인이여,
영원에서밖에는 나는 그대를 다시 보지 못하련가?

저세상에서, 아득히 먼! 너무 늦게! 아마도 영영!
그대 사라진 곳 내 모르고, 내 가는 곳 그대 알지 못하기에,
오 내가 사랑했었을 그대, 오 그것을 알고 있던 그대여!

　도로테도 파리의 미녀와 마찬가지로 "유럽이 여기저기 미술관
에 가둬놓은 대리석 여신들의 발"을 지녔다. 그녀들의 몸매는 조
각처럼 견고하고 균형이 있으며, 그녀들의 걸음걸이는 날렵하다.
보들레르는 도시의 여인과 적도의 여인을 모두 조각으로 그리지
만, 그 두 조각의 풍취는 다르다. 검은 상복을 입은 백인 여인과 달
리 도로테는 밝은 장밋빛의 명주옷을 입었으며, 그 검은 얼굴에
는 도시 여인의 베일 대신에 붉은 양산의 반사광을 둘렀다. 파리
의 여인은 장중하고 도로테는 교태가 넘친다. 파리의 미녀는 그 눈
에 "창백한 하늘"을 품고 회색 포도 위를 걷지만, 도로테는 "수직
의 무서운 햇살" 아래 눈부신 모래를 밟고 "나아간다". 번화한 거
리를 지나가는 파리의 미녀가 시인과 한 번 눈길을 교환할 뿐인 데
비해, 도로테는, 보들레르가 '나아간다(s'avancer)'는 동사를 세
번이나 쓰고 있는 것으로도 알 수 있듯이, 긴 시선을 누리며 미태
를 뽐낸다. 파리의 미녀는 현대적이고 문화적이지만, 도로테는 원
시적인 생명력을 뽐낸다.

　그러나 도로테가 완전히 천진한 것은 아니다. 그녀는 "노예에서
해방된 자랑보다도 칭찬받는 기쁨"을 더 크게 여기고, 유럽의 "무
도회"를 동경하며, 백인을 상대로 몸을 팔아야 하는 여자다. 게다

가 파리의 여인이 죽음의 "장중한 고통"을 몸에 두르고 있는 것처럼, 적도의 건강하고 명랑한 도로테도 지극히 현실적인 고통을 몸에 숨기고 있다. 이 흑인 미녀의 이상형은 "이제 자그마치 열한 살이 되어 벌써 성숙한, 그리도 아름다운 여동생의 몸값을 치르기 위해 한푼 한푼 돈을 모아야 하는 처지"이다. 그것이 이 시의 아이러니이다. 원시적이라 생각되는 세계에도 문명 세계와 똑같은, 어쩌면 더 악독한 사회적 갈등이 있으며, 그 갈등이 적도의 순결한 햇빛을 흐린다. 도로테는 시와 산문의 중간 지대를 지나간다.

26. 가난뱅이의 눈

〈파리의 삶〉, 1864년 7월 2일. 보들레르의 이름이 없이 실렸다.
〈파리평론〉, 1864년 12월 25일.

보들레르는 가난한 사람을 말할 때 특히 그 눈에 주목한다. 다른 산문시 「위조화폐」나 「가난뱅이들을 때려눕히자!」에서처럼 이 시에서도 가난한 가족의 시선에 대한 보들레르의 묘사는 인상적이어서 깊은 연민을 자아내게 한다. 그러나 가난한 자에 대한 연민은 이 시의 부차적인 주제에 불과하다. 시의 주안점은 "서로 사랑하는 사람들" 사이에서조차 쉽게 이루어지지 않는 소통의 어려움과 완전한 상호 이해의 불가능성에 있다. 소통과 이해의 단절은 무엇보다도 비어 있거나 닫혀 있는 정신에 그 원인이 있을 터인데, 보들레르는 이 시에서 "여성적 둔감함"을 그 예로 든다. 그 점은 한 쌍의 연인을 등장시키는 이 시에서 가장 찾기 쉬운 예가 그것이기 때문이기도 하겠지만, 보들레르의 잘 알려진 여성 혐오증에도 그 이유가 있을 것이다. 보들레르는 『현대 생활의 화가』에서 '여자'라는 존재를 설명하는 말 가운데 다음과 같은 구절을 적어넣는다.

신과 같이 무시무시하고 소통이 불가능한 존재(신이라는 무한은 유한을 눈멀게 하고 압도하기 때문에 유한에게 소통되지 않는 반면, 우리가 지금 문제삼는 존재는 소통할 것을 아무것도 지니고 있지 않다는 오직 그 이유 때문에 필경 이해 불가능하다는 차이가 있다).

이 시는 보들레르의 정치적 견해와도 무관하지 않다. 그의 시대에 민중주의자들이나 공상적 사회주의자들의 "독창적인 것이 전혀 없는" 정치적 프로그램은 모든 사람의 "모든 생각이 같아"지기만 하면 성공할 수 있었겠지만, "서로 사랑하는 사람들끼리도" 완전한 이해를 도모한다는 것이 그렇게도 어렵다는 점을 생각하면 한낱 망상에 불과하다. 보들레르는 1850년 나폴레옹 3세의 쿠데타 이후의 정치적 절망 상태에서도 젊은 날의 이상주의에 대한 향수를 완전히 버리지는 않았지만 민중주의자들의 정치적 낭만주의를 내내 경멸했다.

보들레르가 짐짓 길고 호사스럽게 묘사하는 "새로 개업한 카페"의 키치적 속성도 세상의 모든 사람들 간에 완전한 소통이나 이해가 불가능하다는 사실에 대한 하나의 미학적 알레고리이다. 신화적이고 시적인 존재들에 이르기까지 모든 미학의 이상이 상업적으로 동원된 그 내부 장식은 예술의 세속화가 사회적 몰이해의 다른 측면임을 말해준다. 그리스신화에서 헤베는 제우스와 헤라의 딸로 신들에게 넥타르를 따라주는 역할을 맡았으며, 가니메데스는 트로이의 미소년으로 제우스 또는 미노스에게 납치되어 역시 신들의 술시중을 들었다.

27. 비장한 죽음

〈내외평론〉, 1863년 10월 10일.

〈예술가〉, 1864년 11월 1일.

보들레르가 곡예사와 어릿광대의 삶으로 시인의 운명을 우의하고, 현대사회에서 가능한 예술의 의의를 묻는다는 점은 「늙은 곡예사」의 주해에서 이미 이야기한 바 있다. 이 시도 익살광대의 삶과 연희를 그리고 있지만 「늙은 곡예사」와 여러 면에서 다르다. 늙은 곡예사는 전성기를 보내고 대중의 망각 속에서 삶을 어렵사리 이어가고 있는 반면에 이 시의 익살광대 팡시울은 자기 예술의 절정에서 죽음 속으로 추락한다. 또한 늙은 곡예사와 대중의 관계는 추상적이지만, 이 산문시에서 팡시울과 국왕은 구체적인 갈등관계에 있다. 중요한 것은 이 갈등이며, 이 갈등을 빚어내는 두 사람의 성격이다.

시에서 숭고할 만큼 완벽한 예술가로 그려지는 익살광대 팡시울은 어린아이와 같은 속성을 지녔다. 그의 이름 팡시울(Fancioulle)이 우선 '어린아이'를 뜻하는 이태리어 fanciullo에서 비롯한다. "무덤가에서도, 무덤을 보지 못하게 막는 환희에 싸"일 수 있는 그의 재능은 두려움을 모르고 온갖 사물에 도취하며 세상을 경탄하며 바라보는 어린아이의 시선이 예술적 재능으로 드높여진 것이다. 보들레르는 『현대 생활의 화가』에서 "천재성이라는 것은 의도적으로 *되찾아낸 유년기(enfance retrouvée)*와 다른 것이 아니며, 이제 자신의 생각을 표현할 수 있을 만큼 튼튼한 신체 기관과 뜻 아니하게 축적된 자료의 총량을 정리할 수 있게 해주는 분석적인 정신을 부여받은 유년기와 다른 것이 아니다"라고 썼다. 그러나 광시울의 재능에는 이 '분석적 재능'이 끼어들 여지가 없다. 그는 기예나 계산에 의지하여 연기를 한다기보다는 자신이 구현하는 무대를 진정한 현실로 살고 있다. 최후의 연희에서 그가 표현하는 "등장인물 뒤에 배우가, 다시 말해서 기예가, 노력이, 의지가" 드러나지 않으며, "무엇인지 알 수 없는 특별한 은총으로, 가장 기괴한 광대놀음에까지 신령한 것과 초자연적인 것을 끌어"들인다. "거의 국왕의 친구 가운데 하나"였던 그가 국왕을 배반하게 되는 것도 미학적 이상이 아닌 세계에 대한 예술가의 근본적 반항과 "사회에 물어보지도 않고 사회의 이전(移轉)을 도모하고 싶어하는 이 우울증 기질의 분자들"의 정치적 음모를 혼동했기 때문이라고 보아야 한다.

'분석적 재능'은 바로 국왕의 재능이다. 미술의 열렬한 애호자이며 감식가인 그는 "지나친 감수성"을 지녔으며, 권태를 피하고 정복하기 위해 가장 섬세한 쾌락을 추구하는 분석의 괴물이다. 그는 『악의 꽃』에 수록된 네 편의 「우울」 가운데 세번째 시에 나오는 "어느 비 오는 나라의 왕"과 모든 점에서 같은 인물이다.

사냥감도, 매도, 발코니 앞에서 죽어가는 백성도,
어느 것 하나 그의 마음 흥겹게 하지 못한다.
총애하는 어릿광대의 기기묘묘한 발라드에도
이 잔인한 환자의 이맛살 이제 풀리지 않고.

왕은 모반 음모를 기화로 "*치명적* 흥미가 걸린 생리학 실험을 하여, 한 예술가의 평소 재능이, 이상한 상황에 처했을 경우, 그로 인해 어느 정도까지 변질되거나 변조될 수 있는지 확인하려" 한다. 도취의 재능이 분석의 재능을 이길 수 있는지 알려 하는 것이다. 팡시울은 목숨을 건 최후의 연희에서 "심연의 공포"를 가리는 "예술의 도취"로, "사람들의 마음을 두렵게 하고 정신을 마비시키는" 전제군주의 기술을 이기고, "무덤과 파멸의 관념을 말끔히 지워버리는 어떤 천국에 빠져, 희극을 연희할 수 있다는 것을 증명"하였으나, 왕의 간계에 의해 마지막 순간 도취의 집중력을 잃고 죽음 속으로 추락한다. 왕은 팡시울의 예술에 있어 비평적 자기검열에 해당한다.

이렇듯 팡시울과 왕은 각기 예술의 다른 면을 대표하며, 등뒤의 거울에 비친 서로의 뒷모습과 같다. 보들레르는 『내면일기』의 「불화살」에서 "문학의 두 가지 근본적인 자질, 곧 초자연주의와 아이러니"라고 썼다. 초자연주의에 물질의 법칙과 한계를 뛰어넘는 예술의 열광과 도취가 있다면 아이러니에는 예술의 창조력을 회의하고 분석하는 비평적 정신이 있다. 스타로빈스키는 『곡예사의 모습으로 그려진 예술가의 초상』에서 이 산문시와 관련하여 예술의 열광과 자기검열의 갈등에 비관적인 결론을 내린다.

보들레르는 예술을 자신의 이상으로 삼았지만, 미의 구원 능력을 회의한다. 심연을 내려다보는 정상에서, 예술가는 가장 감동적인 성공에서까지 끝없이 연약한 환영이다. 그는 휘파람의 공격을 *견디지* 못한다. 보들레르 그 자신의 가장된 자화상인 익살광대가, 가벼운 패러디의 형식 아래, 예술가를 위협하는 치명적 현기증을 그리게 되는 것은, 그가 감히 주인(아버지)의 목숨을 해치려 했기 때문만이 아니라, 예술의 허구성에 결부되어 있는 존재의 결여를 입고 있기 때문이다.

그러나 보들레르가 내내 잃지 않는 분석과 아이러니는 자신의 예술적 재능과 열광을 항상 최악의 조건과 대면시키려는 노력의 표현이다. 「비장한 죽음」의 화자로서 그는 아이로니컬한 문체로 광시울과 왕 양편의 정신을 추정하지만, 추락하기 직전의 광시울에게서 "아무에게도 보이지 않으나" 그에게는 보이는 "예술의 광채와 순교의 영광이 기묘한 아말감을 이루고 어우러진 후광"을 본다. 그는 예술이 이루는 한 번의 성공과 한 번의 실패를 동시에 볼 뿐만 아니라 그것들이 어떻게 동일한 것인가를 성찰하는 것이다.

28. 위조화폐

〈예술가〉, 1864년 11월 1일.

〈파리평론〉, 1864년 12월 25일.

〈19세기 평론〉, 1866년 6월 1일.

이 산문시는 보들레르가 1852년에 발표한 평문 「이교파」에 그 첫 얼굴이 있다. 위조화폐를 둘러싼 이 일화가 예술의 윤리에 관한 알레고리임은 이 평문의 다음과 같은 결론 부분을 통해 알 수 있다.

형식에 대한 절제되지 않은 취향은 괴물이나 다름없는 정체 불명의 혼란에 이른다. 올바른 것과 진정한 것에 대한 개념은, 정도의 차이란 것이 있기에, 아름다운 것, 괴이한 것, 예쁜 것, 회화적인 것에 들린 맹렬한 정염에 흡수되어 사라진다. (…) 예술에의 열광은 정신의 남용과 비견한다. 이 두 패권 가운데 어느 것이건 그것이 만들어내는 것은 우둔함, 무정함, 어마어마한 오만과 에고이즘이다. 나는 위조화폐를 받아든 어느 사기꾼 예술가가 이렇게 말하는 것을 들었던 기억이 난다. 간직해두었다가 가난한 사람에게 주어야지. 이 한심한 녀석은 가난한 사람에게 도둑질을 하면서 동시에 자선의 명성이라는 이득을 즐기는 사악한 쾌락을 움켜쥐려는 것이었다.

진실을 담보하지 않은 채 오직 문학의 외부적 장치로 독자를 미혹하는 글은 위조화폐와 다를 것이 없다. "올바른 것과 진정한 것"을 얻어내려는 고심이 없이 기이한 것이나 화려한 것에 방만하게 끌려가는 열정도, 그것이 어떤 지적 욕구의 소산이거나 기발한 가상으로 경이로운 사태를 창출하려는 의도에서 비롯된 것이라면 용서될 수 있다. 그 경우에 저자는 최소한 자신이 저지르는 허위의 악덕에 대한 명철한 의식을 지녔기 때문이다. 그러나 내용이 없는 데서 그치지 않고 내용 없음을 있음으로 가장하는 글은 자기 몫을 치르지 않고도 치른 것처럼 자기 자신까지도 속이는 위조화폐의 자선행위와 같다. 자각되지 않는 악은 결코 개선될 수 없다. 보들레르는 특히 무책임하게 인간성을 찬양하는 글에 대해, 그것이 일종의 사기이며 의식 없이 저질러지는 패덕이나 다름없기에 명철하게 자각된 악덕보다 더 나쁜 것이라고 자주 말했다. "자신이 악인 것을 아는 악은 악인 것을 모르는 악보다 덜 끔찍하고 치유에 더 가까이 있다. 조르주 상드는 사드보다 더 열등하다." 그가 라클로의 『위험한 관계』를 주석하면서 썼던 말이다. 또한 『악의 꽃』의 시 「돌이킬 수 없는 것」은 다음과 같은 두 시구로 끝난다.

　　유일한 위안과 영광
　　─악 속에서의 자각!

　이 산문시집 『파리의 우울』에서 보들레르는 줄곧 미학과 윤리가 빚어내는 갈등의 한가운데 있다. 그는 윤리적 관점에서 책임 없는 미학을 증오하고, 미적 관점에서 깊이가 결여된 윤리적 주장을 경멸한다.

29. 너그러운 노름꾼

〈피가로〉, 1864년 2월 7일.

〈19세기 평론〉, 1866년 6월 1일.

「너그러운 노름꾼」은 앞에서 읽었던 산문시 「유혹 또는 에로스, 플루토스, 명예」와 자주 비교되지만, 저 유혹자들과 이 시의 악마는 여러 점에서 다르며, 시의 주제도 같다고 말하기 어렵다. 부패한 세속인의 모습으로 나타난 유혹자들은 그들이 각기 대표하는 쾌락과 부와 명예를 삶의 가장 높은 목표로 떠받들고 그들 스스로 거기에 탐닉하는 반면, 이 "장엄한 지하 소굴"의 주인에게 그 모든 세속적 가치는 "권태라는 그 괴이한 질환을" 완화하고 극복할 수 있는 수단일 뿐이다. 그의 태도는 기대했던 모든 것에서 실망을 맛본, 이른바 '환멸의 댄디'와 같다. 문학과 예술의 전통에 비춰볼 때도 그가 여느 악마와 닮은 점은 도박을 통해 인간의 영혼을 거래한다는 것뿐이다.

이 신사 악마가 거주하는 지하 처소는 「이중의 방」에서 말하는 "진정으로 *정신적인 방*"과 다르지 않다. "지극히 섬세하게 골라낸 미세한 향기가 아주 가벼운 습기를 머금고" 공기 속에 떠도는 저 정신적인 방에서 "졸고 있는 정신은 온실의 감각에 실려" 흔들거리고, "어떤 감미로운 분위기가 지배"하고 "삶의 삭막한 공포를 거의 순식간에 모두 잊게 해"주는 이 지하 처소의 남녀들은 "일종의 음울한 지복을 호흡"하며 만사를 잊고 있다. 보들레르가 여기서 언급하는 "로터스 열매를 먹은 뱃사람들"은 그 최초의 전거가 호메로스의 『오디세이아』에 있다. 바다에서 떠돌던 오디세우스의 부하들은 어느 섬에서 로터스 열매를 먹게 되자 고향으로 돌아갈 의지를 잃는다. 오디세우스는 그들을 강제로 배에 태울 수밖에 없었다(『오디세이아』, 제9곡). 로터스 열매를 먹으면서 그들이 체험했을 지상의 쾌락을 보들레르는 여기서 권태에서 해방되는 쾌락으로 해석하고 있다.

악마는 쾌락주의자이면서 동시에 학자의 면모를 지녔다. 중요한 것은 "진보와 완전가능성"에 대한 악마의 생각이다. 악마는 "인간 족속이 뿜내는 자기만족의 가지가지 형태"의 하나일 뿐인 이 진보의 이념을 조롱과 농담의 대상으로 삼고, 시인은 이에 동의한다. 진보에 대한 악마의 견해는 인간이 그 문명에서 어떤 발전을 이루더라도 원죄에서 벗어날 수 없으며, 따라서 권태에서 해방될 수 없다는 보들레르의 생각을 대변한다.

보들레르가 여기서 '완전가능성'을 언급하고 있다는 점은 매우 흥미롭다. 『인간 정신의 진보에 대한 역사도표 요강』에서 인간 문명의 완성과 더불어 인간 개개인의 인격이 완성될 가능성이 있다고 전망했던 니콜라 드 콩도르세(1743-1794)는 보들레르의 친부 조세프 프랑수아 보들레르(1752-1827)와 친교가 있었으며, 대혁명의 공포정치하에서 지롱드 당원이었던 그가 감옥에서 죽기 직전 면회를 했던 사람 가운데 하나가 바로 프랑수아 보들레르였던 것으로 알려져 있다. 이 사실을 모르지 않았을 보들레르가 인간과 그 문명의 완전가능성을 부정할 때 그에게는 애석한 마음이 없지 않았을 것이다.

특히 악마가 시인에게 "지금까지 인간의 두뇌를 차지해왔던 상이한 철학들의 부조리함을 설명하고, 몇몇 기본 원리를 은밀하게 일러"줄 때, 인간의 학식에 대한 악마의 견해는 푸코가 말하는 '지식의 고고학'에서 그렇게 멀리 떨어진 것이 아니다. 악마는 인간이 진보한다는 주장을 조롱하지만, 이 진보설이야말로 악마가 자신의 "가장 교묘한 술책"을 펼칠 수 있는 전략 지점이다. 진보의 신봉자들은 악마를 믿지 않기 때문이다. 보들레르가 『악의 꽃』에 붙이려고 계획했던 "서문의 초안"에는 다음과 같은 구절이 있다.

신을 믿기보다 신을 사랑하기가 더 어렵다. 반대로, 이 세기의 사람들에게는 악마를 사랑하기보다 악마를 믿기가 더 어렵다. 세상의 모든 사람이 악마에게 봉사하면서도 악마를 믿는 사람은 아무도 없다. 악마의 탁월한 책략.

시인의 반수면 상태의 기도, "신이시여! 나의 주, 신이시여! 악마가 내게 그 약속을 지키게 해주옵소서!"는 아이로니컬하지만 높은 사실성을 지닌다. 한 인간이 신에게 어떤 기도를 올리더라도, 그를 특별히 편들어 그 기도에 응답하는 것은 악마일 것이기 때문이다. 마찬가지로 시인이 시를 쓰면서 어떤 신성한 것을 목표로 삼는다고 하더라도, 그에게 창작의 지혜와 기예를 제공하는 것은 악마일 것이다. 시인이 악마와의 도박에서 영혼을 잃고도 태연할 수 있었던 것은 중요하게 여기는 것이 아무것도 없는 한 댄디의 권태감 때문이기도 하지만, 시 창작의 능력이 곧 악마의 능력이라는 생각에도 원인이 있을 것이다.

30. 끈
- 에두아르 마네에게

〈피가로〉, 1864년 2월 7일.

〈예술가〉, 1864년 11월 1일.

〈사건〉, 1866년 6월 12일.

한 편의 잔인한 콩트인 이 산문시는 1859년에서 1860년에 걸치는 어느 시기에 화가 마네의 아틀리에에서 실제로 일어났던 사건을 다루고 있다. "인간들 상호 간의 관계나 인간과 사물의 관계"에서 인간들이 지닌 일반적 관념이나 자연스럽다고 여겨지는 감정들이 실은 착각에 불과하고, 모성애조차 예외가 아니라는 이 글의 주제는 보들레르의 여성관과도 연결된다. 타락한 모성애는 '자연 그대로인 여자'가 저지르는 자연 그대로의 악덕인 것이다. 그러나 산문시 「끈」은 이 주제를 넘어서서, 자살한 한 소년의 주검과 그와 연결된 정황에 대한 생생한 묘사로도 깊은 인상을 남긴다.

보들레르는 이 시를 〈예술가〉에 발표할 때 마지막 부분에 다음과 같은 구절을 덧붙였다.

"그럴 만도 해!—내가 친구에게 대답했다—목매단 끈 1미터면, 사가는 사람 형편에 따라 값이 들쑥날쑥하겠지만, 평균 잡아 10센티미터당 100프랑을 쳐도, 1000프랑이니, 그 가난한 어머니에게는 실제적이고, 효과적인 위안이 되겠구먼!"

이 구절은 세번째 발표지인 〈사건〉에서 다시 지워졌다.

마네는 보들레르와 교류를 시작한 1859년경부터 이 산문시에 등장하는 소년을 모델로 그림을 그렸다. 1859년의 미술전에서 낙선한 〈압생트 술꾼〉, 1861년에 전시된 〈기타리스트〉 등이 거기 해당한다. 보들레르가 그의 미술비평 「화가들과 부식동판 화가들」에서 〈기타리스트〉에 대해 언급한 것은 1862년이다. 마네가 보들레르의 애인 잔 뒤발의 초상화(부다페스트 미술관 소장)를 그린 것은 그의 그림 〈풀밭에서의 식사〉가 미술전 낙선자 전람회에서 스캔들을 일으킨 1863년경인 것으로 알려져 있다.

자식의 죽음을 이용하여 이득을 취했던 어머니의 이야기는 「끈」이전에 쓰인 다른 작가들의 작품에도 나온다. 방빌의 시집 『술잔의 피』(1857)에 실린 「키프리스의 저주」에서는 어린 창녀가 병들어 죽자 그녀의 포주이자 어머니인 여자는 딸이 죽음 직전까지 탕약을 떠먹던 숟가락까지 팔아버리며, 발자크의 소설 『황금빛 눈의 소녀』에서는 주인공 황금빛 눈의 소녀가 동성애 관계에 있던 후작부인에게 살해되자 그 진상을 알고 있는 소녀의 어머니는 금화 한자루를 받고 입을 다문다.

한국의 소설에도 「끈」을 연상케 하는 이야기가 있다. 박경리의 『토지』 제1부에서, 살인죄로 처형된 김평산의 부인 함안댁이 자결한 후, 마을 주민들은 그녀가 목을 매었던 감나무 가지를 다투어 꺾어간다. 감나무는 앙상하게 둥치만 남는다.

31. 소명(召命)

〈피가로〉, 1864년 2월 14일.

이 산문시는 1864년 5월 28일 자 〈퀴세와 비시 주간〉에도 재수록된 것으로 알려졌으나 현재 이 간행물은 일실된 상태다. 또한 보들레르는 이 산문시를 1864년 1월, 〈자유평론〉에도 보냈지만, 이 잡지의 편집자는 "하녀와 하룻밤을 보내면서, 그 팔과 가슴이 다른 여자들보다 더 통통하고, 머리칼에서 체취가 나고 등등을 알아차리는 열 살 아이는 열 살 아이일 수 없다"는 이유로 게재를 거부했다.

보들레르는 아이에게 그 미래의 어른이 이미 예정되어 있다고 생각했다. 「어느 아편 복용자」의 제4장에는 다음과 같은 구절들이 있다.

어린아이의 이런 작은 슬픔, 이런 작은 기쁨은, 섬세한 감수성에 의해 측량할 수 없이 부풀어, 나중에 자기도 모르는 사이에 어른 속에서 한 예술작품의 원리가 된다. 요컨대, 좀더 간략하게 표현하자면, 한 성인 예술가의 작품과 그가 어린아이였을 적의 심적 태도를 철학적으로 비교함으로써, 천재란 분명하게 형식을 얻은 소년기, 이제 자기를 표현할 수 있을 만큼 씩씩하고 강한 신체조직을 갖춘 소년기임을 증명하기는 쉽지 않겠는가?

이 생각은 『현대 생활의 화가』에서 더 구체적으로 전개된다(「비장한 죽음」 주해 참조).

시에 등장하는 네 아이의 성향은 서로 다르다. 첫째 아이는 연극에, 특히 비극에 홀려 있다. 둘째 아이는 신령한 것을 동경하며, 다른 아이들이 보지 못하는 "신"을 본다. 셋째 아이는 때 이르게 깨어난 성적 관능에서 경이를 체험한다. 마지막 넷째 아이는 자신이 "있는 곳이 아닌 다른 곳"을 그리워하며, 유랑의 삶과 예술에 대한 열정을 드러낸다. 시인은 넷째 아이에게 제 형제를 보는 듯한 공감을 느낀다고 말하고 있지만, 다른 아이들도 저마다 예술적 천품의 일면을 대표하고 있는 것이 사실이다. 연극에 대한 열정은 일상적 현실보다 더 강렬한 삶에 대한 갈망의 표현이며, 신성에 대한 동경은 예술 창조의 근원적 동기와 연결될 것이며, 육체적 관능은 정신과 물질을 연통하는 감수성의 기본 동력이다.

이 아이들의 열정은 보들레르에게 낯선 것이 아니었을뿐더러 자전적인 성격을 띠기까지 한다. 『내면일기』의 「벌거벗은 내 마음」에는 다음과 같은 구절이 있다.

> 어린아이였을 때, 나는 때로는 교황이, 그것도 군인 교황이 되고 싶었고, 때로는 배우가 되고 싶었다.
> 이 두 환각에서 내가 끌어냈던 쾌락.

그는 같은 글에서 자신의 신비적 경향에 대해서도 말했다.

> 어린 시절부터, 신비성에의 경도. 신과 나눈 나의 대화.

『내면일기』에는 또한 조숙하게 깨어난 관능에 대한 고백도 있다.

> 여자들에 대한 조숙한 취향. 나는 털가죽의 냄새를 여자의 냄새와 혼동했다. 생각이 나는데... 요컨대, 나는 어머니를 그 우

아한 자태 때문에 사랑했다. 나는 그러니까 조숙한 댄디였다.

네번째 아이는 일상생활을 견디지 못하고 험난하지만 자유로운 삶을 찾아 유랑을 꿈꾼다는 점에서뿐만 아니라 "*이해받지 못하는 자*"라는 점에서도 시인의 '형제'이며, 『악의 꽃』의 「축복」에 나오는 어린 시인과 같은 아이다.

그는 바람과 놀고, 구름과 말하고,
십자가의 길을 노래하며 도취한다.
그리하여 순례길에 그를 따르는 정령은
숲의 새처럼 명랑한 그를 보고 눈물짓는다.

그가 사랑하려는 자들은 모두 두려운 마음으로
그를 감시하고, 혹은 그의 조용함에 담이 커져,
그의 비명을 자아내려고 앞을 다투며,
저들의 잔학함을 그에게 시험한다.

이 아이가 말하는 세 방랑악사에 관해서는, 오스트리아의 시인 니콜라우스 레나우(1802-1850)의 시 「세 사람의 집시」에 동일한 에피소드가 있다. 보들레르는 작곡가 프란츠 리스트의 연구서 『헝가리의 집시들과 그들의 음악』(1859)에서 이 시를 읽었을 것으로 추정된다. 리스트는 이 책 한 부를 보들레르에게 증정했다(다음 시 「바쿠스의 지팡이」 주해 참조). 보들레르는 『악의 꽃』의 시 「길 떠나는 집시들」에서도, 『인공 낙원』의 「술과 해시시에 대해서」에서도 방랑생활을 찬양했다. 방랑 기질이 예술 창조의 기본 자질이었던 예술가들은 적지 않다.

32. 바쿠스의 지팡이
— 프란츠 리스트에게

〈내외평론〉, 1863년 12월 10일.

보들레르는 1861년에 발표한 『리하르트 바그너와 파리에서 공연한 〈탄호이저〉』에서 리스트의 논문 「로엔그린과 탄호이저」(1851)를 찬양하는 어조로 길게 언급했으며, 그 소책자 한 부를 리스트에게 보냈다. 리스트는 팔 년 후 자신의 저서 『헝가리의 집시들과 그들의 음악』을 보들레르에게 보냈다(「소명」 주해 참조). 보들레르와 리스트가 대면한 기간은 길지 않았지만, 작곡가는 내내 시인의 옹호자로 남았다.

이 시에서 보들레르는 작곡가 프란츠 리스트에게 보내는 편지의 형식을 빌려 그를 예찬하는 동시에, 예술의 형식과 내용에 대한 자신의 생각을 피력하고 있다. 그 중심에는 '바쿠스의 지팡이(Thyrse)'가 있다. 단단한 막대기와 그것을 둘러싼 꽃 핀 넝쿨, 분리할 수 없는 그것들은 각기 의지와 환상, 의도와 표현, 남성적 요소와 여성적 요소를 나타냄으로써, 리스트의 "놀라운 이중성의 표상"이 된다. 보들레르가 리스트를 일컬어 "신비롭고 정열적인 미(美)를 섬기는 바쿠스 사제"라고 부를 때, 그는 이 음악가의 예술을 니체식으로 말해서 '디오니소스적 예술가'로 규정하는 것 같지만, 의지와 의도와 단일한 목적이라는 아폴론적 요소가 분리할 수 없는 방식으로 거기 들어 있다. 리스트의 음악은 이렇게 관능과 고뇌라고 하는 상반된 두 요소가 "아말감"을 이루고 있기에, 그 창조자에게 "가수, 철학자, 시인 그리고 예술가"로서 불멸의 생명을 얻어주는 것이다.

보들레르는 「어느 아편 복용자」에서 드퀸시의 문체를 설명하며 동일한 예술관을 말하고 있지만, 바쿠스의 지팡이가 지닌 상징체계를 음악에 결부시키려는 생각은 디드로의 『라모의 조카』에서 그 최초의 착상을 얻은 것으로 추정된다. 이 소설에서 낭인 예술가 '라모의 조카'는 '철학자'와 노래에 관해 토론하며, 다음과 같이 말한다.

낭송을 하나의 선이라고 한다면, 가곡은 이 첫번째 선 위로 구불구불 흘러가는 또하나의 선으로 간주해야지요. 가곡의 원형인 이 낭송이 강렬하고 진실할수록, 거기에 부합하는 가곡은 더욱더 많은 점에서 이 낭송과 교차할 거라고요. 가곡이 진실할수록 더욱더 아름다울 거고.

보들레르는 이 소설이 풀레말라시 출판사에서 재출간되었을 때, 그 책 한 부를 자기 어머니에게 선물했다.

이 산문시에는 두어 개의 낯선 낱말이 들어 있다. '판당고'는 캐스터네츠 반주에 맞춰 추는 8분의 6박자의 스페인 무용이며, '피루엣'은 발레에서 한 발을 축으로 선회하는 동작이다. '감브리누스'는 샤를마뉴 시대에 플랜더스 지역을 다스렸다고 하는 전설의 왕으로, 맥주 제조법을 발명했다고 전해진다. 따라서 "감브리누스가 위안을 베푸는 꿈나라"는 맥주의 나라인 독일 연방국들이다.

33. 취하라

〈피가로〉, 1864년 2월 7일.

도취는 보들레르의 중요한 주제 가운데 하나이다. 『악의 꽃』에서는 술에 관한 시 다섯 편을 한데 모아 '술'이라는 부 하나를 만들고 도취가 어떻게 용기의 가장 확실한 근원일 수 있는가를 말했으며, 『인공 낙원』에서는 인간의 개성을 확장하고 앙양하는 수단으로서의 해시시와 포도주를 이야기하며 도취를 "인간이 과도하게 시적으로 발전한 상태"라고 정의했다. 그가 보기에, 시간은 인간과 시인의 '원수' 그 자체는 아니라 해도, 그 원수가 기승하는 자리이자 전술의 토대이다. 이 시간을 잊고 인간 생존의 협소한 조건에서 비록 일시적이나마 해방될 수 있는 유일한 길을 그는 도취에서 발견한다. 『파리의 우울』에서도 「이중의 방」 「시계」가 모두 도취와 관련된 시이지만, 시간의 심연 앞에서 도취의 시적 상태를 가장 극적으로 연출하는 것은 저 「비장한 죽음」의 팡시울이다. 이 광대는 "무덤가에서도, 무덤을 보지 못하게 막는 환희에" 빠져 예술의 도취가 "다른 어느 도취보다도 더 심연의 공포를 가리기에 알맞다는 것을" 증명할 정도에까지 이른다.

팡시울에게서도 보들레르에게서도 도취는 자아집중의 다른 이름이다. "언제나 취해 있어야 한다. 모든 것이 거기에 있다." 「취하라」를 시작하는 이 두 문장을 보들레르는 「벌거벗은 내 마음」에서도 조금 다르게 썼다.

자아의 확산과 집중에 대해서. 모든 것이 거기 있다.

도취의 두 가지 모습인 집중과 확산은 군중에 대한 보들레르의 태도와도 관련된다. 「군중」에서 말하는 것처럼, 군중 속에 파묻혀 "고독하고 사색에 잠긴 산책자"가 그 "생명력의 잔치를" 즐기며 "이 보편적인 합일에서 독특한 도취를 끌어"낼 때, 그에게는 자아의 확산과 집중이 거의 구별되지 않는다. 시인이 자신의 상상력 속에 수많은 사람을 끌어들일 때도, 거리에서 자신을 수많은 사람들에게 나누어줄 때에도, 그는 다른 시간을 체험한다. 예술적 재능이란 이 시간을 다른 시간으로 만드는 기술이다.

그러나 자아집중이 늘 어떤 정도의 도취에 이르는 것이 사실이라 하더라도, 도취가 항상 자아집중에 이르는 것은 아니다. 술과 시와 미덕에 의한 도취는 때때로 자아집중의 긴장을 회피하는 수단일 때가 많다. 라바르트는 그의 『샤를 보들레르의 산문시집―파리의 우울』에서, 『파리의 우울』에 나타나는 미학과 윤리의 갈등에 관해 이야기하던 끝에 다음과 같이 쓴다.

「취하라」 같은 작품도 모든 치료제(술, 시, 미덕)에 대한 역설적 금지로 읽힐 수 있다. 시인은 그 치료제들을 "시간"의 노예가 된 프롤레타리아의 진정제로밖에는 여기지 않기 때문에, 그것들을 절대적 치료제로 삼기를 거부한다.

34. 벌써!

〈내외평론〉, 1863년 12월 10일.

　낭만주의 시대의 문학에서, 그리고 특히 보들레르의 저작에서 바다의 주제는 매우 중요한 자리를 차지한다. 『악의 꽃』의 시에서는, 「전생」「인간과 바다」「머리채」「셈페르 에아뎀」「모에스타 에 라분타」 등에, 『파리의 우울』에서는 「예술가의 *고해기도*」「달의 혜택」「항구」 등에 바다의 깊이와 그 끝없는 변화에 대한 크고 작은 언급이 있다. 또한, 이미 「예술가의 *고해기도*」를 주해하면서 인용한 바 있는 「벌거벗은 내 마음」의 한 구절은 이 산문시의 내용과도 연결된다(「예술가의 *고해기도*」 주해 참조).

　그러나 이 바다들이 모두 해안에서 바라본 바다들인 데 비해 이 산문시 「벌써!」의 바다는 시의 화자가 항해중에 체험한 바다이다. 보들레르가 가족의 권유에 따라 1841년부터 그 이듬해에 걸쳐 인도로 가는 배에 몸을 실었던 경험이 이 시에 서술되었을 것으로 흔히 추정되지만, 당시 보들레르는 이 시에서와는 달리 긴 항해를 견디지 못하고 모리셔스 섬에서 프랑스로 되돌아갔다.

　이 시에서 항해는 인간들과 바다를 비교할 수 있게 하는 중요한 모티브가 된다. 항해중에 승객들의 태도에는 일관성이 없다. 승객들은 저마다 신음하고 불평하며, 어떤 자들은 항해의 고통 속에서, 떠나기 전 별로 사랑하지도 않았던 가족들을 그리워한다. 그러나 "해안이 보인다는 신호"가 오자마자 그들의 기분은 변하고, 상호간의 "모든 싸움은 잊히고, 서로 저지른 모든 잘못은 용서"되며, "약정된 결투는 기억에서" 지워지고, "원한은 연기처럼" 날아간다. 반면에 "기괴하게도 유혹적인" 바다는 "무시무시한 단순성"
으로 무한하게 변화하면서도 늘 한결같으며, "살았던, 살고 있는,
살게 될 모든 영혼의 기분과 단말마의 고통과 법열을 제 속에 간직
하여, 제 유희와 제 거동과 제 노여움과 제 미소로 표상하는 것만"
같다. 인간들이 눈앞의 한 조각 시간에 올고 우는 데 비해 바다는
과거에서 미래에 걸쳐 인간의 삶이 도달할 수 있는 가능성 전체를
끌어안고 있다.

　마지막 연에서는 배가 이윽고 도달할 "풍요롭고 찬란한 육지"
에 대해 말한다. 그 육지에서 "생명의 음악이 애정의 속삭임을 타
고" 인간들에게 전달되지만, 이 기쁨은 바다가 다른 것들과 함께
표상하는 "법열"에 비하면 지극히 미미한 것일 뿐이다. 눈에 보이
는 육지의 행복은 그것이 아무리 찬란하고 풍요롭다고 해도 바다
가 간직하고 있는 보이지 않는 것에 비교될 수 없다. 보이는 것과
보이지 않는 것의 이 관계는 다음 시 「창문들」에서 인간사의 구체
적인 국면을 통해 다시 서술된다.

35. 창문들

〈내외평론〉, 1863년 12월 10일.

『파리의 우울』에서 가장 아름다운 시에 속하는 이 소품 걸작은 "닫힌 창을 바라보는 사람"이 "열린 창문을 통해" 바라보는 사람보다 더 많은 것을 본다는 역설로, 눈에 보이는 작은 세계는 보이지 않는 어두운 세계의 일부일 뿐이라는 상징주의적 세계관을 드러내면서, 개인과 타자들의 관계, 현실과 상상력의 관계에서 이를 다시 성찰한다. 인간의 삶은 밝은 햇빛 아래서만 이루어지지 않는다. 살면서 꿈꾸고, 살면서 고뇌하는 생명이 밖으로 내보이려 하지 않는, 또는 내보일 수 없는 모든 것을 담고 있는 "어둡거나 밝은 구멍", 곧 "닫힌 창"의 풍요로움과 깊이에 버금하는 것은 인간의 상상력밖에 없다. 내밀한 삶 속에 있는 인간들은 내밀한 상상력을 통해서만 간혹 서로 만날 수 있을 것이다.

높고 낮은 "지붕들의 물결"은 시인과 그 사색의 대상이 되는 "중년 여인"과의 거리를 나타낸다. 이 거리는 시인이 외부세계와의 관계에서 유지하려는 간격일 수도 있다. 시인이 그녀에게서 볼 수 있는 것은 "벌써 주름살이 지고 가난하고, 항상 무엇엔가 엎드려" 있으며, "한 번도 외출을 하지 않는"다는 것밖에 없다. 이 보잘것없는 사실로, "거의 아무것도 없이", 시인은 그녀의 "이야기를, 아니 차라리 그녀의 전설"을 꾸며낸다. 시인이 꾸며낸 바가 그녀의 '이야기', 곧 그녀의 역사인 것은 매우 빈약한 사실일망정 사실에 그 기초를 두고 있기 때문이며, 그것이 '전설'인 것은 그 내용의 대부분이 시인의 상상력에 입각한 것이기 때문이다. 시인은 이

'이야기' 또는 '전설'을 자신이 타인들 속에서 "살았고 괴로워"했다는 사실에 대한 증거로 여기면서 흡족한 마음으로 잠자리에 든다. 중요한 것은 시인이 타인들의 삶 속에 들어가면서 동시에 자기 자신으로 남으려는 모순된 열정이다. 보들레르는 『내면일기』의 「벌거벗은 내 마음」에서 다음과 같이 썼다.

> 인간의 마음속, 저 물리칠 수 없는 매음 취향, 고독에의 공포가 거기에서 태어난다―인간은 둘이 되고 싶어한다. 재능 있는 인간은 홀로이기를, 요컨대, 고독하기를 바란다.
> 영광이란 어디까지나 홀로 있다는 것이며, 특별한 방법으로 매음한다는 것이다.
> 고독에 대한 이 공포, 외부의 육체를 통해 *자아*를 잊어버리려는 욕구, 바로 그것을 인간은 고상하게 *사랑하려는 욕구*라고 부른다.

재능 있는 인간의 "특별한 방법"을 통한 매음은 고독을 지키면서도 자신의 생각을 다른 사람들로 가득 채우는 자기확산과 집중의 기술이며, 타인들의 은밀한 삶을 자신의 상상력 속에 동화하는 인간관계의 예술적 실천일 것이다. 이 기술과 실천의 진실성을 문제삼는 의혹에 대해, 보들레르는 "그것이 내가 살도록 도와주고, 내가 존재한다는 것을, 내가 무엇으로 존재한다는 것을 느끼도록 도와주기만 하였다면" 외부의 현실이 "무슨 상관"이냐고 도리어 묻는다. 이 반문에는 물론 '외부의 현실', 다시 말해서 '눈에 보이는 현실'이 정말로 진정한 현실인가를 먼저 물어야 한다는 주장이 깔려 있다. 현실은 인간이 타인과 교섭하기 위해서도 중요하지만, 홀로 떨어져 고독을 지키려는 자에게도 중요하다. 현실의 어두운 깊이가 없다면 그의 고독에도 깊이가 없을 것은 당연하다. 그러나 흔히 현실이라고 믿는 것이 어떤 경우에도 현실의 전체는 아니다. 진정한 현실이라는 말은 현실 뒤에 또하나의 현실이 있다는 생각을 벌써 전제한다. 그 점에서는 전설의 진실성이 문제되는 것만큼 이야기 또는 역사의 진실성도 문제된다. 게다가 전설은 결핍된 현실을 현실이라고 고집하지 않는다는 점에서 이야기나 역사보다 더 진실할 수도 있다.

36. 그림 그리고 싶은 욕망

〈내외평론〉, 1863년 10월 10일.

이 산문시는 바로 뒤이어지는 「달의 혜택」, 그리고 1866년 암스테르담에서 발간된 『표류시편』의 「베르트의 눈」과 마찬가지로, 1863년경에 시인이 만났던 여자 '베르트'에게서 착상을 얻은 것으로 추정되지만 확실치 않다. 보들레르는 1860년에 초고를 쓴 『악의 꽃』의 시 「환영, I. 암흑」에서는 "검지만 그러나 빛나는" 여자를 예찬했으며, 예의 「베르트의 눈」에서는 어둠으로 돋보여지는 미광의 아름다움을 노래했다. 보들레르가 이 산문시에서 "그렇게도 드물게 내게 나타났다가 그렇게도 빨리 달아나"버렸기에 더욱 그리고 싶어하는 여인도 "어둠"이 넘쳐나며, "그녀가 일깨우는 것은 밤과 같고 그윽하다." 아름답다는 말을 넘어서는 그녀의 아름다움이 "미의 본질적인 일부"인 '놀라움'(「불화살」)에 이르는 것은 빛과 어둠이라고 하는 모순된 두 요소가 또다른 높이의 현실로 종합되기 때문이다.

그녀의 이미지가 되는 "검은 태양"은 네르발이 「폐적자」에서도, 위고가 『관상시집』의 「어둠의 입이 하는 말」에서도 이미 썼던 표현이다. 그러나 보들레르의 산문시에서 이 모순어법은 미학적으로 훨씬 더 구체적인 의미를 확보하여, 달의 "무서운 영향"을 느끼게 하는 어떤 불안한 아름다움의 지표가 된다. 시인이 그리기를 욕망하는 것은 통상적인 아름다움이 아니다. 시인은 문제의 여자에게서, 빛과 어둠의, 공격적 동물성과 우아함의 이중성으로 이루어진 다른 현실의 아름다움을 본다. 그 여자를 그리려는 욕망은 시의 마지막 문장에서 "그 시선 아래서 천천히 죽어가고 싶은 욕망"
으로 바뀐다. 그것은 이 "그림 그리고 싶은 욕망"이 어떤 절대미에
대한 동경과 연결되어 있음을 말해주는 것이다.

37. 달의 혜택

1863년 6월 14일 〈르 불바르〉에 제목 없이 처음 발표된 이 산문시는 보들레르 사망 이 주 후인 1867년 9월 14일 자 〈내외평론〉에 다른 십여 편의 산문시들과 함께 사후 게재되었다.

이 시는 "달의 기운에 흔들리는" 사람들, 다시 말해서, 달의 영향으로 정신병적 징후를 나타내는 사람들이라는 민간신앙적 주제를 바탕으로, 감성과 감각의 측면에서 명백하게 시인의 이상을 나타내는 한 여자를 그린다. 문체의 특이한 아름다움은 달이 인간의 정신에 미치고 있을 시적 에너지를 오롯이 닮고 있다. 시의 중심부는 달의 영향을 입은 여자가 사랑하게 될 것들을 거의 같은 말로 두 번 반복해서 서술한다. 이 반복은 달의 기운을 타고 일어나는 몽상의 파동을 그 자체로 우의한다. "형태가 없으면서도 수많은 형태를 지닌 물" "네가 거기 있지 않을 장소" "네가 알지 못할 연인" "어떤 알 수 없는 종교" 등에 거듭해서 나타나는 부정의 표현은 접근할 수 없는 어떤 초자연의 세계를 암시한다. 고양이가 두 번 언급된다. 한 번은 "고양이들"로 언급되어 여자가 사랑하게 될 관능적인 대상을 표현한다. 또 한번은 "관능적인 들짐승들"로 언급되어 관능적인 사랑의 주체와 대상을 아우른다. 관능은 사랑의 주체이자 대상이며 그 방식이다.

마지막 연에서 달은 "숙명을 예고하는 대모"라고도 불리고, "독을 빨리는 저 유모"라고도 불린다. 숙명은 시인 또는 시인의 연인이 되어야 할 피치 못할 운명이며, 유모의 젖가슴에서 흘러나오는 독은 시적 재능과 시인의 험난한 삶을 동시에 암시한다. 여자에게서 달의 영상을 찾고 있는 시인이 제 자신의 모습을 거기서 보게 될 것은 말할 것도 없다.

38. 어느 쪽이 진짜 그 여자일까?

〈르 불바르〉, 1863년 6월 14일.

〈내외평론〉, 1867년 9월 7일에 사후 게재될 때, 이 시의 제목은 「이상과 현실」이었다. 이 시에서는 축복과 행복을 뜻하는 "베네딕타"라는 이름의 여자가 등장하여, 문학의 '현실과 이상'을 알레고리적으로 표현한다. 여자는 종종 시에서 이상적인 미와 혼동되고, 불멸의 뮤즈로 숭상된다. 그러나 현실의 여자가 시인의 뮤즈가 되었을 때, 완벽한 미의 여신으로서의 생명은 오래가지 못한다. 여자에게는 그녀의 현실이 있다. 시인이 그 여자라고 생각했던 여자는 시인과 현실적으로 접촉하는 순간 곧바로 '이상'의 무덤에 들어가고, "신경질적이고 야릇한 태도로 난폭하게" 그 이상의 무덤을 짓밟아버리는 "진짜 베네딕타" "이름난 망나니" 여자가 그 자리에 대신 나타난다. 시인이 이 현실을 인정하려 하지 않을 때, 그는 "이상의 무덤 구덩이"에 영원히 갇힌 신세가 될 것이다. 문학의 현대적 기획이란 현실과 이상의 관계에 대한 새로운 성찰과 다른 것이 아니다.

39. 준마(駿馬)

〈피가로〉, 1864년 2월 14일.

세월과 잦은 사랑 때문에 "싱그러운 청춘"을 잃고, 거의 해골과 같은 모습이 되었지만, "영원한 매력"을 끝까지 간직하고 있던 이 여자가 누구였는지는 밝혀지지 않았다. 『악의 꽃』 초판에서 삭제 처분을 받은 시들과 다른 미발표 시를 모아 1866년 암스테르담에서 발간된 『표류시편』에는 같은 여자(들)에게서 착상을 얻은 것으로 보이는 시 「괴물 또는 음산한 님프 찬가」가 들어 있다.

보들레르는 『악의 꽃』과 『파리의 우울』에서 늙은 여인들을 자주 우호의 눈길로 바라보았다. 여자의 늙은 육체와 활기는 젊은 날의 찬란한 빛을 잃어버렸기에 오히려, 날카로운 감각을 지닌 사람의 눈에 "그 골격의 파괴 불가능한 우아함"을, 아름다움의 기본 형식을 더 잘 드러낼 수 있다. 이 점은 '가을의 사랑'이라는 개념으로도 설명된다. 그것은 젊은 육체의 욕망과 격정에서 해방되었으면서도 여전히 그 열기를 향기나 결실의 형식으로 간직하고 실천하는 사랑이다. 예의 「괴물」에는 다음과 같은 시구가 있다.

봄날의 흔전만전한 꽃보다도, 가을이여,
그대의 열매를 나는 더 좋아한다.

40. 거울

〈파리평론〉, 1864년 12월 25일.

『파리의 우울』에 실린 산문시 가운데 가장 짧은 시이다. 시는 밑도 끝도 없이 끝나는 것처럼 보이지만, "양식"과 "법률의 관점"을 대비하려는 보들레르의 의도는 분명하다. 1789년의 프랑스대혁명에 의해 봉건제가 폐지되고 인권선언이 발표되어 모든 인간이 평등한 권리를 누리게 되었지만, 모든 인간이 그 권리를 자신에게 이롭게 사용한 것도, 사회적으로 정당하게 사용한 것도 아니었다. 보들레르는 1848년 혁명으로 루이 왕조를 축출한 인민들이 어리석게도 나폴레옹 3세를 대통령으로 뽑은 사실에서 그에 대한 명백한 실증을 보았다. 그후 보들레르는 반민중주의자가 되었다. 그는 「벌거벗은 내 마음」에서도 출판사의 편집자들을 열거하며 "89년의 불멸의 원칙에 의해 만인에게 주어진 평등권의 덕분으로 저자들의 글을 수정하는 자들"이라고 비난했으며, 에드거 앨런 포의 『기이한 이야기』에 붙인 서문에서는 다음과 같이 썼다.

19세기의 지혜가 그리도 자주 그리도 만족스럽게 다시 열거하기 시작한 인권들 가운데는, 상당히 중요한 두 가지 권리가 망각되지 않았으니, 자가당착을 저지를 권리와 없어져버릴 권리가 그것이다.

그러나 이 시는 인권과 관련된 사회풍자적인 내용만을 담고 있는 것은 아니다. 몰골이 끔찍한 사나이가 평등한 권리를 주장하며 거울에서 자신의 얼굴을 들여다보고 있는 것처럼, 당시 이론을 정립하기 시작한 사실주의는 사회의 추악한 현실을 거울에 비친 듯이 그리려고 애썼다. 방향은 다르지만 그 역시 현실에 충실하려 했던 보들레르는 사실주의적 집착과 취향이 어떤 문학적 가치와 의미를 지닐 수 있는지 묻고 있기도 할 것이다.

41. 항구

〈파리평론〉, 1864년 12월 25일.

항구와 배, 바다와 구름, 그리고 그 운동감에 대한 보들레르의 심미적 취향은 다른 시들을 주해하면서 이미 이야기한 바와 같다. 그는 「불화살」에서 이 취향과 시학을 연결시켜 다음과 같이 썼다.

배, 특히 움직이는 배를 바라보는 데서 오는 무한하고 신비로운 매력은, 첫번째 경우, 복잡함과 조화와 같은 정도로 인간 정신의 원초적 욕구의 하나인 규칙성과 균형에서 기인하고―두번째 경우, 사물의 실제요소에 의해 공간에 전개되는 모든 상상적인 곡선과 형태의 연속적 증대와 생성에서 기인한다.
선을 타고 전개되는 이 운동에서 풀려나오는 시적 개념은 거대하고 망망하고 복잡하면서도 조화로운 어떤 존재, 모든 탄식과 모든 인간적 야심을 견디고 속삭이는, 재능으로 가득찬 어떤 짐승에 대한 가정이다.

그러나 이제 시인은 "호기심도 야심도 더이상 품지 않은 사람"의 정신으로 항구와 배를 바라본다. 젊은 날의 바다는 호기심과 야심이 불러오는 한숨과 고통을 끌어안는 짐승이었지만, 이제 어느 정도 그 바다를 닮게 된 시인의 시선은 한 사람의 댄디가 느낄 "신비롭고 귀족적인 쾌락"에 싸여 정염의 혼란으로부터 거리를 유지하고 있다. 이것이 아마 보들레르의 마지막 모습 가운데 하나이기도 할 것이다.

42. 애인들의 초상(肖像)

〈내외평론〉, 1867년 9월 21일.

"환락의 베테랑"인 중년 남자 네 사람이 자신들과 동거했던 애인들에 관해 이야기한다. 여성 혐오증을 바탕에 깔고 있는 이 댄디들의 한담은 그 애인들이 갖추었던 여성적 미덕보다는 그 결점에 초점이 맞추어져 있기에, 절대적으로 완벽한 여자는 없다는 결론이 예정되어 있다. 이 점은 이 산문시가 한 시대의 문학을 사로잡았던 미학적 추구, 곧 실패한 절대의 탐구에 대한 알레고리인 것을 말해준다.

첫번째 여자는 여성으로 사는 것을 거부하고 학자가 되려 한다. 이론의 틀에 붙잡혀 감성을 도외시하는 문학이 그 여자와 같을 것이다. 두번째 여자는 아름답고 착하지만 감동이 없는 문학을 생각나게 한다. "잡식성 괴물"인 세번째 여자에 관해 말한다면, 먹고살기 위해 어떤 일도 마다하지 않는 통속문학이 거기에 해당할 것이다.

가장 흥미로운 것은 네번째 여자다. "감정에서나 계산에서나 단한 번의 잘못도 저지를 수 없는 그런 인간"인 이 여자는 문학과 예술의 '이상'과도 같다. 그러나 남자는 이 완벽한 여자 곁에서 늘 불안에 시달리며, 끊임없이 자기검열을 해야 한다. 그 여자를 찬미하면서도 "가슴에는 증오를 가득 품고" 있던 남자는 마침내 그 여자를 살해한다. 정신적인 아름다움과 비속한 삶 사이의 절대적인 불일치가 '이상'을 시인의 가장 무서운 '원수'로 만드는 것이다. 보들레르는 『1846년 살롱전』에서 다음과 같이 물었다.

만일 이상이라고 하는 이 부조리, 이 불가능한 것이 발견되기라도 하면, 시인, 예술가, 그리고 모든 인류는 자못 불행해질 것이다. 그렇게 된 후에, 인간은 자신의 빈약한 자아를—자신의 잘린 선(線)을—어찌해야 할 것인가?

네 사내는 이야기 끝에 "그다지도 생명이 질긴 시간을 죽이고, 그다지도 느리게 흐르는 삶을 재촉하기 위하여" 술을 마신다. 여자와 미학적 태도는 쉽게 바꿀 수 있지만, 시간은 항상 제 속도로 흘러가며 구차한 일상을 만들어낸다. 이때 술은 자아의 확산과 집중을 위한 '개성 증가의 수단'이기보다는 차라리 이상과 현실 사이의 가장 손쉬운 타협점일 것이다.

43. 멋진 사격수

이 시는 1865년 〈내외평론〉에 기고했으나 실리지 않았다. 보들레르가 세상을 떠나고 이 년 후인 1869년에 발간된 『전집』에 처음 발표되었다. 여성 혐오의 태도에 의해서도, 시간을 죽이는 일과 여자를 죽이는 일이 일정하게 연결된다는 점에 의해서도, 이 시는 앞의 시 「애인들의 초상」과 비교된다.

『내면일기』의 「불화살」에도 이와 동일한 내용의 이야기가 있으며, 그뒤에는 다음과 같은 문장이 적혀 있다.

> 내가 세계 전체를 혐오하고 끔찍하게 여기게 되었을 때, 나는 고독을 쟁취하였으리라.

주인공 사격수가 자기 아내를 바라보는 시선은 복잡하다. 아내는 그에게 "감미롭고도 끔찍"하다. 아내는 그에게 "그토록 많은 쾌락과" 함께 "그토록 많은 고통"을 주었으며, 그가 "자기 재능의 대부분을" 얻게 된 것도 아내의 덕분이다. 그러나 결국은 아내에 대한 증오감이 그를 훌륭한 사수로 만든다. 어머니로서도 아내로서도 여자는 예술가인 남자가 사회와 만나는 제일선 접촉면이다. 그가 여자를 증오하는 것은 사회로부터 자신을 지켜내어 자신의 고독한 재능을 확인하는 한 방법이다.

한편 조르주 블랭은 보들레르의 사디즘을 이야기할 때 이 시를 예로 들기도 했다. 사랑에는 어떤 경우에도 잔혹함이 뒤따른다.

44. 수프와 구름

앞의 시와 마찬가지로 이 시도 1865년 〈내외평론〉에 기고했으나 거부된 후 1869년에 발간된 『전집』에 처음 발표되었다.

이 시와 관련된 카드 한 장이 현재 자크 뒤세 문학 박물관에 소장되어 있다. 카드의 중앙에는 보들레르가 흰 종이에 세피아 색 연필로 그린 한 여자의 초상화가, 오른쪽에는 "끔찍한 말괄량이 소녀에게, 입양할 여자아이를 찾으면서도, 베르트의 성격도, 입양법도 살피지 않았던 한 미친 사내의 추억을. 브뤼셀, 1864년"이라는 헌사가 붙어 있고, 왼쪽에 적힌 글에는 이 시의 첫 형태일 다음과 같은 구절이 들어 있다.

"저녁식사를 할 때, 내가 열린 창문으로 구름을 바라보고 있자니, 그녀가 내게 말했다. 냉큼 그 수프나 들지 않고, 빌어먹을 구름 장수!"

보들레르는 "사랑스럽고 귀여운 애인"이 내뱉는 저 타박의 말을 크게 탓하지 않는다. 이상과 현실의 관계를 깨우쳐주는 귀여운 경구 정도로 알아들었기 때문일까. 『파리의 우울』에는 낙원의 묘사로 시작하여 실낙원의 쓰라린 깨우침으로 끝나는 시들이 많다. 「이중의 방」 「케이크」 「어느 쪽이 진짜 그 여자일까?」 등이 모두 거기에 해당한다. 이 시는 동일한 주제를 가장 소박하고 단순한 구조로 서술하고 있다. 이들 시에 모두 구름이 등장한다는 사실도 함께 기억해둘 필요가 있다.

45. 사격장과 묘지

〈내외평론〉, 1867년 10월 11일, 사후 게재.

시인이 벨기에에 체류할 때 쓴 산문시이다. 『표류시편』에 수록된 시 「장난기 어린 주점」도 "브뤼셀에서 위클로 가는 길"에 보았다는 *"묘지가 보이는 주점"*이 그 주제이다.

보들레르는 죽음을 자주 일종의 구원으로 제시했다. 『악의 꽃』의 마지막 부인 '죽음' 편에 실린 「애인들의 죽음」 「가난뱅이들의 죽음」 「예술가들의 죽음」에서, 불행한 사람들은 오직 죽음에서만 비범한 활력이나 마지막 희망을 발견한다. 특히 '죽음' 편의 마지막 시이자 『악의 꽃』의 마지막 시인 「여행」은 죽음 뒤에도, 더 정확하게는 죽음을 통해서만 계속될 시적 여정을 말한다. 그러나 이 산문시의 죽음에는 그 활력이 없다. 죽음은 성취해야 할 과업이나 그 성취의 희망이 아니라 거대한 휴식일 뿐이기에, 오히려 세상의 소란스럽고 허망한 노력으로부터 보호를 받아야 한다. 죽음이 허망함에서 벗어난 "유일하고 진정한 표적"이라는 모순된 말은 죽음이 인간의 모든 야망과 수고를 허무로 돌리는 '허망함의 허망함'이라는 뜻으로 환원된다. 사실 이 시를 쓸 때 보들레르는 육체와 정신 양면에서 위기를 맞고 있었다. 고대의 이집트인들은 해골을 옆에 두고 쾌락을 누렸지만, "무덤들을 마주한" 시인은 맥주 한 잔을 마시고 시가를 피울 수 있을 뿐이었다. 자연을 늘 불완전한 것으로 여겼던 보들레르가 묘지에서 뒤늦게 생명의 자연 순환에 주목했다는 점은 이 시의 주제에 다른 깊이를 준다.

46. 후광의 분실

1865년 〈내외평론〉에 기고했으나 거부된 후 1869년의 『전집』에 처음 발표되었다.

동일한 주제의 글이 『내면일기』의 「불화살」에서도 나타나지만, 결론 부분에서는 내용이 조금 달라진다.

> 큰길을 건너다가 마차들을 피하려고 조금 서두르는 바람에, 내 후광이 벗겨져 아스팔트의 진창 속에 빠지고 말았다. 다행히도 그걸 다시 주울 시간이 있었지만, 이건 불길한 조짐이라는 불행한 생각이 잠시 후 내 정신 속으로 미끄러져들어왔다. 그때부터 이 생각은 나를 놓아주려 하지 않았으며, 하루종일 어떤 휴식도 취할 수 없게 하였다.

이 일기를 쓸 때 어떤 병적 충격이 보들레르를 엄습했을 가능성이 크다. 「후광의 분실」은 이 충격 체험을 문학적으로 형식화하면서 그 "불길한 조짐"이 말하려는 바를 통찰하여 미리 적어놓은 것이나 같다. 보들레르의 시대에 그 조짐은 벌써 실현중에 있었다. 「보들레르의 작품에 나타나는 몇 가지 모티브에 대해서」에서, 벤야민은 그것을 시인이 지녔던 "영적 분위기의 와해"라고 말한다. 서정시인은 전통적으로 초월적인 존재로부터 영감을 받은 자로 대접을 받았으며, 그에 합당한 '아우라'를 지니고 있었다. 그러나 산업화된 대도시의 일상생활 속에서 시인에게 이 영적 분위기는 더이상 허용되지 않았다. 시인은 대로의 진창길에서 질주하는 마차들을 피해 다녀야 하는 도시민들 가운데 하나일 뿐이었다. 이 정황과 관련하여, 보들레르는 「불화살」에서 또 다음과 같이 쓴다.

나는 이 비열한 세계에서 길을 잃고, 군중들의 팔꿈치에 떠밀리다보니, 등뒤로 까마득한 세월 속에서 실망과 쓰라림을 볼 뿐이고, 앞에는 고통도, 교훈도, 아무런 새로운 것도 담겨 있지 않는 비바람만 남아 있는 그런 지쳐빠진 사내와도 같다.

「후광의 분실」에서, 시인의 마지막 선택은 댄디의 초연한 태도로만 설명할 수는 없다. 보들레르는 사실주의자였다. 자기 시대의 비속한 현실을 시인이라는 이름만으로 피할 수 없다는 것을 누구보다도 먼저 깨달았다는 데에도 그의 독창성이 있다. 그는 시인의 아우라를 거의 자진해서 포기한다. 벤야민은 예의 평문에서, 영적 분위기의 와해를 고백하는 게 보들레르에게는 결코 쉬운 일이 아니었지만, "그것이 그의 시의 법칙"이었다고 쓴다. 운율의 아우라로 무장하기를 포기한 산문시의 법칙도 물론 거기에 있다.

47. 마드무아젤 비스투리

　〈내외평론〉은 1867년 이 시의 발표를 세 차례나 예고했지만 결국 게재하지 않았다. 1869년의 『전집』에 처음 발표.
　"비스투리"는 외과용 수술도를 뜻한다. 따라서 제목은 '수술도 아가씨'라고 옮길 수도 있겠다. 이 시집의 비평판을 발간한 로베르 코프는 1866년 1월에 발간된 한 신문에서 "수술도 아줌마(La Mère Bistouri)"라는 별명을 가진 한 여자 외과의에 관한 기사를 찾아냈다. 당시로서는 여자 외과의를 찾기 어려웠다는 점에서도, 뛰어난 기술과 열정과 자비심을 지니고 있었다는 점에서도, 그녀는 사회의 이목을 끌 만했다. 「마드무아젤 비스투리」의 '수술도 아가씨'는 거리의 창녀일 뿐이지만, 외과 시술에 동일한 열정을 지니고 있다는 점에서는 다른 형식의 '수술도 아줌마'라고 말할 수 있다.
　마드무아젤 비스투리의 외과의들에 대한 특별한 열정은 흔히 사도마조히즘으로 설명된다. 사랑에 외과 시술과 비슷한 점이 있다고 말했던 것은 사실 보들레르다. 그가 『내면일기』의 「불화살」에서 썼던 말이다.

　사랑은 고문이나 외과 수술과 심히 유사하다고 내 노트에 벌써 적어두었던 것 같다. 그러나 이런 생각은 매우 가혹하게 전개될 수 있다. 두 연인이 서로 홀딱 반해 있고 욕망에 가득차서 서로 탐할지라도, 둘 가운데 하나는 그때에도 다른 쪽보다 더 차분하고 덜 빠져 있기 마련이다. 이 차분한 남자 또는 여자가 수술자 또는 형리이며, 다른 쪽은 환자거나 희생자이다.

조르주 블랭은 이 구절에 입각해 그의 유명한 논문 「보들레르의 사디즘」을 썼지만, 비스투리를 또한 염두에 두고 있었다. 그는 이 거리의 여자가 "외과의사라고 불리는 것에 동의한다는 조건으로 행인들을 집안에" 끌어들인다는 점과, 특히 어느 가난한 연하의 인턴에 관해 이야기하며 "그애가 왕진 가방에 수술복 차림으로, 그 위에 피까지 조금 묻힌 채 나를 보러 와주었으면 좋겠다 싶었던 거야!"라고 말하는 점에 주목한다. 그는 보들레르의 고통 애호증이 자기체벌과 속죄의 한 방식이라고 말한다.

비스투리가 거리에서 '외과의사'라고 부를 사람으로 한 사람의 시인을 포섭했다는 점도 주목할 만하다. 시인 화자는 "신비로운 것을 열정적으로 사랑"하는 이유가 "그걸 밝혀보겠다는 희망을 늘 품고 있기 때문"이라고 자신의 성향을 고백한다. 그는 자신을 둘러싼 외부 환경에 몸을 맡기기보다 그것을 분석하려 한다는 점에서 일종의 외과의사이다. 이 점은 또한 시를 끝맺는 시인의 기도와 연결된다. 이 기도는 외형상 신의 연민을 바라는 하소연이지만, 내용에서는 "율법과 자유"의 관계에 대한, 섭리와 그 일탈에 대한 형이상학적 성찰이자 불경한 의혹이다. 신을 지칭하는 대명사가 '그대(vous)'에서 '그분(Celui-là)'으로 바뀌면서 의혹은 더욱 강해지고, 기도는 분석적 성격을 띤다. 시인은 분석할 수 없는 것에 이르는 분석가가 된다. 스티브 머피는 『마지막 보들레르의 논리─『파리의 우울』의 독서』에서 이렇게 쓴다.

텍스트는 어떤 대답도 표명하지 않는다. 마드무아젤 비스투리의 악의 기원은 그 자체가 인간조건의 신비─보들레르가 보기에는 움직일 수 없고 완전히 초역사적인─속에, 더욱더 알 수 없는 또다른 기원을 지닌 것일까. 그 악의 기원은 악의 기원에 대한 문제를 제기하기 때문에 하는 말이다.

인간의 악이 도시에서만 발견되는 것은 물론 아니다. 그러나 자연에서는 인간의 악이 자연의 악과 구분할 수 없이 연결되어 있다. 인간을 감싸주는 덮개가 없는 도시는 인간의 악을 추상하여 적나라하게 드러낸다. 이 점에서 도시는 그 자체로 외과의사적 성질을 지닌다고 말할 수도 있다.

48. Any Where Out of the World
(이 세상 밖이라면 어디라도)

〈내외평론〉, 1867년 9월 28일.

보들레르에게서, 모든 탈출과 환경 전환의 모험이 결국은 무위에 이를 뿐이라는 생각은 차라리 진부한 주제에 속한다. 「고독」과 「계획」이 모두 이 주제를 포함하고 있으며, 『악의 꽃』의 마지막 시 「여행」은 동일한 주제의 운문 버전이다. 세상의 끝까지 달려간 여행자의 보고서도 "우리의 모습을 우리에게" 돌려주고 "권태의 사막에 있는 공포의 오아시스 하나를" 보여줄 뿐이라는 운문시 「여행」은 또한 산문시가 말하는 "이 세상 밖"을 '죽음'이라는 구체적인 말로 명시한다.

시의 제목은 토머스 후드의 시 「탄식의 다리」에서 한 구절을 인용한 것이다. 보들레르는 벨기에 체류기에 이 시를 프랑스어로 옮겼다. 유명한 첫 구절 "이 삶은 하나의 병원…"에 관해서는 토머스 에머슨의 『삶의 수행』에 들어 있는 한 구절 "Like sick men in hospitals, we change only from bed to bed, from one folly to another"를 번안한 것으로 추정되지만, 프랑스어로 번역된 아킴 폰 아르님의 단편집 『이상한 이야기 책』에서도 비슷한 구절이 발견된다. "순간마다 침대를 옮기고 싶어하는 환자처럼, 그는 헛되이 죽음을 피해 달아나며 이 도시 저 도시로 옮겨다녔다."

화자가 추천하는 세계를 "차갑게 식어버린 가여운 혼"은 번번이 묵묵부답으로 거부하지만, 그 세계의 풍경 하나하나는 보들레르의 미학과 긴밀한 관계를 맺고 있는 것이 사실이다. 나무들을 모조리 뽑아버리고 대리석으로만 세웠다는 리스본은 자연을 인간의 기예로 보충하려는 의지와 연결되어 인공 낙원의 밑그림이 된다. 네덜란드와 바타비아는 모두 인간 정신을 조응하는 풍경과 관련된 장소이며, "죽음의 유연(類緣)"인 토르네오와 극지는 절대 순수예술의 이미지를 간직하고 있다는 점에서 "이 세상 밖"과 가장 가까운 장소가 된다.

49. 가난뱅이들을 때려눕히자!

1865년 〈내외평론〉에 기고했으나 거부된 후 1869년의 『전집』에 처음으로 발표되었다.

보들레르는 나다르에게 보낸 1864년 8월 30일 자 편지에 이 시의 싹이 될 만한 이야기를 적고 있다.

내가, *내가 말일세*, 어떤 벨기에인을 *때릴* 수 있었다니 믿겠는가? 믿을 수 없는 이야기 아닌가? 내가 누군가를 때릴 수 있었다니 어처구니없는 일이지. 그런데 더욱 더 괴이한 것은 잘못을 저지른 것이 전적으로 나였다는 사실일세. 그런 까닭에, 정의의 정신이 다시 회복되어, 나는 그 사람에게 용서를 구하려고 뒤쫓아갔지. 그러나 그 사람을 다시 찾을 수 없었네.

「가난뱅이들을 때려눕히자!」는 시인이 벨기에에서 겪었다는 이 "믿을 수 없는" 사건을 틀로 삼아, "십육 년 내지 십칠 년 전", 즉 1848년 혁명기 이후 빈곤의 문제에 대한 그의 성찰(또는 성찰의 좌절)을 과장된 이야기의 형식을 빌려 서술한 것으로 짐작된다.

과격한 제목과 역설적인 내용으로 스캔들을 일으키기에 충분한 이 산문시는, 보들레르가 빈민들의 물질적 욕구를 채워주는 일보다 그들의 인간적 존엄성을 회복시키는 일을 더 중요하게 여겼다는 말로 흔히 설명된다. 그러나 그 실천 방법에 관해 묻게 되면, 이 존엄성 회복의 주장 역시 공리공론의 성격을 벗어나지 못한다는 점에서는 시의 화자가 조롱하는 "공공복지를 떠맡은 그 모든 청부업자들"의 온갖 처방과 다를 것이 없다. 빈민들을 때려눕힌다는 화자의 방법이 사회적으로 실천가능하지도 않을뿐더러, 그 주장을 곧이곧대로 받아들일 수도 없기 때문이다.

시의 화자가 "소화"한, "아니 차라리 삼켰던" 책들은 빈곤의 문제에 대한 해결책에서 크게 두 부류로 갈라진다. 한쪽에는 "모든 빈민들에게 노예가 되라"는 충고, 다시 말해서 예종을 기독교적으로 정당화하여 빈민들이 국가와 권력자들의 권위에 복종하게 될 때 사회의 안녕과 질서가 회복된다는 교설이 있다. 이 교설은 빈부의 차이와 사회적 불평등을 신의 섭리로 보고, 부유한 자에게는 사랑과 자선을, 가난한 자에게는 권위에의 존경과 인종을 요구한다. 빅토르 위고의 『레 미제라블』에 어떤 철학이 있다면, 그 역시 사실상 이 부류에 속한다. 다른 한쪽에는 "빈민들에게 당신들은 모두 왕좌에서 쫓겨난 왕"이라고 설파하는 사회주의적 주장, 다시 말해서 루소의 인권사상에 기초하여, 만민이 평등한 권리를 회복하고 사회적 재부를 함께 나눔으로써만 건강한 사회를 건설할 수 있다는 교설이 있다. 사회의 부와 권력이 오직 인민들에 의해서 생산되고 인민들에게 귀속될 뿐이라는 이 주장은 더 나아가서는 인민주권의 이념을 민중의 봉기로 실천하려는 사회혁명론으로 이어진다. 이 교설을 주장하는 사람들의 선두에는 오늘날 공상적 사회주의자라고 불리는 에밀 프루동이 있다.

이들 저작을 읽고 "어지럼증이나 혼미에 가까운 정신 상태에" 빠졌다는 화자의 말은 그들 주장의 옳고 그름을 떠나서, 정반대의 주장들이 같은 시대를 사는 이데올로그들에 의해 진지하게 주창되고 있는 기이한 상황에 대한 아이러니이다. 화자는 그 모든 주장에서 민간요법 사전의 기이한 처방 이상의 것을 보지 못한다. '아줌마 치료법의 처방'이라고 번역한 프랑스어 les formules de bonne femme은 '미신에 빠지기 쉬운 여자들이 흔히 믿고 전하는 민간요법이나 생활지혜 따위'를 일컫는 말이다. 근거가 있기도 하고 없기도 한 이 민간요법은 물론 이 산문시에서 "스물네 시간 안에 민중을 행복하고 현명하고 부유하게" 만들 것처럼 거창한 논리를 늘어놓는 그 모든 '공공복지 청부업자들'의 주장에 대한 야유적 비유가 된다.

빈곤 문제와 관련하여 화자가 지극히 막연하게 품게 된 어떤 생각을 구체화하기 전에, 소크라테스가 수시로 다이모니온이라고 하는 어떤 신령한 존재의 도움을 받았던 것처럼, 그에게도 어떤 목소리의 속삭임이 없지 않았다. 소크라테스를 지켜준 것은 금지의 다이모니온이었지만, 그에게 속삭인 것은 행동과 투쟁의 다이모니온이다. 한쪽이 성찰의 다이모니온이라면 다른 한쪽은 충동의 다이모니온이며, 이 점에서 화자가 들은 속삭임은 저「형편없는 유리 장수」에서 말한 "우발적인 영감의 결과인 공갈치기의 정신"과 다른 것이 아니다. 화자가 "남과 평등함을 증명하는 자만이 남과 평등한 자"라는 인권주의적 격언을 빙자하여 걸인에게 가하는 폭력은 독자들과 저 '공공복지 청부업자들'을 놀라게 하기에 충분한 '공갈치기'의 하나이며, 빈곤이라는 해결할 수 없는 문제에 대한 분노의 해결책이자 시적 해결책이다.

한편 보들레르는 이 산문시의 자필원고에서 시의 말미에 줄을 바꾸어 다음과 같은 한 문장을 덧붙여 썼다.

이건 어떻게 생각하시는지, 프루동 시민?

"시민(citoyen)"은 프랑스 대혁명기와 1848년 2월 혁명기에 혁명에의 참가자들과 동조자들이, 봉건적인 '귀하(monsieur)'를 대신하여, 상호 간에 사용하던 호칭이다. 시의 저자인 보들레르와 『전집』의 편집자들 사이에서 최종 수정자가 누구인지 알려지지 않은 채 사라져버린 이 문장을 염두에 두고, 라바르트는 『샤를 보들레르의 산문시집─파리의 우울』에서 다음과 같이 쓴다.

보들레르가 푸리에에게 가졌던 관심은 1848년 이후 프루동에 대한 관심으로 대체된다. 아마도 매스트르의 사상을 혁명 체제에 대한 희망과 일치시킬 수 있다고 믿었던 것이다. 조제프 드 매스트르의 저작을 열심히 읽었던 프루동은 사실상 이 사상가의 섭리 개념을 역사의 원동력으로 삼는다. 이로써 나폴레옹 3세의 "억압적 황제 정치"는 시련의 형식을 지닌 교육과정으로 해석된다. 프루동은 이렇게 썼다. "신은 우리에게 그 교훈 하나하나에 피의 무게를 달고 눈물의 부피를 재어 그 수업료로 지불하게 했다." 벨기에에서 1864년에서 1865년에 쓴 「가난뱅이들을 때려눕히자!」에 관해 말한다면, 상반되는 주장들의 등치관계를 적나라하게 드러내고 모든 논리적 궁지를 안아내리려고 절망적으로 시도하는 가운데, 시인이 유일하게 중요시한 반항은 *시의* 영역에 속하는 것으로 생각된다. 이는 오직 *시적* 선택만이 긴장되고 공세적인 각성의 선택이라고 말하는 것이나 같다.

보들레르가 푸리에(1772-1837)로부터 배운 것은 이 공상적 사회주의자가 새로운 사회의 모델로 삼으려 했던 보편적 아날로지의 이론이었다. 만물조응 이론도 물론 이와 연결된다. 조제프 드 매스트르(1753-1821)는 반혁명주의자이며 신정주의자였다. 보들레르는 그에게서 "추론하는 법"을 배웠다고 말한다. 푸리에가 자신의 이론체계를 위해 인색하게만 사용했던 사실주의적 시선을 보들레르는 이 철학자의 원죄론을 통해 다시 강화할 수 있었던 것이다. 시인은 1848년 혁명 이후, 매스트르의 섭리론과 역사주의를 결합하려 한 프루동(1809-1865)에게 관심을 갖고 그의 저작을 읽었지만, 그 관심이 지속적인 것은 아니었다.

그가 프루동을 존경하면서도 혐오했던 것은 이 정치사상가가 시를 알지 못한다는 것이었고, 무엇보다도 댄디가 아니라는 것이었다. 보들레르에게 댄디즘은 취향의 문제에 그치지 않았다. 그것은 모든 사람이 원죄에서 벗어나지 못할 뿐만 아니라 의식하지도 못하는 이 타락한 세계에서 인간의 위엄을 최대한으로 지켜내는 일이었고, 자기 존재를 끊임없이 시적 상태로 유지하는 일이었다. 한 시대의 해소할 수 없는 죄악 앞에서 싸움의 형식으로 벌리는 토론 끝에, 또는 토론을 대신하여 벌리는 싸움 끝에 걸인과 동일한 모습이 되는 시의 화자에게서 자기희생의 댄디와 폭력적으로 강제되는 시를 발견하기는 어렵지 않다.

그러나 문제의 구절("이건 어떻게 생각하시는지, 프루동 시민?")은 1869년의 『전집』에서 지워졌다. 프루동은 1865년 1월 19일에, 보들레르는 1867년 8월 31일에 세상을 떠났으며, 『파리의 우울』이 실린 『전집』 제4권이 발간된 것은 1869년 6월이다. 프루동이 타계한 지 한 달이 되기 전인 1865년 2월 8일 보들레르는 자신의 법적 후견인이었던 앙셀에게 다음과 같이 썼다.

당신은 프루동을 너무도 가볍게 바보로 취급하고 있습니다. 말년에도, 초년에도, 내내 생산과 재정의 문제는 그를 특별히 괴롭히던 문제였습니다. 예술의 문제라면, 그렇지요, 프루동에 대해 당신이 '그는 바보다'라고 말하는 게 옳을 수도 있겠지요 —그러나 경제에 관해서라면, 그는 대단히 존경스럽습니다.

"경제에 관해서라면"은 '빈곤에 관해서라면'으로 바꾸어 쓸 수도 있는 말이다. 자기보다 먼저 저세상 사람이 된 프루동은 보들레르에게 더이상 빈정거려야 할 사람이 아니라 오직 존경해야 할 사람이었다. 시인은 불행한 한 시대에 자기만큼, 어쩌면 자기보다 더 불행했던 사람을 '빈곤의 철학자'에게서 본 것이다.

50. 착한 개들
- 조제프 스테방스 씨에게

〈벨기에 독립〉, 1865년 6월 21일.

〈간략평론〉, 1866년 10월 27일.

〈르 그랑 주르날〉, 1866년 11월 4일.

〈내외평론〉, 1867년 8월 31일.

이 시가 헌정된 조제프 스테방스는 1857년 살롱전을 비롯해서 파리에서 열린 공모전에 몇 차례 입선한 적이 있는 벨기에의 동물화가로, 보들레르가 벨기에에 체류할 때 그를 환대했던 아르튀르 스테방스의 형이다. 보들레르가 조제프의 "호사롭지만 퇴색한 빛깔의 아름다운 조끼"에 특별한 관심을 나타내자 화가는 시인에게 조끼를 벗어주었고, 시인은 그 보답으로 이 시를 쓴 것으로 알려져 있다. 특히 시의 후반부에서 읽게 되는 두 마리 개, 주인 없는 곡예사의 방에서 음식이 끓기만 기다리고 있는 "영리한 두 마리 인물"에 대한 서술은 조제프 스테방스의 그림 〈곡예사의 실내〉를 묘사한 것이다. 「개와 향수병」에 노골적으로 표현된 것처럼, 보들레르는 개를 좋아하지 않았으나, 벨기에에서 수레를 끄는 덩치 큰 개들을 보고, 그리고 또한 스테방스의 그림을 보고, 그 생각이 바뀌었으리라는 것은 이 시를 통해서도 알 수 있다.

시의 첫머리에서 뷔퐁이 언급되는 것은 보들레르가 그를 "언어와 문체에서 가장 확실한 스승의 하나"로 여겼기 때문이며, 그가 『동물박물지』의 저자였기 때문이다. 그러나 시인이 자신의 영감을 도와줄 영혼으로 지정하는 것은 이 아카데믹한 문장가가 아니라 정감 넘치는 산문가였던 영국 작가 로런스 스턴이다. 보들레르가 나귀와 마카롱에 관해 말할 때, 그는 스턴의 소설 『트리스트럼 샌디』를 염두에 두고 있다.

보들레르가 찬양하는 개들은 애완동물로서의 개들이 아니다. 그가 노래하는 것은 "진흙투성이 개, 불쌍한 개, 집 없는 개, 배회하는 개, 곡예를 하는 개, 그 본능이, 가난뱅이와 방랑자와 희극광대의 그것처럼, 저 지혜의 그리도 착한 어머니이자 진정한 수호신인 필요에 의해 놀랍게도 날카로워진 개", 다시 말해서 자신의 생명과 운명을 스스로 책임져야 하는 개들이다. 물론 이 두 부류의 개들에 대한 대비에는 허망한 글로 권력자들과 시장에 아첨하는 작가들과 어디서나 자신이 진실이라고 믿는 것을 말하려 했던 자기 자신에 대한 대비가 있다. 그러나 보들레르가 여기서 찬양하는 개들은 알레고리 이상의 것이다. 이 개들은 시인이 여러 가지 의미에서 자신의 협력자로 여겼던 인생의 패배자들, 빈민들, 노파들과 늙은 여자들과 마찬가지로 자신의 현실과 그 현실에서 비롯하는 고통을 지니고 있다. 시인이 말하는 것처럼 "진흙투성이의 처량한 개들을 위해 마련된 특별한 천국"이 있다면, 문학의 사실주의에는 개들을 위한 사실주의, 개들의 운명에까지 시선의 깊이가 미치는 사실주의도 필요할 것이다.

보들레르는 그 문제의 조끼를 입을 때마다 "착한 개들을, 철학자 개들을, 생마르탱의 여름을, 매우 성숙한 여인들의 아름다움을" 생각할 것이라는 말로 시를 끝맺는다. 착한 개와 철학자 개를 생각하게 되는 것은 그 조끼의 원주인이 그런 개들을 그린 화가이기 때문일 것이며, 생마르탱의 여름은 그 조끼의 호사로운 빛과 관련될 것이며, 성숙한 여인들의 아름다움은 그 퇴색한 빛깔의 아름다움과 다르지 않을 것이다. 『파리의 우울』을 사실상 마감하는 이 산문시에는 너스레에 가깝도록 활기찬 문체가 있으며, 보들레르에게서는 드물게 나타나는 낙관적 시선이 있다.

에필로그

　사후에 발간된『전집』에서, 이 시를『파리의 우울』의 말미에 배치한 것은 전집의 편집자들인 아슬리노와 방빌이었다. 그러나 보들레르의 의도에 따른 것이라고 하기에는 의심스러운 점이 많다. 무엇보다도 산문시집에 운문시로 에필로그를 붙인다는 것은 격에 맞지 않으며, 이 시가 한 시집을 종결하는 작품이 되기에는 내용과 형식 양면에서 허약한 점이 없지 않다. 보들레르는『악의 꽃』제2판을 준비하면서 '에필로그'를 쓰려고 시도했으나 포기했다. 이 운문시도 그 과정에서 포기된 원고의 하나일 가능성이 높다.

　그러나 이 시는 한 편의 도시 시로서 그 나름의 깊이를 지니고 있다. 보들레르가 "도시"를 말하기 위해 열거하는 병원, 유곽, 연옥, 지옥, 도형장 등은 도시의 이곳저곳을 차지하고 있는 거대한 건축물들이기도 하지만, 그 하나하나가 도시를, 특히 파리를 표현하는 알레고리이기도 하다. 파리는 병원이거나 유곽이며, 연옥이자 지옥이며, 또한 도형장이다. 시인은 자신을 이해해줄 존재로 사탄을 부른다. 사탄이야말로 그 불길한 장소를 지배하고 통찰할 수 있는 유일한 정신이기 때문일 것이다.

　시인은 난봉꾼에 비교되고, 파리라는 도시는 "늙은 정부" 또는 "거대한 창녀"에 비교된다. 시인은 도시와 '매음'하려 했다. 다시 말해서 도시의 곳곳으로 가장 깊숙이 찾아들어가 그 혼이 되려 했다. 시인은『악의 꽃』의「아침의 어스름」에서처럼 잠자리에서 뒤척이며 간밤의 악몽을 털고 권태로운 하루를 준비할 때도,「저녁의 어스름」에서처럼 도시의 욕망과 광기에 거리를 두고 제 혼을 다스릴 때에도, 도시와 깊이 교류하고 있었다.

마지막 연에서, "치욕의 수도"의 "창녀들과 강도들"은 또한 「Any Where Out of the World」에서 말하듯이 "병원"일 뿐인 이 세상에서, "연옥"과 "지옥"의 삶을 가장 적나라하게 체험하는, "유곽"과 "도형장"의 주민이다. "불경한 속인들", 다시 말해서 세상의 깊이를 알지도 못하고 믿지도 않는 사람들은, 「창문들」에서 말한 것처럼 눈에 보이는 것에 만족하지만, "창녀들과 강도들"과 더불어 시인은 "생명이 살고, 생명이 꿈꾸고, 생명이 고뇌"하는 저 "어둡거나 밝은 구멍"을 이해한다. '시'의 쾌락과 관능이 그러하다.

『파리의 우울』 여록

    보들레르가 운문시집 『악의 꽃』 초판을 발간한 것은 1857년 6월이다. 이 시집은 그에게 행운을 가져다주지 않았다. 시인과 출판인은 공중도덕과 미풍양속을 문란케 한 죄로 기소되어 유죄판결을 받았으며, 시집에서는 여섯 편의 시가 강제로 삭제되었다. 같은 해 8월에 벌어진 일이다. 낙심한 보들레르는 한때 구조적으로 완벽하다고 믿었던 이 시집이 입은 폐해를 만회하기 위해, 다음 해 2월 자기 어머니에게 쓴 편지에서 말한 것처럼 "의지에 의해서, 인공적으로, 다시 시인이 되어", 삭제당한 여섯 편의 시 대신 서른다섯 편의 시를 추가한 『악의 꽃』 재판을 1861년 2월에 간행하였다. "의지에 의해서" 또다시 시인이 되겠다는 그의 말은 자신의 불행에 전심전력으로 맞서겠다는 뜻을 포함한다. 실제로 보들레르는 『악의 꽃』 재판을 준비하면서 새로운 시편들로 오래된 상처를 덮어버리려는 소극적인 방식을 취하지 않았다. 그는 자신의 불운을 기회로 삼아 초판의 시편들과 그 배열을 근본적으로 재검토함으로써, 시집 전체에 새로운 힘을 쏟아부어 시의 사상과 기교에서 또 한번의 발전을 성취할 수 있었다. 그는 다섯 개의 부로 이루어졌던 이 시집에 새로운 부 '파리 풍경'을 추가하여 여섯 부로 『악의 꽃』을 재구성하였으며, 문학의 현대성을 이해하는 데 가장 중요한 문서 중 하나인 『현대 생활의 화가』를 이 시기에 썼다. '산문시집'에 대한 구상이 구체화된 것도 이 시기다.

보들레르는 바로 이 시기에 현대인 예술가의 자의식을 확립했다. 그는 자신이 현대인이고 도시인이기에 예술가가 될 수 있다는 사실을 자각한 첫번째 사람이었다. 그리고 이 자각이 시와 시적인 것을 분리할 수 있게 했다. 리듬과 각운을 갖춘 시구 또는 시는 도시의 번다함 너머에 있는 어떤 근원을 생각하게 하지만, 시가 창출하거나 전하려는 '시적인 것'은 그 근원에서 멀리 떨어진 도시의 일상에서도 자주 인간의 마음을 습격할 뿐만 아니라 더욱 강력하고 직접적으로 그 마음을 시적 상태로 바꿔 놓을 수 있다.

산문시의 서문을 대신하는 「아르센 우세에게」 보내는 편지에서 보들레르는 자신이 구상하는 산문시를 "리듬도 각운도 없이 음악적이며, 혼의 서정적 약동에, 몽상의 파동에, 의식의 소스라침에 적응할 수 있을 만큼 충분히 유연하고 충분히 거친, 어떤 시적인 산문"이라고 정의한다. 여기서 "음악적"이라는 말은 박자와 선율에 의한 형태상의 음악이 아니라, "혼의 서정적 약동"과 "몽상의 파동"과 "의식의 소스라침"으로 나타나는 어떤 마음의 상태를 의미하는 것이기에, "음악적"이라는 말은 '시적'이라는 말로 바꾸어 쓸 수도 있다. 이 점에서 운문의 '시'와 '시적인 것'을 대비시키는 이 말은 산문시를 넘어서서 폭넓게 도시

274

적 정서와 관련된 현대시 전체의 성격을 아우르는 힘을 지닌다.

보들레르는 자신의 산문시에 대한 시도가 알로이지우스 베르트랑의 『밤의 가스파르』에서 착상을 얻었다고 고백하며, "그가 옛 생활의 묘사에 적용했던, 그토록 비상하리만큼 회화적인 방법을 현대 생활의 기술(記述)에, 아니 차라리 현대적이면서 한결 더 추상적인 한 생활의 기술에 적용해보려는 생각이 제게 떠올랐던 것"이라고 말한다. 이 말은 보들레르의 현대성과 산문시 일반을 이해하는 데 매우 중요한 열쇠를 제공한다. 베르트랑은 중세의 풍경과 풍속을 환상적이면서도 회화적으로 그려 산문 속에서 시적 정취를 느끼게 한다. 그러나 19세기에 살면서 중세를 이야기하는 베르트랑과 현대에 살면서 현대 생활을 묘사하는 보들레르의 처지는 같지 않다. 19세기에서 보는 중세는 이미 개념화되어 있는 중세지만, 현대의 삶은 보들레르 자신이 사는 삶이다. 중세는 늘 그런 중세지만, 보들레르가 체험하는 현대의 삶은 늘 지금 그 자리에서 발생하는 *하나*의 삶일 수밖에 없다. 베르트랑의 회화와 해학은 그것이 아무리 기이하고 환상적이라고 해도, 이미 완결된 모습으로 전해진 과거에 이런저런 세부를 흥취 있게 채워넣은 일에서 더 나아가기 어렵다. 그러나 보들레르가 묘사하는 '현대 생활'은 그것이 현대 생활 전체에서 어쩔 수 없이 부분적으로 추출된 성격을 지니지만, 그 부분들이 시인을 자극할 수 있었던 힘은 어떤 특별한 계기를 전제하며, 보들레르가 "추상적인 *한* 생활"이라고 할 때의 '추상적인'은 바로 이 계기의 징후적 성질을 말한다. 한순간이 전체에 미칠 어떤 징후가 되는 것은 그 순간이 시적 순간이기 때문이다. 또한 보들레르의 산문시가 그 '시적인 것'을 항상 그 전모가 파악되지 않는 도시에서 발견하는 것도 이 때문이다.

인간, 특히 도시의 인간은 그 운명이 계절의 순환을 따르지 않는다는 점에서 반자연적이며, 그 현대적 특성은 시적인 것의 특징과 맥이 닿는다. 『파리의 우울』에 실린 50편의 시에는 사람(들)을 제목으로 삼거나 제목에 사람(들)이 들어 있는 시가 20편 가까이 되며, 사람(들)을 주제로 삼는 시는 그보다 더 많다. 따라서 그 사람들을 분류하는 일은 산문시집 전체를 해설하는 것이나 같다. 산문시집에서 아이들, 여자들, 예술가들, 가난한 사람들 등은 그 자체로서 각기 주제적 성격을 지닌다.

아이들에 대한 보들레르의 시선은 복잡하다. 우선 아이들은 원죄에 가장 가까운 존재들로 나타난다. 「케이크」에서 빵 한 조각 때문에 "말뜻 그대로 형제 살해의 전쟁을" 일으키는 두 아이가 대표적이다. 그러나 아이들은 여전히 순진성과 정신의 유연성을 지니고 있다. 「가난뱅이의 장난감」에서 부잣집 아이와 가난한 집 아이는 살아 있는 쥐 한 마리를 사이에 놓고 "평등한 흰색의 이를 드러내고 형제처럼 마주보며" 웃는다. 그리고 무엇보다도 아이들은 저 자신의 미래를 미리 보여주는 존재로 나온다. 「소명」의 네 아이는 각기 호사와 성스러움과 관능의 자질, 떠돌이 생활에 대한 취향에 벌써 정신을 지배당하며 "영광의 길을, 혹은 오욕의 길을" 밟아갈 준비를 한다. 아이들은 연약하기에 악하지만, 또한 연약하기에 어떤 희망 앞에 놓여진다.

산문시에서 여자들의 역할은 다양하다. 시인에게 여자들은 자주 '자연 그대로의 존재'로 혐오의 대상이 되지만, 그러나 또한 다양한 '뮤즈'들의 역할을 맡는다. 「애인들의 초상」에서 네 여자들, 먹는 것을 밝히는 여자와 학문에 매진하는 여자, 무감각한 여자와 완벽한 여자. 이 여자들은 각기 예술가들이 지니고 있을 어떤 태도를 나타낸다. 예술가의 알레고리인 남자들은 어떤 여자와도 행복하지 않다. 보들레르가 동조하고 연민을 느끼는 여자들은 그 육체가 벌써 자연의 극성에서 벗어난 늙은 여자들이며, 어떤 극기의 훈련이 몸에 밴 과부들이다. 그녀들에게는 자연에서 인간으로 일어선 고결함이 있지만 또 그만큼 고독하다. 여자들은 보들레르에게서 빈번하게 관능적 감각의 뇌관으로 나타난다. 특히 「여행에의 초대」 「항구」처럼 운문시에서 산문시로 발전한 시들에서 여자들은 기억과 이룰 수 없는 꿈의 거울이 된다. 「어느 쪽이 진짜 그 여자일까?」 「수프와 구름」에서처럼, 예술가의 뮤즈이자 꿈이었던 여자들은 때때로 자신의 현실을 들고 시 속에 나타남으로써 시인을 당혹하게 한다. 여자가 예술가에게 어떤 영감을 준다면, 그것은 예술가가 여자에게 품는 환상에 의해서가 아니라 여자들 자신의 현실에 의해서이다. 「창문들」 「아름다운 도로테」와 「멋진 사격수」가 이 점에서 같은 맥락으로 묶여 있다. 도시와 현대의 병증을 증명하는 「마드무아젤 비스투리」까지도 이 관점에서 하나의 뮤즈이며, 산문시는 이 뮤즈의 현실을 발견함으로써 시와 시적인 것을 따로 떼어놓을 수 있었다.

『파리의 우울』은 여러 차원의 시각을 지닌 예술론이기도 하다. 시집의 첫 시 「이방인」은 한 예술가가 세상에 대처하는 태도를 요약한다. 그는 이 세상에서 집착하는 것이 없으며, "신기한 구름"처럼 어느 곳에도 머물지 않는다. 「예술가의 고해기도」에서 화자는 예술적 환희가 절정에 이른 순간과 그것이 파괴되는 순간의 경계에 서 있다. 「바쿠스의 지팡이」는 예술의 주제와 표현에 관해서, 내용과 형식에 관해서, 예술의 오랜 이상과 그 현대적 실천에 관해서 말한다. 「어릿광대와 비너스」가 자신이 신봉하는 것 앞에서 조롱당하는 예술가를 보여준다면, 「늙은 곡예사」에는 자신이 봉사했던 관객들에게 배반당하는 예술가가 있다. 「선녀의 선물」은 예술이 그 재능과 성공 양면에서 얼마나 부조리한 것인가를 말하며, 「유혹」은 악마와의 계약이라는 오래된 전설을 기초로 예술의 사회적 타락이 뿌리내리는 과정을 고발한다면, 「너그러운 노름꾼」은 같은 전설을 기초로 예술의 악마성 그 자체를 성찰한다. 예술 창작의 양면성에 대한 가장 진지한 서술은 아마도 「비장한 죽음」에서 발견할 수 있을 것이다. 서로 대립하는 광대 팡시울과 왕은 한쪽이 물질의 법칙과 한계를 뛰어넘는 예술의 열광과 도취를 대표한다면 다른 한쪽은 예술의 창조력을 회의하고 분석하는 비평적 정신의 아이러니를 대표한다. 시집의 서문에서부터 자기 자신이 "자기가 만들어내려 기도했던 것을 *정확하게* 완성하는 것이 시인의 가장 큰 명예라고 여기는 정신"임을 자부하는 보들레르는 비평적 정신의 아이러니로부터 시작하여 열광과 도취에 이른 예술가라고 말할 수 있을 것이다. 그러나 『파리의 우울』에 실린 대부분의 작품은 열광과 도취의 풍경이 비평적 현실의식에 의해 무참히 깨어지는 과정을 기술한다. 이 과정은 현대에서 시의 운명과 같다.

프롤레타리아는 대부분의 19세기 시인들에게서와 마찬가지로 보들레르에게서도 사상적 약점이었다. 그가 내내 정치적 낭만주의자들이나 낙관적 민중주의자들의 반대편에 서 있었던 것은 가난과 관련된 자신의 사상적 약점에 대한 분노의 표현과도 같은 성질을 지녔다. 보들레르가 보기에 그것은 해결할 수 없는 문제였다. 부자들의 선의로 가난을 해결할 수 있다고 말하는 자들은 그의 관점에서 「위조화폐」를 가난한 자의 손에 쥐여주어 "천국을 경제적으로 획득하고" 급기야는 "자비로운 사람이라는 증명서를 거저 거머쥐려는" 사기꾼일 뿐이었다. 「형편없는 유리 장수」에서 시인이 가난한 행상인을 가혹하게 학대하였다고 '공갈치기'를 하는 것도 빈곤에 대한 온갖 감상적이고 위선적인 태도들에 대한 그의 증오를 방증한다. 「가난뱅이의 눈」에는 가난한 사람들에게 깊은 공감과 연민을 느끼는 한 남자가 나오지만, 그는 자신이 가장 사랑하는 여자까지도 그 마음을 같이 나눌 수 없는 것을 알고 절망한다. 「가난뱅이의 장난감」에서 시인은 가난한 사람들이 그 빈곤한 생활에서도 자신들의 기쁨뿐만 아니라 긍지까지도 찾아낼 줄 안다는 것을 발견한다. 이런 언술은 가난 예찬과 다르다. 그것은 가난 그 자체를 찬양하는 것이 아니라 가난 속에조차 깃들 수 있는 시를 찬양하는 것이기 때문이다. 이 점에서는, 「선녀의 선물」에서 시를 짓는 능력이 "어느 음울한 극빈자의 아들"에게 주어진 것도 운명의 부조리이기보다는 차라리 가난의 아이러니라고 말할 수 있다. 이 가난의 아이러니를 가장 강렬하게 드러내는 산문시는 「가난뱅이들을 때려눕히자!」이다. 이 산문시에서 시인-화자가 "남과 평등함을 증명하는 자만이 남과 평등한 자"라는 인권주의적 격언을 빙자하여 걸인에게 가하는 폭력은 보수주의자들과 진보주의자들을 동시에 놀라게 하기에 충분한 '공갈치기'의 하나이며, 빈곤이라는 해결할 수 없는 문제에 대한 분노의 해결책이자 시적 해결책이다. 보들레르는 해답을 미래로 미루는 것이 해답을 찾았다고 말하는 것보다 더 성실한 해결책이라고 생각했다.

보들레르의 산문시는 '시적인 산문'이 아니다. 『파리의 우울』에서 '시적 정취'가 있는 산문시는 시인이 같은 주제로 운문시를 쓰고 다시 산문시로 쓴, 그래서 운문시에 명백하게 그 짝이 있거나 편린이 있는 「머리타래 속의 지구 반쪽」「여행에의 초대」「취하라」「항구」 등 몇 편에 불과하고, 대부분의 산문시는 시적 선율이나 박자 같은 것은 염두에 두지 않은 거친 산문으로 씌었다. 시의 전개에서도 기승전결 같은 전통적인 구성을 따르는 경우는 매우 드물며, 수사법에서도 은유보다는 환유와 알레고리를 주로 사용한다. 그래서 보들레르의 산문시는 산문으로 시를 흉내 내는 것이 아니라 산문적인 현실에서 시적인 것을 찾아내어 그것을 산문으로 기술한 것이다.

'시적 산문'은 보들레르 이전에도 많았지만, '산문시'를 쓴 것은 보들레르가 처음이다. 거친 현실에서 시가 드러나는 곳은 바로 그 거칢이 가장 강렬한 지점이다. 가차없는 현실이 허위의식을 뚫고 나타날 때 그것을 가차없이 표현하는 언어를 타고, 전원에 연결된 구리선으로 전하(電荷)가 이동하듯, 높은 시하(詩荷)가 정신 속으로 흐른다. 보들레르는 삶에 본질적인 형식이 없다는 것을 마침내 인정하지 않을 수 없는 시대에 살았다. 언어가 정형에 매이지 않아도 시적일 수 있듯이 삶에 본질적인 형식이 부정되더라고 삶의 진정성은 따로 남아 있다. 시인의 존재도 그렇다. 「후광의 분실」에서 시인은 시인의 표지인 "후광이 머리에서 미끄러져나가 아스팔트의 진창 속에 빠지고 말았"지만, 그것을 주워 다시 머리에 쓸 생각을 하지 않는다. 그는 시와 서정성에 싸여 있는 시인이 아니다. 그는 자기 시대의 산문적 현실에서 건져올린 산문적인 언어를 시의 높이로 끌어올리는 시인이다.

2015년 여름, 정릉 서재에서
황현산

옮긴이 황현산

고려대학교 불어불문학과를 졸업하고 동 대학원에서 기욤 아폴리네르 연구로 문학박사 학위를 받았다. 고려대학교 불문학과 교수로 재직했으며, 프랑스 현대시에서 상징주의와 초현실주의를 연구한 불문학자로서 여러 기념비적인 시집을 수려한 우리말로 옮겨 높이 평가받았다. 2018년 작고할 때까지, 빼어난 통찰이 담긴 산문과 시비평으로 문단과 대중의 폭넓은 지지를 얻은 한국의 대표적인 문인이다. 지은 책으로 『황현산의 사소한 부탁』 『우물에서 하늘 보기』 『밤이 선생이다』 등이 있으며, 옮긴 책으로 앙드레 브르통의 『초현실주의 선언』, 생텍쥐페리의 『어린 왕자』, 아폴리네르의 『알코올』 『동물시집』, 말라르메의 『시집』, 보들레르의 『악의 꽃』, 로트레아몽의 『말도로르의 노래』 등이 있다. 팔봉비평문학상, 대산문학상, 아름다운작가상 등을 수상하였다. 한국번역비평학회를 창립, 초대 회장을 맡았다.

문학동네 세계문학

파리의 우울

1판 1쇄 2015년 9월 5일 | 1판 10쇄 2024년 2월 23일

지은이 샤를 피에르 보들레르 | 옮긴이 황현산
책임편집 김이선 최민유 | 편집 이희연
디자인 김선미 최미영 | 저작권 박지영 형소진 최은진 서연주 오서영
마케팅 정민호 서지화 한민아 이민경 안남영 왕지경 정경주 김수인 김혜원
     김하연 김예진
브랜딩 함유지 함근아 고보미 박민재 김희숙 박다솔 조다현 정승민 배진성
제작 강신은 김동욱 이순호 | 제작처 상지사

펴낸곳 (주)문학동네 | 펴낸이 김소영
출판등록 1993년 10월 22일 제2003-000045호
주소 10881 경기도 파주시 회동길 210
전자우편 editor@munhak.com
대표전화 031) 955-8888 | 팩스 031) 955-8855
문의전화 031) 955-1927(마케팅) 031) 955-1917(편집)
문학동네카페 http://cafe.naver.com/mhdn
인스타그램 @munhakdongne | 트위터 @munhakdongne
북클럽문학동네 http://bookclubmunhak.com

ISBN 978-89-546-3665-0 03860

www.munhak.com

```
L E S P L E E N D
E P A R I S L E S
P L E E N D E P A
R I S L E S P L E
E N D E P A R I S
L E S P L E E N D
E P A R I S L E S
P L E E N D E P A
R I S L E S P L E
E N D E P A R I S
L E S P L E E N D
E P A R I S L E S
P L E E N D E P A
R I S L E S P L E
E N D E P A R I S
L E S P L E E N D
E P A R I S L E S
P L E E N D E P A
R I S L E S P L E
E N D E P A R I S
```